KB150483

세 번째 이별의식

"나는 왜 살아야 하나?"에 답하는 한 자살 생존자의 기록

초판1쇄 펴냄 2022년 06월 30일

지은이 김세연
펴낸이 유재건
펴낸곳 엑스북스
주소 서울시 마포구 와우산로 180, 4층
대표전화 02-334-1412 | **팩스** 02-334-1413
홈페이지 https://blog.naver.com/xplex
원고투고 및 문의 editor@greenbee.co.kr

주간 임유진 | **편집** 홍민기, 신효섭, 구세주, 송예진 | **디자인** 권희원, 이은솔
마케팅 유하나, 육소연 | **물류유통** 유재영 | **경영관리** 유수진

엑스북스(xbooks)는 (주)그린비출판사의 책읽기·글쓰기 전문 임프린트입니다.
저작권법에 의해 한국 내에서 보호를 받는 저작물이므로 무단전재와 복제를 금합니다.
책값은 뒤표지에 있습니다. 잘못 만들어진 책은 구입처에서 바꿔 드립니다.
ISBN 979-11-90216-48-7 03810

세 번째 이별의식

"나는 왜 살아야 하나?"에 답하는
한 자살 생존자의 기록

김세연 지음

xbooks

떠난 엄마를 기억하며
그리고 남은 우리를 위해

한 가지 기술One Art

— 엘리자베스 비숍

상실의 기술을 익히기는 어렵지 않다.
많은 것들이 언젠가는 상실될 의도로 채워진 듯하니
그것들을 잃는다고 재앙은 아니다.

날마다 무언가를 잃어버리라. 문 열쇠를 잃은 후의
당혹감, 무의미하게 허비한 시간들을 받아들이라.
상실의 기술을 익히기는 어렵지 않다.

그리고 더 많이, 더 빨리 잃는 연습을 하라.
장소들, 이름들, 여행하려고 했던 곳들을.
그것들을 잃는다고 재앙이 오지는 않는다.

나는 어머니의 시계를 잃어버렸다. 그리고 보라! 내가 좋아했던
세 집 중 마지막 집, 아니 마지막에서 두 번째 집도 잃었다.
상실의 기술을 익히기는 어렵지 않다.

두 도시도 잃었다, 멋진 도시들을. 그리고 더 넓게는
내가 소유했던 영토, 두 강과 하나의 대륙을 잃었다.
그것들이 그립긴 하지만 그렇다고 재앙은 아니었다.

당신을 잃는 것조차(그 장난스런 목소리와
내가 사랑하는 몸짓을), 나는 솔직히 말해야 하리라, 분명
상실의 기술을 익히는 것은 그다지 어렵지 않다고.
그것이 당장은 재앙처럼 (그렇게 적으라!) 보일지라도.

오래도록 이 시를 마음속에 담아 두고 힘이 들 때마다, 다시
힘을 내야 할 때마다 읽었다. 나에게 주어진 한 가지 기술, 끝내
남을 한 가지 기술. 상실의 기술에 대하여 반복해서 생각했다. 무
언가를 잃는 것이 곧 불행이 아님을 받아들이게 되길 바랐다. 하
지만 그것은 쉽지 않았고, 내 인생은 절망으로 이어져 불행으로
끝나 버릴 것 같았다. 내가 성장했던 도시를 뒤로하고 다른 도시
로 떠났지만, 결국 두 도시 모두를 잃어버렸고, 내가 뿌리내렸던
모든 것들을 잃었다. 그럼에도 상실의 기술을 익히기는 어려웠
고, 나는 계속 살아갔다. 어쩌면 이 시에 담긴 내용을 되뇌고, 반

박하고, 인정하고, 의심하면서 작은 삶의 이유라도 찾고 싶었던 것 같다. 상실을 부정하고, 수용하는 과정에서 이 시가 늘 나와 함께해 주었다. 아무리 떨쳐 내어도 항상 이 시로 돌아갔고, 결국 받아들일 수밖에 없었다.

엘리자베스 비숍은 어머니의 시계를 잃어버렸지만, 나에게는 시계가 유일하게 남은 엄마의 물건이었다. 일정 기간이 지나면 멈춰서 태엽을 감아야만 작동되는 1980년대 오토매틱 시계. 서랍장에서 그 시계를 발견한 이후로 나는 그것을 오래도록 내 손목에 착용하기로 마음먹었다. 엄마를 계속 기억하기 위해 내린 결정은 아니었다. 엄마가 포기한 그 물건을 나는 끝까지 포기하고 싶지 않았다. 엄마에게 속한 모든 것이 사라지고, 유일하게 남아 있는 유품이라는 귀중함이 나를 그 시계와 동행하게끔 만든 것은 아니었을까? 오래된 것이어서인지 착용하는 동안에 그 시계는 자주 멈췄다. 시계가 다시 작동하기 위해서는 직접 태엽을 감아 줘야 했다. 매일 시계를 착용하기 전, 나는 멈춰 있는 시계의 태엽을 감았다. 시간을 재정비하여 오늘의 시간에 맞췄다. 태엽을 감는 동안에 두 개의 바늘을 현재에 맞춰 보지만, 오히려 나는 계속 과거로 돌아가고 있었다. 태엽을 감는 행위는 엄마를 떠올리고, 엄마를 잊지 않으려는 나만의 의식이었다. 그러나 태엽이 끝까지 감겼을 때 탁 하고 들리는 소리는 현실로 돌아오라는 알람처럼 느껴졌다. 시계는 몇 번 더 고장을 일으켰고, 3년 전, 결국 태엽이 끊어져 버렸다. 엄마와의 마지막 남은 고리마저 끊어진 듯했고, 태엽을 감는 나의 의식도 더 이상 이어질 수 없게 되었다. 아무리 태엽을 돌려도 끝까지 감기는 느낌이 들지 않았고, 끝과 시작을 모른 채 계속 돌아갈 뿐이었다. 시계 수리점 여러 곳을 찾아 의뢰했지만, 별다른 성과 없이 끝났다. 과거로 돌아가는 태엽을 멈추고 싶었던 것일까? 결국 나는 시계를 수리하지 않기로 했다. 태엽을 감는 일 대신, 글을 쓰기 시작했다.

엄마의 남은 물건 중에 작은 메모가 하나 있었다. 그 메모가 엄마에게서 남은 단 하나의 필체이고 기록이자 딸에게는 인생의 좌우명이 될 줄은 그녀 자신도 몰랐을 것이다. 이렇게 작은 기록이 누군가에겐 큰 의미가 될 수 있는 것이라면, 나도 글을 통하여 엄마에 대해 무엇이라도 남기고 싶은 마음이 생겼다. 하지만 마음과는 달리 나는 쉽게 나의 이야기를 꺼내지 못했다. 참을 수 없을 때까지 참다 터져 나온 나의 이야기들이 자신의 길을 내기까지 많이 헤매었고, 자주 흔들렸다. 차라리 평생 마음속 깊이 품는 편이 나을 것 같았다. 하지만 시간이 지날수록 나는 스스로 만든 벽 앞에서 상황을 변화시킬 용기조차 내지 못하는 느낌이었다. 내 이야기를 풀어내지 않고서는 더는 한 발자국도 앞으로 나아가지 못하는 한계치에 도달하게 된 것이다. 그 무게를 느낄 때마다 나는 글쓰기 뒤에 숨어서 안전하게 내 마음을 기록하는 것 외에는 달리 할 수 있는 것이 없었다. 어디에서부터 쓸 수 있을까? 과연 이것은 글이 될 수 있을까? 망설임과 의심으로 응축된 내면의 목소리가 나를 가로막았다. 그럼에도, 엄마를 기억하면서 보는 풍경과 느낀 감정을 모아서 풀어내다 보니 글의 형태가 되어 있었다. 지금도 여전히 수많은 의심과 고민 속에서 글을 쓰고 있지만, 이 글은 분명 무언가가 되어 가고 있다고 믿는다. 바로, 내가 경험한 일이 실제로 일어난 현실이었음을 인정하는 일. 이제 더는 엄마의 죽음을 부정하지 않고, 건강하게 수용하겠다는 나와의 약속 말이다. 나는 글을 쓰면서 조금씩 살아 낼 수 있었고, 결국 글쓰기가 죽어 가는 한 사람을 살린 셈이다. 앞으로도 나는 감기지 않는 태엽과 작은 메모 사이를 유영하면서 글쓰기를 계속하게 될 것 같다.

엄마라는 한 사람이 있었다. 그녀는 사라졌다. 그녀의 모든 물건도 사라졌다. 하지만 시계와 메모는 남았다. 잃은 것을 슬퍼하느라 남은 것을 살피지 못했다. 남은 것을 소중히 여기는 마음을 알기까지 오랜 시간이 걸렸다. 최근 들어 나는 엄마의 시계를 놓아 버렸다. 재앙은 오지 않았고, 상실의 기술을 조금 익힐 수 있었다. 당신을 잃는 일이 그다지 어렵지 않다고는 끝내 말할 수 없을 것 같다. 하지만 나는 상실의 기술을 조금씩 익히며 살아갈 것이다.

차례

•

프롤로그 7

1. 두 번째 삶의 시작 15
2. 낯선 거리에서 당신의 얼굴을 찾는 일 37
3. 빛이 있는 쪽으로 한 걸음 더 147
4. 겨우 열여덟 살이 되다 185

에필로그 289

참고자료 296

•

I

두 번째 삶의 시작

•

2002년 5월 17일, 나의 엄마는 스스로 세상과 작별했다. 그날, 나의 첫 번째 인생도 함께 소멸했고, 나는 두 번째 인생을 살게 되었다. 내가 다시 살짝 미소 지을 수 있기까지 10년이 넘는 시간이 걸릴 줄은 몰랐다. 늘 세 번째 인생으로 도약하기를 고대하지만, 어쩌면 내게 세 번째 인생은 없을지도 모른다는 사실을 조금씩 받아들이며 두 번째 인생을 잘 꾸려 가는 중이다.

2011년에 쓰는 2002년의 이야기

내가 지금 이렇게 될 수밖에 없었던 이유는 나도 알 수가 없다. 9년이라는 시간이 지났지만, 내 안의 감정은 이미 9년을 넘긴 지 오래다. 2002년의 사건 전후로 아무런 기억이 남아 있지 않은 듯한 이 순간에도 나는 지난 시간을 슬퍼하고, 지금의 시간을 증오하고 있다. 감정만이 남아 버린 지금, 지난 기억을 꺼낸다는 사실이 무의미하게 느껴지기도 한다. 하지만 제대로 꺼내지 않는다면, 나는 죽을 때까지 남은 시간을 증오와 슬픔에 부대끼며 지낼 수밖에 없을 것이다.

지금으로부터 9년 전.

언니의 대학교, 나의 고등학교 진학과 동시에 우리 가족은 다른 도시로 이사하게 되었다. 그날은 내가 새로운 고등학교에서 맞는 첫 봄 소풍이었다. 이상하게도 내 학창 시절 소풍날에는 자주 비가 왔다. 그날도 역시 비가 왔고, 궂은 날씨에 실망하기보다는 당연한 듯 반가웠다. 엄마는 여느 소풍날과 마찬가지로 아침 일찍 부지런히 김밥을 싸 주셨다. 그날은 왜 그랬는지 내가 먼저 달라고 하지도 않았는데 엄마가 나에게 자신의 핸드폰을 건네주었다. '소풍날이니까' 하고 생각하며, 나는 아무렇지 않게 엄마의 핸드폰을 받았다. 친구들과 놀이공원을 누비며 이곳저곳을 구경하고, 타고 싶은 놀이 기구를 정했다. 기구 앞에서 탑승 순서를 기다리는 동안이나 다음 놀이 기구로 이동하는 길에 나는 엄마의 핸드폰으로 집에 전화를 걸었지만, 엄마는 받지 않았다. 처음 한두 번은 '그냥 안 받나 보다', '다른 일을 하느라 못 받는 거겠지' 생각했다. 하지만 계속되는 부재중 전화는 어린 내 마음을 불안하게 했다. 몇 달 전 엄마가 한 차례 자살 시도를 한 적이 있었기 때문에 엄마가 전화를 받지 않는다는 것이 여러 가지 상상을 불러일으켰다. 우중충한 날씨까지 더해져 화려한 놀이공원의 풍경은 사정없이 흔들리는 검은 그림자처럼 느껴졌다. 몇 번 더 전화를 걸었지만 엄마는 받지 않았고, 나는 같이 있던 친구들의 신난 얼굴을 더는 보고 싶지 않았다. 친구들과 어울리고 싶은 마음과 놀이 기구에 대한 흥미도 모두 잃어버렸다. 남은 자유 시간이 끝날 때까지 나는 친구들 무리에서 빠져나와 혼자 놀이공원 벤치에 앉아 있었다. 놀이 기구를 타는 사람들의 함성이 귓가에 윙윙거렸다. 어쩌면 빠르게 뛰는 나의 심장 소리를 착각하는 것일지도 몰랐다. 버스를 타고 집으로 돌아가기까지는 아직 몇 시간이나 더 남아 있었다. 불안한 마음을 달래기 위해 내가 할 수 있는 건 그저 조용히 앉아 있는 것뿐이었다. 시간이 유독 느리게 흐르는 것 같았다.

집으로 돌아오는 길에도 계속 비가 내렸다. 어두컴컴한 잿빛 하늘은 나를 더 불안하게 만들었다. 집에 도착해서 문을 열고 들어서자마자 키우는 강아지의 이상한 변 냄새가 났다. 나는 곧바로 냄새의 근원지로 향했다. 그리고 온종일 연락을 받지 않던 엄마가 있을 것 같은 안방으로 갔다. 내 시선은 화장실에서 바로 안방에 있는 침대로 향했지만, 그곳엔 엄마가 없었다. 다른 방에 있으리라 생각하고 시선을 돌린 순간, 내 눈에 들어온 엄마는 생각지도 못한 공간에 생각지도 못한 자세로 죽어 있었다(엄마의 그 모습이 생생히 기억나지만, 묘사하지 않음으로써 의식적으로 그날의 기억이 희미해지기를 바라 본다). 나는 내 눈을 의심했다. 어쩌면 엄마는 아직 살아 있을 거라고 생각했다. 하지만 몇 초가 흐른 후, 알 수 있었다. 엄마는 죽어 있었다. 엄마는 죽었다. 눈이 먼저 보았다. 그리고 심장이었다. 심장에 갑자기 주먹만 한 구멍이 뚫린 느껌이었고, 뇌에서는 서늘한 식은땀이 흘러내리는 것 같았다. 뇌에서 흐른 땀이 심장의 구멍까지 타고 흐르는 것 같았다. 등에 돋아난 가시가 사정없이 나를 찌르는 듯했지만, 아무것도 느낄 수 없었다. 나는 엄마의 뒷모습을 향해 "엄마! 엄마! 뭐 하는 거야!"라고 반복해서 외쳤다. 엄마의 죽음을 눈으로 보면서도, 엄마가 들을 수 있을 것 같아서 외치고 또 외쳤다. 다섯 걸음이면 닿을 거리였지만, 내 발은 굳어서 움직이지 않았다. 누군가가 나를 세게 내리쳐서 그 자리에 박혀 버린 것 같았다. 가만히 선 채로 엄마에게 다가갈 것인가, 말 것인가를 생각했다. 엄마를 구해 줄 것인가, 말 것인가를 생각하면서 내 눈은 엄마를 계속 바라봤다. 하지만 나는 다가가지 못했다. 엄마를 만질 용기가 없었다. 죽은 엄마의 얼굴을 볼 자신이 없었다. 어떤 판단이나 결정도 내리지 못하고, 그 자리에서 몸이 얼어 부서질 것만 같았다.

너무 무서웠다. 죽어 있는 엄마를 그대로 남겨 두고, 나는 집 밖으로 나왔다. 1층으로 내려와 아파트 단지 앞에 앉았다. 발 한쪽엔 내 운동화, 다른 한쪽엔 엄마의 슬리퍼가 신겨져 있었다. 정신없이 짝이 맞지도 않는 신발을 신고, 허겁지겁 집을 빠져나온 것이었다. 어떻게 신발을 신고, 어떻게 나왔는지 모른다. 나는 아파트 단지 앞 보도블록에 걸터앉아 언니에게 전화를 걸었다. 무언가 빨리 조치를 취해야 한다고 생각했지만, 무엇을 어떻게 말해야 할지 전혀 알 수 없었다. 통화 연결음의 울림이 내 심장까지 파고들어 떨리는 몸을 주체할 수 없었다. 머리로는 엄마가 죽었다고 생각했지만, 그것을 내 입으로 말할 수는 없었다. 먼저 언니에게 엄마가 이상하다고, 빨리 집으로 와야 할 것 같다고 최대한 침착하게 말했다. 그리고 엄마가 생각지도 못한 모습을 하고 있다고 전했다. 통화를 마치고서 나는 품에 안긴 강아지를 쓰다듬으며 멍하니 앉아 있었다. 눈물은 나지 않았다. 깜빡이는 눈꺼풀과 강아지를 쓰다듬는 손 외에 내 몸은 굳어 버린 것 같았다. 강아지 엉덩이에 묻어 있는 변의 잔재가 더럽다고 느껴지지조차 않았다. 무서움에 비하면 더러움은 아무것도 아니었다. 그 작은 생명체가 전해 주는 온기 덕분에 나는 겨우 견디고 있었다. 돌이켜 생각해 보면, 그건 단순한 변이 아니라 자신과 유대했던 다른 생명체가 죽음을 선택하고 죽음을 실행하고 죽음에 이르게 되는 순간에 받은 충격을, 자신이 할 수 있는 가장 최선의 방법으로 표현한 것이었다.

멀리 울리던 구급차 소리가 점점 가까워졌다. 고개를 들었을 때, 내 앞에는 경찰과 구급대원 여러 명이 무리 지어 서 있었다. 아무 말도 하지 않은 채 있었지만, 그들은 아파트 단지 앞에 혼자 앉아 있는 나를 사건과 관련 있는 사람이라고 단번에 짐작했다. 경찰과 구급대원들은 나를 도와주러 출동한 사람들이었으나 그들을 혼자 마주해야 하는 상황이 무서웠다. 출동한 사람들과 함께 아파트에 들어간 후 집을 안내하고 문까지 열어야 했다. 집 안에 들어선 경찰과 구급대원들은 나를 거실 바닥에 앉히고, 사태를 파악하기 시작했다. 신고를 받고 출동했기에 이미 상황을 알고 있다고 생각했지만, 현장을 처음 본 순간 그들의 입에서도 놀람과 탄식이 섞인 말이 저절로 튀어나왔다. 우리 집은 그리 크지 않아서 내가 앉아 있던 거실과 사태 수습을 하던 공간 사이의 거리는 그들의 말소리가 그대로 들릴 정도로 가까웠다. 갑작스러운 소란을 이상하게 여긴 동네 주민들이 우리 집 앞으로 몰려들었다. 주민과 경찰, 구급대원 들이 집을 뒤덮었다. 나는 그때 거실이 아닌 외딴섬에 홀로 앉아 있는 것 같았다. 내가 살던 집에서 이런 광경이 벌어지고 있다는 사실이 낯설었다. 많은 사람으로 인해 공간이 금세 번잡해졌다. 경찰들은 분주하게 현장 상태와 엄마의 몸 구석구석을 들추며 사진을 찍어 댔고 주민들은 자기들끼리 신나게 떠들었다. 나만의 적막 속에 홀로 남은 내 귓가에는 시큰한 이명만이 울렸다. 시신을 이송하기 위해 준비하는 소리가 이명을 뚫고 들어왔다. 들것이 들어오고, 엄마를 감쌀 넓은 천이 바닥에 놓였다. 구급대원들이 짐짝을 옮기듯 엄마를 옮겼고, 그 모든 과정은 바로 내 옆에서 이루어졌다. 나는 절대로 엄마의 얼굴을 보지 않기 위해 얼굴을 무릎 사이로 깊게 파묻었다. 하지만 현장에서 발생하는 모든 소리는 귓가에 맴돌았다. 청각이 얼마나 무서울 수 있는지, 그날 들었던 모든 소리가 한 사람의 인생에서 얼마나 오래 아프게 기억되는지를 사는 내내 힘겹게 배워야 했다. 끝까지 엄마를 보지 않고 고개를 들었을 때, 엄마는 이미 천에 둘러싸인 덩어리가 되어 내 옆에 놓여 있었다. 시신 주위로 주황색 유니폼을 입은 구급대원들이 분주하게 움직였다. 그때 내가 본 주황색은 가장 차갑고 슬픈 색이었다. 그때까지도 가족들은 도착하지 않았다. 나는 혼자 그 현장에 놓여 있었다. 그 모습을 마지막으로 엄마의 44년의 생이, 나와 함께한 17년의 세월이 그렇게 막을 내렸다.

경찰차를 타고 경찰서로 이동했다. 차 안에서 이모는 울었고 아빠의 얼굴은 슬픔으로 일그러졌다. 언니와 나는 조용했다. 가족이 현장에 도착했을 때, 나는 이미 몸과 마음이 마비되어 눈물이 전혀 나오지 않았다. 경찰차의 창밖을 멍하니 바라보고 있을 때, 보조석에 앉은 경찰에게 전화가 걸려 왔다. 경찰은 엄마의 자살 사건을 전화 속 상대방에게 무심히 전했다. 이런 사건은 자주 일어나는 귀찮은 일 중에 하나라는 듯한 말투였다. 흔하디 흔한 죽음에 대한 소식. 주어진 일을 간단하고 빠르게 처리하는 것이 그의 역할이었다. 바로 뒤에 앉아 있는 유가족들은 생각하지 않는 걸까? 건조하게 자신의 임무를 수행하는 그 경찰관에게 나는 순간 엄청난 분노가 치밀었다. 하지만 그보다는 이미 엉망이 되어 버린 상황에 대한 분노가 더 컸고, 상황을 대처할 여력이 없던 나는 아무 말도 할 수 없었다. 다른 가족들은 병원으로 가고, 아빠와 나만 경찰서에 갔다. 태어나서 처음 가 본 경찰서는 입구부터 차가웠다. 경찰은 나에게 엄마를 발견한 상황의 자초지종을 물었다. 이어서 사태 수습 당시 촬영한 엄마의 몸 사진들을 내밀었다. 나에게서 의심 가는 부분이나 타살의 혐의가 될 수 있는 것을 검증받고 싶어 했다. 내가 현장에서 절대로 쳐다보지 않으려고 노력한 엄마의 모습이 담긴 사진들이 내 눈앞에 보이고 있었다. 사진을 들이미는 그들에게 나는 아무 반응도 할 수 없었다. 다행이라 하기엔 서글펐지만, 엄마의 얼굴 사진은 없었다. 빛이 많이 들어가서 그런 건지 폴라로이드 프레임 속 엄마의 몸은 새하얗게 촬영되어 있었다. 경찰은 엄마 몸에서 발견한 작은 상처나 자국을 짚으면서 그것이 언제, 어디에서, 어떻게 생긴 것인지에 대해 혹시 아는 게 있는지 나에게 물었다. 단서가 될 만한 내용이라면 사소한 부분까지 의심하고 알아내는 것이 그들의 일이라는 건 이해하지만 나는 새하얗게 찍힌 엄마의 몸을 보면서 '사람이 죽으면 이렇게 하얗구나. 엄마는 죽었구나. 죽은 거구나'라는 생각밖에는 할 수 없었다. 사진을 확인하면서 옆에 있던 아빠는 몸속의 고통을 쏟아 내며 울었다. 경찰들 앞에서 어떻게든 무서움을 참고 있는 나를 지켜 주지 못하고 그저 울고 있는 아빠에게 화가 났다. "뭐야, 아빠가 왜 울어. 왜 우냐고!" 하고 소리치는 걸 들은 경찰들은 아빠에게 의심의 눈빛을 보냈다. 경찰들의 눈빛이 돌변하자 나는 너무 무서워졌다. 내가 던진 한마디로 한순간 아빠는 유가족에서 의심의 대상으로 바뀌었다. 갑자기 가정불화나 부부관계에 대한 질문들이 쏟아졌다. 나는 두려운 마음에 그런 일 없다고 곧바로 수습했지만, 경찰들은 떨떠름한 표정을 지우지 않았다. 내가 한 말로 인해 한 사람의 인생이 좌지우지될 수도 있다는 사실은 너무 큰 충격이었고, 그 순간부터 생각이 언어가 되어 입밖으로 나오는 과정이 끊어져 버린 것 같았다. 나는 말하기가 두려워졌다. 말을 하는 나 자신이 무서워졌다. 그렇게 사건은 40대 여성의 자살로 종결되었고, 나와 아빠는 경찰서에서 나왔다.

밖은 이미 칠흑 같은 어둠이 깔린 밤이 되어 있었고, 우린 병원으로 가는 택시를 잡아야 했다. 어둠이 고마웠다. 그 순간에는 그런 어두움이라도 필요했다. 어둠 속에서 슬픔으로 일그러지는 못난 얼굴을 조금이나마 숨길 수 있었다. 무너진 현실 앞에서 서로에게 휘청거리는 감정을 감추어야만 했다. 받아들이기 힘든 현실과 야속한 타인들은 차갑게만 느껴졌다. 길은 너무 넓었고, 아빠와 나는 그저 작은 존재에 불과했다. 수많은 차가 세차게 우리 옆을 지나쳤다. 빠르게 지나가는 자동차 불빛들은 나를 더 어지럽게 만들었다. 울분을 토해 내기엔 현실은 너무 공허했다. 그 순간 나는 어둠 속으로 사라져 버리기를 간절히 바랐다. 차라리 아무것도 아닌 어둠이 되고 싶었다. 아빠는 나와 슬픔을 나누려는지, 나에게 의지하고 싶었는지 내 팔을 꽉 붙잡았다. 나는 왜 그토록 그의 손을 뿌리치고 싶었을까. 그때의 나는 슬픔을 느끼지 못했고, 나눌 슬픔이 없었다. 그저 어둠 속으로 사라지고 싶은 마음뿐이었다.

병원이었는지, 장례식장이었는지 정확히 기억나지 않는다. 나는 멍하니 앉아 있었다. 곧이어 병원 관계자가 액자를 들고 들어왔다. 천으로 싸여 있던 모습의 엄마는 몇 시간 만에 영정 사진이 되어 내 앞에 놓여 있었다. 나는 엄마의 영정 사진을 보자마자 가슴이 짓이기는 듯한 통증에 숨이 가빠졌고, 눈물이 터져 나왔다. 차가운 바닥에 누워서 몸이 부서져라 울었다. 평소에는 엄마에게 사용하지 않았던 존댓말로 "왜 그러셨어요, 왜!"라고 수없이 외쳤다. 하지만 그때의 눈물은 진심 어린 눈물이 아니었다. 엄마를 잃은 슬픔의 눈물이 아니었다. 이미 일어난 상황에 대한 원망과 분노가 울분으로 마구 터져 나오고 있었다. 그 상황을 어떻게든 잊어 보려고 징징거리는 나약한 한 인간의 가장 의미 없고 공허한 눈물이었다.

나는 어리고, 죽음의 발견자라는 이유로 어른들의 결정하에 엄마의 죽음에 대한 모든 절차에서 배제되었다. 영정 사진을 마주한 후, 곧바로 병원에서 나와 엄마의 장례가 끝나기까지 며칠 동안 이모의 집에서 지냈다. 이모의 집에 도착하자마자 내가 본 죽음의 장면, 사진 속 하얀 엄마의 몸, 구급대원과 경찰 들로 혼잡했던 상황 모두 없던 일이 된 것 같았다. 엄마가 죽었다는 사실이 실제로 일어나지 않은 것처럼 느껴졌다. 나는 마치 몇 시간 전에 아무 일도 없었던 양 그곳에서 먹고 잠들고, 다시 다음 날을 맞이했다. 가끔 방에서 이모의 통곡 소리가 들렸다. 그때마다 나는 밖으로 나가 정원에 있는 그네에 앉아 하늘을 바라보았다. 무슨 일이 벌어졌건 하늘은 참 푸르고 아름다웠다. 어디에선가 다시 엄마와 함께 푸른 하늘을 볼 수 있을 것만 같았다. 어제까지만 해도 끔찍한 상황의 연속이었는데, 오늘은 아무 일 없었다는 듯이 하늘만 바라보고 있는 것이 이상했다. 슬퍼야 하는 게 정상인데, 슬픔과 멀리 있는 내 자신이 비정상처럼 느껴졌다. 어제는 실제였을까? 오늘은 진짜 현실일까? 그네를 타고 있으면, 흔들리는 내 마음을 잠시나마 그네의 흔들림으로 착각할 수 있었다.

이모의 친지들이 집에 들러서, 나와 이모를 위해 음식을 준비해 주었다. 며칠 동안 잘 지내고 있었던 나는 음식을 한 입 먹는 순간 갑자기 내 목을 조르고 싶었다. 엄마가 죽은 상황에서도 음식을 먹는 내가 혐오스러웠다. 배고픔을 느끼고 음식을 씹어 먹는 내가, 살겠다고 먹는 내가 무서워졌다. 엄마의 죽음 앞에서 허기를 느끼고, 그것을 해결하는 나라는 사람이 감정 없는 빈 껍데기 같았다. 더는 먹고 싶은 마음이 들지 않았지만, 나는 어른들의 배려를 쉽게 거절하지 못하고 눈치를 봤다. 계속 비집고 나오는 슬픔을 억누를 수 있을까 하는 마음에 음식을 밀어 넣어 보아도 오히려 혐오감만 짙어졌다. 내가 씹어 삼킨 것은 음식이 아니라 슬픔이었다.

회피의 시작

엄마가 죽은 후 하루가 지나고, 또 하루가 지났다. 모든 장례 절차와 떨어진 채 일주일이 지나갔다. 다시 가족을 만났을 때는 동네에 퍼질 소문과 주민들의 눈치를 보며 집을 빠르게 정리하고, 이미 떠날 준비를 마친 상태였다. 가족들은 내가 집으로 들어가지 않도록 했다. 사건 당일의 충격으로부터 나를 보호하려는 배려였을 것이다. 다른 가족들은 짐을 정리하러 아파트로 올라갔고, 나는 차 안에 홀로 남았다. 차창 밖으로 보이는 아파트 단지 앞 풍경은 낯설었다. 며칠 전 단지 앞 화단에 앉아 있을 때, 구급대원과 경찰들로 북적였던 그때가 이미 먼 과거의 이야기인 듯, 어쩌면 그런 일은 일어난 적이 없다는 듯 단지 앞은 고요했다. 그 일이 저기서 일어난 일이었을까? 그 일이 나에게 일어난 일이었을까? 집이 정리되고 있으니 실제로 일어난 일이었을 텐데 한참을 바라봐도 나는 알 수 없었다. 짐을 짊어진 채 가족들이 다시 차로 돌아왔다. 차에 짐을 싣고 정리를 하는 동안 나는 엄마의 사망신고서를 복사하러 문방구에 갔다. 내 손에 들려 있는 사망신고서. 엄마는 죽었고, 이것은 죽음을 신고하는 종이다. 나는 생의 끝에서 죽음을 신고하는 종이가 여러 장 필요하다는 것을 알게 되었다. 엄마의 죽음을 규정짓고 보고하는 종이를 바라봐도 믿어지지 않았다. 복사기는 요란하게 돌아가고, 종이는 여러 번 복제되어 나왔다. 복사기에서 들려오는 반복적인 소리가 "너의 엄마는 죽었어. 너의 엄마는 죽었다고"라며 보고하는 것도 같고, 엄마의 죽음이 복제되는 것 같기도 했다. 복사기에서 나온 지 얼마 안 된 사망신고서는 따뜻했다. 엄마의 사망신고서는 여러 장으로 늘어나 내 손에 들려 있었지만, 내겐 그저 종이일 뿐이었다. 종이를 세게 휘두르면 금방이라도 종이 위에 얹혀진 활자들이 아래로 우수수 떨어질 것 같았다. 사정없이 구기고 찢어 버리면 사망이라는 사실이 없던 일이 될 수도 있을 것만 같았다.

문방구 주인은 나의 엄마를 모르고, 엄마에게 어떤 일이 벌어졌는지 모르고, 그저 복사만 해 주고 돈을 받으면 그만이기에 어떤 반응도 보이지 않았지만, 사망신고서를 주고받는 내 손은 떨렸고 밀려오는 수치심에 그 자리를 빨리 벗어나고 싶었다. 누구도 알려 준 적이 없었지만 저절로 수치심이 들었고 나는 자동적으로 은폐의 길로 들어섰다. 사건을 은폐하고, 죽음을 은폐하고, 감정을 은폐했다. 죽음은 분명 애석한 일인데 엄마의 죽음은 비밀스러웠다. 엄마의 죽음을 보고하는 그 종이를 들고서 나는 슬픔을 느끼기도 전에 다급히 나의 수치심을 달래야 했다. 감정을 느끼고 표현하는 것보다 숨기고 지우는 편을 택하는 것이 더 안전하게 느껴졌다.

나는 전학 간 고등학교에서 다시 3개월 만에 또 다른 고등학교로 전학을 가게 되었다. 학교에 마지막 인사를 하러 간 날, 그때는 미처 알지 못한, 오래도록 나를 괴롭히게 될 수치심과 두려움을 느꼈다. 나는 잘못한 일이 없는데 이유 없이 죄인처럼 부끄러웠다. 3개월은 친구를 깊게 사귈 만한 충분한 시간이 아니었다. 나에게 애틋한 이별을 고할 친구는 한 명도 없었다. 담임 선생님께서 일주일 동안 내가 부재한 이유에 대해 아무리 숨긴다고 해도 동네에서 벌어진 사건이 소문으로 퍼져 나가는 속도는 생각보다 빨랐다. 교실에 들어서기 전부터 나는 아이들 모두가 이미 내 이야기를 알고 있을 것이라고 예상했다. 그런 마음으로 바라본 학급 아이들의 눈동자는 순간 나의 입술을 얼어붙게 했다. 그 자리를 빨리 벗어나기 위해서 나는 무슨 말이라도 해야 했다.

"안녕"이라는, 안부도 헤어짐도 아닌 그 엉성한 한마디만을 말하며 나는 고개 숙여 인사했다. 어느 누구도 나를 붙잡고 위로나 정식으로 작별 인사를 건네지 않았다. 교실에는 정적이 흘렀다. 교실 뒤쪽으로 이동하는 나의 발걸음 소리만이 들렸고, 모든 눈동자는 나를 따라 뒤쪽으로 움직였다. 나는 교실 뒤쪽 사물함에서 내 물건을 챙기고, 도망치듯 교실을 빠져나왔다.

새로 전학 가게 될 고등학교는 추첨 형식으로 정해졌다. 투명한 플라스틱 공들이 들어 있는 통을 돌려서 하나의 공이 빠져나오면, 공에 담긴 쪽지에 적혀 있는 학교로 배정받는 것이었다. 아빠는 새로 이사 갈 집의 위치와 최대한 가까운 학교로 배정받기를 바라는 것 같았지만 나는 아무래도 상관없었다. 통 안에서 공 하나가 빠져나왔다. 이 공이 내 미래를 간단히 결정하듯이 휘몰아치는 내 마음에서도 무언가가 빠져나오고 그것이 말끔하게 정리되면 좋겠다고 생각했다. 새롭게 주어질 환경과 고등학생의 신분으로서 내가 해야 할 것들은 이미 중요하지 않았다.

새로운 학교와 학급에 배정되어 나는 또다시 수많은 시선 앞에서 인사를 했다. 졸업까지 어떻게든 무사히 버티고, 최대한 조용하게 지내고 싶다는 생각뿐이었다. 행여라도 친구들과 대화하다가 무심코 가족 이야기가 나올 것을 경계하며 누구와도 가깝게 지내지 않았다. 쉬는 시간과 점심시간에도 혼자 음악을 듣거나 영단어를 외웠다. 다른 친구들의 대화 속에 '엄마'라는 단어가 들릴 때마다 자꾸 그날의 장면, 천으로 싸인 엄마의 시신이 내 머리와 마음을 가득 메웠다. 최대한 '엄마'에 관련된 모든 것을 말하지도 듣지도 않는 상황으로 나를 피신시켜야 했다. 그것이 내가 나를 위해 할 수 있는 일이었다. 내가 겪은 경험의 무게가 너무 무거웠다. 복잡한 마음을 끌어안고 학교를 오가는 생활은 힘에 부쳤다. 엄마의 사건이 누군가에게 알려질까 봐 속으로 늘 전전긍긍했다. 평범한 가정의 친구들이 너무 부러웠다. 그리고 그런 걸 부러워하는 나 자신이 싫었다. 연예인을 동경하고, 학교 내 이슈에 대해 가벼운 농담을 하는 친구들의 평범한 행동이 나에게는 하찮고 불필요하게 느껴졌다. 나의 불행으로 다른 친구들을 무시하고 있는 내가 이상한 우월감과 열등감에 빠진 사람 같았다. 내가 겪은 일에 대해 공감해 주는 열일곱 살의 친구는 아무도 없으리라 생각했다. 나는 철저히 혼자가 되기로 결정한 사람처럼 굴었다. 그렇게 학교에서 집으로 돌아오면, 남은 가족들과의 관계는 나에게 더욱 풀기 힘든 숙제와 같았다. 특히 아빠는 언니와 나에게 무시당한 채 점점 외톨이가 되어 가고 있었다. 부모님이 지방 생활을 마치고, 가족 구성원 모두가 같이 살게 된 지 3개월 만에 엄마의 자리는 비워졌다. 부모님과 같이 살지 않는 동안에도 엄마는 한동안 우리가 먹을 음식을 챙겨 주기 위해 몇 개월에 한 번씩 서울에 들렀다. 하지만 아빠는 일 년에 몇 번, 방학과 명절 외에 만날 일이 거의 없었다. 아빠와 같이 살게 되면서부터 어색함은 커져만 갔고, 심리적 거리감은 더욱 늘어났다. 겉으로 표현하지 않았지만, 가장으로서 가정을 지키지 못한 아빠에 대한 나의 원망과 분노는 극에 달하고 있었다. 모든 부정적인 감정의 화살이 아빠에게 꽂히기 시작했고 내 마음속에서 아빠라는 존재는 몹쓸 나약한 인간의 형상을 띠고 모든 미움의 감정을 받아 내고 있었다. 하지만 나와 마찬가지로 아빠도 현실을 간신히 버티는 것처럼 보였기에 그런 그 앞에서 나도 솔직한 감정을 드러내기 어려웠다. 또, 나는 내가 청소년이라는 이유로 그 어떤 것도 할 수 없다는 사실에 몹시 화가 났다. 현실을 잊기 위해 몰두할 대상이 필요했다. 시험공부에 매달리고, 오로지 대학 입시에만 전념하여 학창 시절을 보냈다. 내가 원하는 미래나 목표가 있었던 건 아니지만 일단 눈앞의 현실을 잊어야 했으므로. 치열하게 매달린 결과 나는 목표한 대학에 합격했다. 하지만 생각보다 기쁘지 않았다. 다만 아빠의 걱정을 덜어 줄 만한 결과를 얻었고, 드디어 고등학생 신분을 탈피한다는 사실은 만족스러웠다.

대학교에서는 좀 더 다양한 사람들과 넓은 세계 속에서 배우며 생활할 수 있었다. 그러나 여전히 엄마와 그날의 기억을 잊기 위해서 몰두할 무언가가 없으면 불안했다. 몸과 마음이 바쁘지 않으면 그 기억은 금방이라도 찾아왔고, 나는 내가 우울함에 빠지게 될까 봐 두려웠다. 우울해지면 나도 쉽게 엄마처럼 죽음을 선택하게 될 것 같다는 더 큰 두려움이 몰려왔다. 두려움, 우울, 불안의 감정을 느끼지 않기 위해 나는 바빠야 했다. 떠오르는 생각의 단상은 대부분 의문으로 가득했다. 죽음에 대한 의문으로 머리와 가슴이 팽창되는 것 같았다. 나는 그런 의문들에 휩싸

일 때마다 너무 두려웠고, 감당할 바에는 차라리 잊어버리는 쪽을 택했다. 회피하는 선택 안에서 잠깐은 평온할 수 있었지만, 금세 다시 우울감으로 빠져들기를 반복했다. 내가 우울감에서 벗어나기 위해서 할 수 있는 것은 많지 않았다. 그나마 생각의 단상을 조금씩 기록하는 것으로 위안을 삼으며 버틸 수 있었다.

대학교 2년을 마치고 1년 동안 휴학을 했다. 독일로 이민 간 이모의 가족을 통해 독일에서 지내 보기로 한 것이다. 학업에 대한 욕심이나 해외에 대한 동경은 나와는 상관없는 일들이었고, 그저 심리적 재충전의 시간을 가진다는 것을 핑계로 또 다른 현실 도피 수단이 필요했다. 내 가족과, 내 과거로부터의 도피. 도피의 끝이 어딘지 알 수 없지만, 당장 도망쳐야 한다고 마음속에서 외치고 있었다. 새로운 환경에서 새로운 경험을 통해 과거를 잊고 싶었다. 내면의 극적인 변화를 바라고 있었다. 한번 도망치기 시작하면, 다음번 도망칠 결심은 생각보다 쉬웠다. 어쩌면 그때의 나는 과거를 깨끗이 지우고, 새롭게 태어나고 싶었는지도 모르겠다. 회피이긴 했지만 살고 싶었던 내 마음속에는 일말의 변화의 가능성을 품고 있었는지도.

2005년 1월 21일

나에게만 이런 걸까? 내가 나 자신이 아닌 채 시간은 가고 있다. 뭐가 뭔지 하나도 모르겠다. 사는 척하면 괜찮아질까? 괜찮은 척하면 살아질까? 나는 잘 살고 있는 걸까? 나는 죽은 것만 같다. 나는 진짜 살아 있는 걸까?

2005년 2월 8일

오늘은 엄마에게 인사를 하러 가는 날이다. 슬프지 않다. 울음이 나오지 않는다. 진정으로 운다는 것은 무엇일까? 울음의 의미는 무엇일까? 언제 진짜 슬픈 감정으로 울었는지 기억나지 않는다. 엄마가 울던 모습이 어렴풋이 기억난다. 하지만 엄마의 울음 소리는 기억에 없다. 엄마의 목소리가 전혀 생각나지 않는다.

2005년 3월 11일

나는 평범해질 수 없는 것일까?

2005년 7월 22일

아무 감정 없이 하루를 보낸다. 너무 많은 생각들을 떠안고 허덕이며 살아 있는 건지, 살고 있는 건지 알 수 없다. 멍해지고, 또 멍해질 뿐이다.

2005년 10월 8일

엄마가 죽고, 3년이라는 시간이 지났다. 이제 남은 건 사진뿐이다. 옛 사진 속 엄마와 나를 보면 슬퍼진다. 엄마 곁에서 해맑게 웃고 있는 사진 속 아이는 지금 그 사진을 보면서 엄마를 그리워하는 사람과 같은 사람이 아닌 것 같다. 자신의 인생이 어떻게 흘러갈지 알지 못하는 아이의 순진한 모습이 낯설다. 그 아이에게 미안하다.

엄마와 나는 그때 같은 시간과 같은 공간을 거쳤지만, 우린 전혀 다른 사람이 되어 있다. 직접 보고 눈에 담지 않으면, 한 사람의 얼굴과 목소리 외의 모든 것들이 잊혀 간다. 한 사람과 함께한 시간은 기억 속에 어렴풋이 남아 있지만, 외형적인 것들은 전혀 기억나지 않는다. 수많은 질문이 내 안에서 휘몰아친다. 언젠가 이 질문들도 기억에서 사라질 것이다. 그럼에도, 나는 알 수 없는 것을 알아내기 위해 안간힘을 쓴다. 하지만 항상 돌아오는 답변은 없었다. 나는 점점 그 싸움에서 고독해진다.

2

낯선 거리에서
당신의 얼굴을 찾는 일

●

2007년 2월 24일부터 2015년 2월 26일까지 나는 독일에 살았다. 하지만 나는 독일에 살지 못했다. 독일에 살았던 시간은 나에게 무엇이었나? 무엇이 될 수 있었을까? 나는 대체 어디에 살았던 것일까? 엄마가 죽고 10년 만에 아직 해결되지 못한 내면의 원초적인 감정들이 조금씩 드러났다. 10년 동안 철저히 감추다 보면 언젠가 사라지리라고 믿었던 감정들이 트라우마라는 실체가 되어 나를 따라다녔다는 사실을 마주하기 시작했다. 독일에서 나는 트라우마에 굴복하여 죽을 수도 있겠다고 생각했지만, 그곳에서의 시간은 결국 나를 다시 살아갈 수 있게 해 준 시간이었다.

2007년 3~5월

독일에서의 첫 거주지는 독일 남부의 보덴 호수 근처였다. 3개월 동안 엘리자베스 아주머니와 베르너 아저씨 집에서 홈스테이 생활을 했다. 독일어 기초도 모르는 내가 과연 독일인 가정에서 살 수 있을까 싶었지만, 사람이 살아가는 모습은 다 비슷한 까닭에 가능했다. 해가 뜨면 일어나고, 끼니를 챙기고, 어두워지면 다시 잠드는 생활. 그런 생활을 반복했다. 규칙적인 일상과 적막으로 둘러싸인 동네의 분위기는 너울대는 내 감정을 잠재우는데 도움이 되었다. 독일어를 배우는 오전 시간이 지나면, 어학원에서 가까운 보덴 호수로 가서 정처 없이 걸었다. 나에겐 독일어를 배우는 것보다 호숫가를 거니는 그 시간이 소중했다. 호수 주변을 걷고, 호수를 바라보고 있으면 호수로부터 알 수 없는 위로를 받았다. 때론 잔잔한 호수 안에서 내 존재가 사그라드는 상상을 했다. 호수는 너무 잔잔하여 내가 호수 깊은 곳으로 가라앉는다고 해도 아무런 미동 없이 그 잔잔함을 유지할 것 같았다. 가라앉을 것이 분명함을 알면서도 호수 가운데로 걸어 들어가고 싶었다. 아무도 나를 알지 못하는 이 호수의 포근함 속에서 그렇게 사라져 버리고 싶었다. 굳게 닫아 버린 감정의 방에서 비집고 솟아나는 이해할 수 없는 감정들 앞에서 나는 자주 무력해졌고, 나의 불운과 절망에 분노가 일었다. 내겐 이런 마음을 나누고 표현할 방법이 없었다. 그래서일까. 종말을 떠올리는 건 너무 쉬웠고, 그런 생각을 할 때마다 무서워졌다. 그러면 나는 호수를 바라보는 일을 멈추고, 무작정 호숫가를 걸었다. 걷고 있는 두 다리와 발에 생각을 집중시켰다. 오직 움직임과 변화만을 생각했다. 왼쪽으로 몸을 기울여 오른쪽 발을 들어 올리고, 앞으로 한 걸음 내디디며 왼쪽 발을 끌어올렸다. 호숫가 자갈 위를 걷는 내 발걸음은 우글우글해지는 것 같았다. 당당하게 걸어 보려 했지만, 자꾸 흔들리고 비틀거렸다. 나는 흔들거리면서도 계속 걸었다. 호수에는 하늘이 담겨 있었다. 물에 비친 산자락은 흐릿하게 퍼졌다. 하늘과 땅이 뒤집혀 구름이 발 옆으로 흘러갔다. 미끄러질 것처럼 위태롭게 걸었으나 결코 빠지지는 않았다. 더 멀리 걸었고, 더 멀리 가고 싶었다.

산책을 마치고 집으로 돌아오면 베르너 아저씨가 항상 같은 시각에 저녁을 준비해 주셨고, 엘리자베스 아주머니가 퇴근하면 우리는 함께 저녁을 먹었다. 나의 짧은 독일어 때문에 우리는 간단한 단어로만 대화를 주고받았다. 베르너 아저씨는 어떤 재료로 어떻게 요리했는지 알려 주었다. 서로 말을 하지 않을 때는 먹고 있는 음식의 맛에만 집중했다. 매일 식사 준비를 위해 장을 보고, 재료를 손질해 요리하고, 테이블을 세팅하는 그의 모든 일상적 행위가 당시 나에게 큰 힘이 되어 주었다. 엘리자베스 아주머니는 아침마다 정원에서 꽃을 꺾어 꽃병에 담아 내 방 책상 위에 올려 두셨다. 나의 아침을 매일같이 빛나게 해 주려고 환하게 핀 꽃을 찾고, 꽃가지를 엮어 준비하는 행위. 그런 아주머니의 정성으로 나에게도 기쁨이라는 감정이 조금씩 피어났다. 그들은 나에게 왜 독일에 왔고, 한국에서는 어떻게 살았으며, 앞으로 어떻게 살아갈지 전혀 묻지 않았다. 나의 독일어 수준을 배려해 일부러 물어보지 않았을 수도 있겠지만, 나는 그들의 침묵과 상대방을 그저 지켜봐 주는 행동이 오히려 고마웠다. 짧은 독일어 때문이 아니었어도 나는 자주 침묵할 수밖에 없었고, 내가 선택한 침묵이 강요당한 침묵에게 조금씩 말을 걸고 있다는 느낌이 들었다. 침묵의 집과 고요의 호수에서는 일렁이는 내 감정이 잦아드는 것 같았다. 보덴 호수 근처에 살았던 나의 첫 독일 생활을 생각하면 자연스럽게 위로라는 말이 떠오른다. 나는 보덴 호수로부터 매일 큰 위로를 받고 있었다. 또한, 엘리자베스 아주머니와 베르너 아저씨의 따뜻한 배려 역시 분명 나에게 가장 기본적이고 순수한 위로가 되어 주었다.

2007년 6월 1일, 그리고~

3개월 동안의 짧은 홈스테이 생활을 마치고, 도심으로 거처를 옮겼다. 그때부터 혼자 지내는 생활이 시작되었고 과거를 상기하는 시간이 많아졌다. 나는 엄마와 죽음에 관한 생각을 반복했다. 하루 종일, 일주일, 한 달 내내 과거에 관한 생각에 사로잡혀 현재의 시간이 어떻게 지나가고 있는지 알 수 없었다. 독일에서 나는 과거라는 공간을 따로 만들어서 살고 있었다. 현실에 대한 감각조차 무뎌지면서 어디서부터 어떻게 살아가야 할지, 무엇이 잘못되었고 어떻게 바로잡아야 할지 혼란스러웠다. 삶의 흐름에 무감각해졌고, 한없이 무력한 나날이 이어졌다.

시작도 끝도 없이 느껴지는 하루 속에서 최소한 내가 할 수 있는 것은 메모를 남기는 일이었다. 생각들이 떠오를 때마다 기록했고, 기록을 통해 겨우 내 존재의 의미를 세워 나갈 수 있었다. 한 사람이 사라진 후에 남는 것이 아무것도 없다는 허무함은 더욱 생각을 붙잡았고, 나를 기록하게 했다. 나에게 떠오른 생각에 대해 미리 판단하지 않고, 아무리 이해할 수 없다고 해도 모두 기록했다. 이상한 생각과 감정마저도 나로부터 시작되는 당연한 것, 내가 가질 수 있는 정상적인 반응이라고 자신을 다독였다. 대부분 엄마와 죽음에 대한 의문, 정의되지 않는 복잡한 감정에 대한 내용이었지만, 그것을 기록하면서 나는 간신히 내가 살아 있음을 느낄 수 있었다.

2007년 7월 20일, 23일

나는 입안에서만 수차례 맴돌던 단어를 입 밖으로 터뜨리듯 말했다. 지. 리. 멸. 렬. 한 글자 한 글자씩 공기 중으로 터져 나가는 혼잣말이었다. 크게 이야기한대도 아무도 알아들을 수 없는 독일의 한 공원에서였다. 나는 내 귀에도 잘 들리지 않도록 아주 작게 말했다. 자주 생각했던 단어라 아무 감정 없이 말해 버렸다. 씹다가 습관적으로 불어서 터뜨리던 풍선껌처럼. 어학원에서 독일어로 이야기하는 것 외에 누군가와 한국어로 대화한 기억이 희미했다. 어떤 단어라도 한국어로 발음하고, 한국어로 듣고 싶은 욕구가 올라왔던 것 같다. 그 욕구 때문에 '지리멸렬'이 주는 절망감에서 잠시 벗어날 수 있었다.

'렬'까지 다 터트리고 나니, 공기 중으로 사라질 것만 같던 단어가 이상하게도 나와 더욱 가깝게 느껴졌다. 세상에 존재하는 수많은 단어 중에서 왜 하필 나는 이 단어를 말하고 싶었을까? 언제부터 '이리저리 흩어지고 찢기고 갈피를 잡을 수 없다'는 뜻의 이 단어가 내게 남았을까? 이런 생각을 하며 바라보는 공원의 화창한 풍경은 이질적으로 느껴졌다. 어울리지 않는 도시, 어울리지 않는 풍경, 어울리지 않는 단어, 어울리지 않는⋯. 어울리지 않는 상황이 발생하고, 어울리지 않는 모습으로 놓여 있는 것이 나에겐 익숙했다. 어울리는 쪽보다 어울리지 않는 쪽이. 현실처럼 느껴지지 않는 비현실이.

"안녕, 날씨가 정말 좋지?"

"아, 예."

외국에서는 처음 본 사람과 인사하는 게 자연스러운 것이라고 했는데, 바로 이런 건가 싶었다.

"어디에서 왔니?"

"한국요."

"어디?"

그의 귀에 꽂힌 보청기를 확인하고, 나는 외치듯 큰 소리로 말했다.

"한국요."

"한국, 알지 알아."

약간 끙끙대며 말하는 그의 모습은 무언가 말하고 싶은 마음이 앞선 것처럼 보였다. 한국에 대해서든 자신에 대해서든 무언가 말하고 싶은 마음.

"여기에서 뭐 하고 있니?"

"공원에서요? 아니면 독일에서요?"

"둘 다."

"지금은 어학원에서 독일어를 배워요. 어학원에 다니지 않을 때는 전시도 보고, 영화도 보고요."

"공원에서는 뭐 하고 있었어?"

'지리멸렬'부터 '어울리지 않음'까지 설명하려면 얼마나 많은 독일어가 필요한지 알기 때문에 나는 사실 그대로 말하기를 포기했다. 적적함에 누구와라도 대화하고 싶어 하는 노인이라고 생각했기 때문에 빨리 대화를 끝낼 심산이었다.

"그냥 있어요. 지나가는 사람들 보고, 햇살도 맞으면서."

"그래? 내가 보기엔 그런 것 같지 않았는데."

그는 세월을 간파한 노인이 지닌 특유의 연륜을 드러내며 말했다.

"그래요? 왜 그렇게 생각하셨는데요?"

그는 대화가 길어진다고 생각했는지, 먼저 자기소개를 했다.

"아, 나는 안테 부코빅이라고 해. 러시아에서 독일에 온 지는 십수 년 전이고, 너무 오래되어서 이젠 기억이 잘 나지 않아."

"저는 약 6개월 전에 독일에 왔어요."

"6개월이라, 쉽게 기억할 수 있을 정도의 시간이구나. 6개월 만에 배운 독일어 실력이 대단하네. 몇십 년 산 나와 별로 차이를 못 느낄 정도야."

"고마워요"라고 대답했지만, 독일에서 자주 접한 겉치레식의 말이라고 생각했다.

"내가 독일에 처음 왔을 때는 어학원에서 말을 배운다는 개념이 없었어. 일하고 생활하며 부딪치면서 그때그때 익힌 거지. 배우는 게 아니라 익힌 거였어. 결국 사는 거였지. 어학원에서 배웠더라면 좀 더 빨리, 정확하게 독일어를 말할 수 있었을지도 모르지."

이 노인이 독일에 정착하던 시기까지 상상하려면 넘어야 할 단계들이 많을 것 같아서 생각할 시도조차 하지 않았다.

"내가 너에게 왜 말을 걸었다고 생각하니?"

"잘 모르겠는데요. 저와 그냥 대화하고 싶으신 건가요? 아니면 동양에 대한 호기심?"

"열심히 추측해 주어서 고맙지만, 다 아니야. 이상한 이야기로 들릴 수도 있겠지만, 내가 보기엔 너에겐 뭔가가 있어. 귀신이 보인다는 그런 종류의 이야기가 아니야. 타국에서 외국인으로서 느끼는 동질감으로 건네는 말도 아니야. 독일에 오기 전 혹은 더 이전부터 너는 무언가 가지고 있는 것 같아. 너의 마음과 너 자신에게."

나는 순간 놀랐고, 당혹스러웠다. 나의 과거를 들킨 것 같았고, 낯선 이에 대한 공포심이 올라왔다. 최대한 예의 있게 대화를 거절하며 자리를 피해야 할지, 돌연 도망쳐야 할지, 독일어를 못 알아듣는 척 무시해야 할지 여러 생각들로 복잡해졌다. 얼빠진 모습으로 그를 빤히 바라보고 있는 나에게 그가 말했다.

"너 괜찮은 거지?"

"아, 네…."

잠시 대화가 끊겼고, 나는 이런 정적에 익숙했다. 상대방이 어떤 말을 꺼내어 나와 대화를 시작해야 할지 몰라 곤란해 하느라 생기는 정적. 한국에서는 대부분 내가 먼저 아무렇지 않게 화제를 돌릴 수 있었지만, 독일에서는 고맙게도 거의 상대가 먼저 정적을 깨 주었다. 때론 언어적 한계와 대화를 좋아하는 독일인의 성향 뒤에 나를 살며시 감추고 매번 청자의 입장이 될 수 있어서 편안했다.

"지금 너의 표정을 보니, 너에게 뭔가가 있다고 더 강하게 느껴지는 것 같아. 갑작스러울 수 있겠지만 혹시 너만 괜찮다면 나와 함께 가벼운 피크닉을 가 보지 않을래?"

"피크닉? 어디로 가는 거죠?"

"도시 근교야. 가까운 데에 갈 수 있는 성이 있어."

낯선 사람을 조심해야 한다는 것은 당연히 알고 있었다. 앞에 있는 이 노인은 내가 불과 몇 분 전에 처음 본 사람이고, 타국이라는 낯선 공간에서 만난 사람이고, '나의 뭔가'를 건드리면서 긴장과 의심의 날을 세우게 한 사람이다. 그가 피크닉을 제안했을 때 단번에 거절할 수도 있었는데, 왜 장소를 언급하며 질문까지 하게 된 것인가? 많은 생각이 오고 갔지만, 결국 나는 피크닉을 가 보겠다는 결정에 이르렀다. 이 사람이 '나의 뭔가'를 건드렸고, 이 '뭔가'를 한 번쯤은 타인에게 말해 보고 싶다는 헛된 욕망이 작용했던 것 같다. 독일 생활에서 어학원 동료 외에 '타인'이라고 하는 사람을 오랜만에 만나서 순간적으로 사람에 대한 호기심이 올라왔을 수도 있다. 어쩌면 세월을 겪어 낸 사람에게서만 느껴지는 지혜와 편안함에 나를 맡겨 보고 싶었는지 모른다. 혹은 그가 먼저 나에게 말을 건 것처럼 나에게도 이상한 끌림이 작용했는지도.

"그래요. 어학원 다니는 것 외엔 항상 혼자였어요. 시내만 돌아다녔지 근교에 가볼 일이 거의 없었거든요. 저보다 이 도시에 더 오래 사신 분이니까 소개해 주실 수 있을 거예요."

"그래? 좋아. 나는 이 도시에서 혼자 살고, 자식들은 모두 다른 도시에 살고 있어. 가끔 주말에 자식들이 방문하지만, 그것도 가끔이야."

그는 개인적인 이야기가 길어질까 봐 스스로 조절하며 말하는 것 같았다.

"다음 주 월요일 오후 5시에 트램 역 앞에서 보는 거 어때?"

"네, 좋아요."

"그럼 다음 주에 만나는 걸로 하자. 너의 여유로운 오후 시간을 더는 방해하지 않고, 나는 이만 갈게."

"네, 조심히 가세요. 월요일에 봐요."

우리는 마치 오래 알고 지냈던 사람처럼 인사를 나눴다.

월요일 오후 시내는 퇴근하는 사람들로 북적였다. 약속 장소인 트램 역으로 가는 길에서도 나는 여전히 의심했다. '처음 본 사람과 피크닉을 간다는 것. 과연 잘하는 일일까? 정확히 어디로 가는지도 모른 채 무작정 그를 따라가도 괜찮은 걸까? 지금 와서 약속 장소로 가지 않으면 그만이지 않을까?' 여러 생각이 교차하는 가운데, 나의 두 발은 이미 약속 장소로 향하고 있었다. 배낭을 어깨 위까지 바짝 조여 매고 서 있는 안테가 멀리서 보였다. 그와 손을 흔들며 인사를 나누고 나니 이상하게도 수많은 의심이 한순간에 사라졌다. 배낭을 올려 맨 노인의 뒷모습이 낯설지 않은 이유가 무엇인지 스스로 묻고 있었다.

"안녕하세요. 잘 지냈어요?"

"응, 안녕. 나는 잘 지냈어. 너도 잘 지냈니?"

우리는 어설픈 침묵을 깨고 인사를 나누었다. 트램을 기다리는 동안 그와 대화를 나누었지만, 나는 내내 그를 관찰하느라 대화에 집중하지 못했다. 그 장소에 가는 것이 익숙한 사람처럼 그는 서두르는 기색 없이 편안해 보였다. 어쩌면 그가 기다림이라는 것에 익숙한 사람일지도 모른다는 생각을 했다. 나는 몇 번 트램을 타고 어떤 정류장에서 갈아타 어디에 도착하는지에는 관심을 갖지 않았다. 그에게 의지하기로 해서는 아니었다. 하지만 나에겐 오래전에 잊힌 '익숙함'이라는 감정이 절실히 필요했다. 오늘의 동행이 순수한 만남으로 시작되어 어떤 종결을 맞게 될지 상상하는 동안, 선로 멀리에서 트램이 들어왔다. 안테는 손짓을 하며 우리가 타야 하는 트램이라고 알려 주었다. 트램 안에서 우리는 대화를 나누지 않았고, 그런 침묵이 오히려 동행을 편하게 만들었다. 트램을 타고 몇 개의 정거장을 거친 후, 우리는 버스로 갈아탔다. 이 도시에 사는 동안 버스를 타는 일은 손에 꼽을 만큼 드물었고, 환승 정류장의 주변 풍경은 낯설었다. 버스는 높은 나무가 양옆으로 뻗어 있는 이차선 도로를 시원하게 달렸다. 오랜만에 보는 푸른 녹음은 분명 나를 차분하게 해 주었고, 내가 어디로 가고 있는지 중요하지 않게 느껴졌다. 우리가 내릴 정류장이 되자 안테가 하차 벨을 눌렀다. 그는 본래 하던 대로 행동하는 것 같았지만, 행동마다 세심한 배려를 잃지 않았다. 타지에서 외국인으로 살아가면서 체감한 적당한 눈치와 오랜 세월에서 축적된 배려심.

도착한 곳은 성이라고 하기엔 작은 예배당처럼 보이는 건물이었다. 건물은 새하얀 외벽으로 세워져 있었고, 둥근 지붕 위에 작은 십자가가 눈에 띄었다. 예배당 앞에는 구역을 나눠 종류별로 꽃이 심어져 있었고, 인위적이지 않게 옮겨 심은 모습에서 자연 그대로의 느낌이 전해졌다. 우리는 화단 주변을 천천히 걸어 예배당으로 들어갔다. 안에는 아무도 없었고, 거쳐 간 사람들이 남긴 촛불들이 어둑한 공간을 밝혀 주고 있었다. 암묵적으로 동의한 듯 우리는 예배당의 긴 의자에 서로 떨어져 앉아 각자 기도 시간을 가졌다. 내가 먼저 기도를 끝내고 그를 바라보았을 때, 그는 평온한 얼굴로 예배당 흰 벽에 흡수되어 공간과 하나가 되는 것처럼 보였다. 그의 기도까지 끝나자 우리는 예배당을 나와 벤치에 앉았다. 안테는 배낭에서 준비해 온 빵과 커피를 꺼내 나에게 건넸다. 나보다 몇 배 이상을 살아온 사람에게서 받는 특유의 푸근함, 이유 없이 받는 보살핌이 느껴졌다. 커피의 맛은 평범했지만, 고요한 장소가 주는 공기 안에서 유일한 맛으로 전해졌다.

"여기는 어떻게 오게 되셨어요?"

"이 성? 아니면 독일에?"

"둘 다요."

그는 내가 지금까지 던진 질문 중에서 가장 오래 침묵을 유지했다. 처음 만난 날, 끙끙대며 서둘러 말하는 모습과는 전혀 다른 사람처럼 느껴졌다.

"20대 후반에 독일에 왔어. 아주 작은 시골 마을이었지. 당시 러시아에서 나는 직업도, 변변한 소속도 없이 그저 하루를 보내고, 다음 하루를 맞이하는 그런 생활을 하고 있었어. 기쁘지도, 슬프지도 않은 하루를 보내는 일은 그렇게 나쁜 것만은 아니었어. 그렇게 지내고 있던 나에게 지인이 제안을 했지. 독일에서 작은 공장을 운영하는 사람이었어. 상대적으로 인건비가 저렴한 러시아나 동유럽 사람들을 공장의 인부들로 꾸려서 운영했지. 그때 러시아에서 나는 미래에 대한 구체적인 계획이나 나를 떠나지 못하게 하는 특별한 관계도 없었기에 큰 고민 없이 제안에 응했고, 그렇게 독일로 오게 되었어. 쉽게 내린 결정이 나를 지금까지도 독일에 살게 할 줄 그때는 정말 알지 못했어. 만약 이런 결과를 알았으면, 그때 나는 다른 결정을 내렸을까? 인생에서 결과를 미리 알 수 있는 일은 없다는 사실, 그 뻔한 진리가 때론 안심이 되기도 한단다. 그렇게 러시아를 떠나 독일에서의 생활 초반에는 새로운 환경에 적응하느라 정신이 없었어. 러시아에서 지낼 때와 시간이 다르게 흐르는 것 같았지. 그것은 아마도 새로운 세계로 진입하는 의식이었던 것 같아."

긴 세월을 한순간에 압축해서 말한다는 것이 가능할까? 나는 막힘없이 대답하는 그를 보며 생각했다. 그와 함께 있는 지금이 시간도 결국 과거가 되어 버릴 것이다. 이런 사실을 나보다 그가 더 잘 알고 있을 텐데 그럼에도, 그는 나와 공유하는 지금을 진심을 다해 매만지고 있었다.

"지내다 보니 1년, 2년 그리고 10년이 훌쩍 지나 버리는 거야. 한번 떠나온 내 나라로 다시 돌아가는 게 그렇게 어려운 일이 될 줄은 정말 몰랐어. 지금은 국가 간에 이동이 쉽지만, 그때는 시내 한복판에 전차가 다닐 때였어. 전화 한 번 편하게 하기도 어려운 상황이었지. 몇 년 동안 부모님과 겨우 통화 몇 번 한 게 전부였어. 나는 종종 편지를 보냈어. 나의 부모님은 글을 모르는 분들이라 내가 쓴 편지를 읽거나 답장을 쓰지도 못하셨어. 편지를 받자마자 바로 읽지는 못하시더라도 주위 사람들의 도움을 받아 어떻게든 읽으시리라는 생각으로 나는 편지를 쓰고 또 썼어. 답장 없는 편지를 쓰고 있노라면, 때론 내가 나한테 보내는 편지 같기도 했어. 독일에 온 지 7년 만에 나는 처음으로 러시아에 다시 갈 수 있게 되었어. 처음 독일에 왔을 때 새로운 세계로 들어갔던 것처럼, 나는 내 나라, 내가 살던 도시로 가면서 또 다른 새로운 세계로 들어가게 된 것 같았어. 그런데 7년 전 살던 주소를 따라 찾아간 내 집은 온데간데없이 사라졌고, 완벽하게 달라져 버린 풍경을 바라보고 있자니 말문이 막히더라. 집이 사라진 것보다 더 기가 막힌 건, 내 부모님이 당연히 있을 것이라 생각했던 장소가 흔적도 없이 사라져 버린 것이었어. 어디로 가 버린 건지, 어떤 일이 있었는지 물어볼 사람도 없었어. 시간과 공간이 그리고 사람이 증발해 버린 거야. 나는 미친 사람처럼 예전 기억을 더듬어 헤매고 다녔어. 그런데 있잖아. 추적하려면 단서가 있어야 하고, 끝이 있으려면 시작이 있어야 해. 질문하려면 질문할 사람과 질문 내용이 있어야 하는데, 나에겐 아무것도 없었어. 애매한 기억으로 애매하게 서서 나는 대답할 수 없는 나에게 스스로 질문했어. 다시 독일에 돌아오기 전까지 매일 그렇게 지냈던 것 같아. 러시아에서 지내는 3주 동안 제대로 먹지도 자지도 못한 채 부모님을 찾아다녔어. 얻는 것 하나 없이 탐색의 결말은 쓰라렸고, 나에게 남은 건 피로한 육체와 답답한 감정뿐이었지. 결국 나는 내 생활이 있는 독일로 다시 돌아올 수밖에 없었어. 돌아오자마자 며칠을 내내 잠만 잤어. 모든 기력이 소진되어 아무것도 할 수 없었지. 부모님이 사라졌다는 사실을 깊은 잠으로 잊고 싶었어. 눈을 떴을 때 다시 또 부모님 생각이 났고, 그들은 대체 어디로 갔을까? 지금 어디에 있을까? 끊임없이 묻고 또 물었지. 죽었다고 하기엔 죽지 않았고, 떠났다고 하기엔 떠나지 않은 사람들이니까. 한동안 말이라는 것을 할 수 없었어. 너무 많은 감정이 성대를 짓누르는 듯했고, 입을 벌려 소리를 끌어올릴 힘이 없었어. 글을 모르는 부모님의 무능력에 대한 한심함과 부모님에 대한 그리움과 아무 말 없이 사라진 그들에 대한 분노와 답장 없는 편지를 반복해서 썼던 나 자신의 어리석음에 대한 한탄으로 목소리가 사라진 것 같았지. 여전히 많은 말을 하고 싶지 않았지만, 다시 나를 일으켰을 때는 마치 긴 꿈에서 깨어난 듯한 느낌이었어. 나는 최대한 러시아에서의 일에 대해서 생각하지 않으려 했고, 다시 내 생활을 하기 시작했어. 밥을 먹고, 일을 했지. 평범한 일상을 살아가다가 문득 마음에 공허함이 밀려올 때는 무조건 걸었어. 이곳도 정처 없이 걷다가 우연히 발견하게 된 장소야. 그 후로 종종 부모님의 일이 생각날 때면 이 예배당을 찾았어. 사람에게는 해결되지 않는 것들을 종교에 기대어 마음을 쉬고 싶을 때가 있잖니. 나 홀로 질문하고 나 홀로 답을 찾는 것이 지겨울 때쯤 이곳 예배당에 와서 신께 질문을 던지고 신을 탓하기도 하고 응석을 부려 보는 거지. 나쁜 감정들을 토해 내고, 침묵 속에서 씻어 내는 것. 기도를 통해 존재가 희미한 부모님의 안위를 빌어 보는 것. 내가 살아가면서 부모님을 위해 할 수 있는 유일한 일이었어."

그의 내밀한 답변에 한동안 빠져 있다가 순간 섬뜩해졌다.

'두 번째 만난 사람에게 이렇게 자기 삶의 중요한 부분을 드러내도 된단 말인가?'

그의 이야기를 들은 후로 오늘의 피크닉이 다른 이미지로 그려지기 시작했다. 이런 동행은 처음이라 감각이 살아났고, 그의 행동 하나하나에 집중하게 되었다.

"이곳에 오니까 어떠니?"

"음… 어…"

그의 질문에 나도 내 삶의 일부를 드러내야 하는 것은 아닌지 두려움이 밀려왔다. 서로의 과거를 공유하고, 삶의 일부를 파악하는 것이 내가 미처 인식하지 못한 이번 동행의 취지였다면 나는 당장 도망치고 싶었다. 나는 아직 내 이야기를 할 자신이 없었다. 그는 당황한 내 속내를 눈치채고 빠르게 대화를 틀었다.

"나는 원래 대범한 성격이 아니야. 공원에서 홀로 앉아 있던 너를 보고 문득 이 장소가 떠오른 건 왜였을까? 너와 동행을 하게 되면, 그 이유를 알 수 있지 않을까 해서 두려움을 무릅쓰고 선뜻 제안하게 된 거야. 나는 그 이유를 이미 찾았는데, 너는 찾은 것 같니?"

굳이 대답하지 않아도 된다는 말을 그는 옅은 미소로 대신했다. 우리는 간식을 다 먹고 난 뒤, 예배당 주변을 걸으며 언덕 아래로 보이는 풍경을 바라보았다. 대부분 그가 앞장서서 길을 안내하면, 내가 따라갔다. 부족한 언어로 내가 힘들어하지 않도록 그는 최대한 눈빛과 미소로 이야기하는 것 같았다. 때로 그는 내가 머무는 곳에서 묵묵히 기다려 주었고, 같이 걷다가도 자연스럽게 서로의 시간을 양보해 주었다.

돌아가는 길에서는 둘 다 말이 없었다. 서로의 지난 세월에 잠겨 있는 듯했고, 그 시간을 방해하고 싶어 하지 않았다. 처음 만난 트램 역에서 우리는 헤어졌다. 뒤돌아서 가는 그의 뒷모습을 보며 나는 그것이 다시는 보지 못할 뒷모습이라는 것, 그는 다시 만날 수 없는 사람이라는 것을 예감할 수 있었다.

두 번의 만남 그리고 한 번의 동행. 그것은 무엇이었을까? 그에게 고마운 마음이 먼저 들었다. 나에게 먼저 동행을 제안하고, 나를 위해 시간을 내주고, 간식을 준비하고, 적당한 질문과 반응으로 배려해 주던 모든 것들이. 오랫동안 받아 보지 못했던 온전한 마음이었다. 시간이 지나 문득 그를 생각하면, 공원에서의 첫 만남이나 예배당의 풍경도 아닌 기도의 순간이 떠올랐다. 아마도 그때 그는 나와 같은 것을 빌고 바랐는지도 모르겠다. 그가 나와 동행한 이유가 그것이었을까? 그래서 동행한 이유를 이미 찾았다고 웃으며 말할 수 있었을까?

이후, 독일에 지내면서 나는 자주 무기력과 공허함에 부딪쳤고, 그때마다 안테가 했던 말을 떠올렸다. 다시 밥을 먹고, 다시 잠을 자고, 일정한 범주 안에서 기본에 따라 살아가는 것. 그렇게 살아가고, 살아 내는 것. 계속 움직여서 새로운 곳으로 자신을 이동시키는 것. 나는 자주 걸었고, 걷는 동안 안테를 떠올렸다. 그는 어떻게 지내고 있을까? 그의 부모님은 대체 어디로 간 것일까? 그에게 연락할 방법은 없었다. 동행하면서 표현하지 못했던 고마운 마음을 담아 편지를 써 봤지만 부칠 수 있는 주소가 없었다. 그렇게 예배당에서 했던 기도만 남은 채 그는 나에게서 사라졌고, 나는 그에게서 사라졌다.

2007년 8월 2일

떠나온 곳과 떠나간 곳이 어디인지 알 수 없다. 길은 수직으로 내리는 비에 휩쓸려 간다. 어떤 형체가 눈가에 맺히고, 길을 잃은 빗방울이 간신히 매달린다. 목적지가 불확실한 대상은 무모함이라는 속도로 무언가 잡으려는 찰나에 날아가 버린다. 깊이 박힌 한

탄은 밀려나고, 말라 간다. 짚는 자리마다 흔적이 되지 못하고, 굴곡지게 흐른다. 뒤로 가는 것은 과거라고 했다. 떠나간 곳은 호화스럽고 눈부셨지만, 지지 않는 태양 아래서 슬픔은 일시적 무(無)로 바래져야만 했다. 떠나온 지점은 아득하고, 돌아갈 곳은 허망하다. 잿빛 하늘의 흔들림은 늘 편안했다. 뒤로 가는 것은 과거가 아니었다.

2007년 8월 13일

늦게 잠들었음에도 알람이 울리기 전에 잠에서 깼다. 꿈, 이상한 꿈 때문에. 내용은 잘 기억나지 않지만, 마지막 장면을 분명히 기억한다. 아빠는 눈을 심하게 다쳐 아무도 모르게 혼자 수술을 받았다. 외눈박이 괴물처럼 외눈이 되어 심각한 상처와 함께 내 앞에 서 있었다. 아빠의 눈은 미간 정중앙에 있었다. 그 눈으로 나를 보았다. 내가 생각한 아빠의 최후는 그런 모습이 아니었는지, 외눈박이의 아빠가 무서웠는지 내 눈에는 눈물이 넘쳐흘렀다. 외눈박이 아빠와 끊임없이 흐르는 나의 눈물. 꿈에서 흘린 눈물은 현실로 이어졌고, 눈물로 얼룩진 시야를 들어 잠에서 깼다.

엄마를 떠나보낸 후 나에겐 비난과 증오의 대상이었던 아빠였지만, 나는 그 앞에서 한 번도 내 감정을 표현한 적이 없었다. 우리는 각자의 상처를 추스르는 것만도 버거워 하며 시간을 견디고 있었다. 서로의 상처를 나누거나 보듬지 않고, 그저 각자의 자리에서 살아가는 것에만 집중했다. 감정의 교류보다도 우리에 겐 먼저 살아가는 게 중요했다. 독일로 떠나올 때 공항에서 나를 배웅하던 그의 처연한 모습. 늘 어딘가 어둡고, 불안해 보이는 모습. 부모의 불안은 자식에게 그대로 스민다는 것, 의지할 가장 가까운 어른의 흔들림은 자식의 불안감을 증폭시킨다는 것을 헤아리지 못할 정도로 아빠는 자신의 불안에 허덕이는 것처럼 보였다. 물리적인 거리가 멀어지면서 아빠에게 가졌던 증오와 분노는 잦아들었다. 하지만 이상하게도 시간이 갈수록 그에 대한 걱정과 불안감이 극도로 높아지고 있었다. 무의식중에 아빠도 엄마처럼 갑자기 사라져 버릴 것만 같은 불안감이 커졌었는지, 그는 내 꿈에 불행한 모습으로 자주 등장했다. 꿈속에서 아빠는 늘 어딘가 처참히 다쳐 있었고, 아무도 모르게 혼자서 해결하는 모습이었다. 아빠에 대한 나의 비극적인 상상이 끝없이 이어졌다. 꿈에서 깨어나면 나는 내가 독일에 있는 건지, 한국에 있는 건지, 꿈에 있는 건지, 현실에 있는 건지 알지 못한 채 불안감만을 느꼈다. 시차 때문에 바로 한국에 있는 아빠에게 연락할 수 없었고, 나는 그저 홀로 덩그러니 방 안에 놓여 있었다. 그런 꿈을 꾸는 날들이 이어지면서 불안과 걱정이 나를 따라다녔고, 현실에서의 내 삶에 집중할 수가 없었다.

2007년 8월 20일

사람은 감정을 가지고 있다. 감정에 따라 같이 웃고, 같이 운다. 다른 사람들이 같이 웃고 우는 사이에서 나는 혼자 멀뚱히 있다. 기쁨과 슬픔의 감정이 무엇인지 모르겠다. 기뻐하고 슬퍼하는 방법을 잃어버린 느낌이다. 나는 감정이 없는 것인가? 나는 사람이 아닌가? 나는 돌처럼 딱딱하기도 솜처럼 부드럽기도 한 이상한 존재인 것 같다. 나는 감정을 가지고 있는 걸까? 숨기고 있는 걸까? 계속 감싸고 숨어서, 겉으로는 아무 감정도 없는 척 포장한다. 그럴수록 나는 내가 어리석게 느껴진다. 수치심으로 얽매여 있는 나라는 인간. 내 모든 것은 거짓일까? 이렇게 무감각의 상태로 계속 살아간다면, 나는 앞으로 정상적인 생활을 할 수 있을까? 감정도 배울 수 있을까? 어디서부터 어떻게 배울 수 있을까? 나는 너무 막막해진다. 그렇게 힘들 바에는 차라리 죽어 버려도 괜찮다는 생각이 든다. 내 인생에서 외국에서 살 수 있었다는 것만으로 굉장한 경험이다. 나에게 죽음을 선물해 주어도 괜찮을 것 같다는 생각이 나도 모르게 든다. 죽음을 생각한다는 것과 죽음을 실천한다는 것은 어떻게 다른가? 무엇이 옳고, 무엇이 옳지 않은가? 얼마나 무섭고, 무섭지 않은 일인가? 새로운 계절이 와서 또 다른 계절을 맞이한다. 계절은 그저 지나가고 있다. 시간은 흐르고, 내 눈앞에 보이는 모든 풍경들이 낯설고 슬펐다.

2007년 8월 23일

한국에서 바쁘게 생활할 때에는 들지 않았던 생각들이 독일에서 혼자 생활하고 시간적 여유를 가지면서부터 조금씩 수면 위로 모습을 드러내기 시작했다. 나는 자주 엄마와 죽음에 대해서 생각하고, 허무함에 빠져들었다. 새로운 언어를 구사하기 위해 몰두했지만, 아무리 노력해도 외국어로 깊은 감정을 드러내는 것은 어려웠다. 무엇에 공감해야 하는지, 무엇에 공감받을 수 있을지 여전히 혼란스러웠다. 외국은 침묵하기에 적당한 곳이었고, 나는 침묵으로 일관하는 것에 익숙해졌다. 침묵은 때로 휘청이던 과거로부터 내가 차분해지고, 강인해지고 있다고 착각하게끔 했다. 나는 감정을 깊숙이 은폐하는 것으로 감정이 없다고 착각하면서 자신을 옹호했다. 내 감정을 제대로 인지하지 못할수록 내 정체성에 대해서도 혼란스러워졌다. 나는 자주 내 존재를 의심했고, 죽음에 이르는 상상은 끝없이 뻗어 나갔다. 엄마가 죽어 있던 장면이 자주 떠올랐고, 엄마의 죽음과 내 죽음을 동일시하기도 했다. 죽어 있는 사람이 엄마인지 나인지 알 수 없었다. 엄마가 죽었지만, 내가 죽은 것 같았다. 모든 세상이 그날의 시신을 감싼 천으로 덮인 듯했다. 내가 시신이 되어 천에 둘러싸이는 생각이 떠올랐고, 엄마의 시신 옆에 누워 있는 꿈을 꾸기도 했다. 내가 만나는 사람마다 시신 덩어리의 형상으로 느껴지는 회의적인 상상을 제어해야 했다. 그날, 그 상황에 있었던 동네 주민과 경찰 그리고 구급대원 들 모두를 내가 폭행하는 꿈이나 그 상황에서 내가 큰 소리치며 감정을 표출하는 꿈을 꾸었다. 꿈에서 깨어나면 현실에서 그렇게 하지 못한 연약했던 내 자신을 죽이고 싶었다. 이런 식으로 계속 살 수 있을까, 하루에도 수백 번 걱정하는 날들이 이어졌다. 식욕이 사라져 무언가 먹고 싶은 마음이 전혀 들지 않았다. 일주일 동안 아무것도 먹지 않기도 했고, 때론 한꺼번에 많은 양의 술을 마셨다. 과거의 장면이 떠오르면, 답답함과 우울감을 이기지 못하고, 무작정 나가 미친 듯이 뛰었다. 예고 없이 떠오른 기억을 주체할 수 없었다. 시간에 상관없이 새벽에라도 밖으로 나가 달리고 배회하고 방황했다. 타국이라는 것. 새벽이라는 시간. 아무도 없는 빈 거리. 그 무엇도 무섭지 않았다. 그때 나는 내 안에서 나를 엄습하는 그 생각들이 가장 무서웠다. 뛰면서 눈물이 차오르면 눈물을 공기 중에 날려 보낼 수 있을 만큼 더 빠르게 뛰었다. 그렇게 눈물이 바람과 함께 날아가면, 눈물이 아니라 바람 때문에 눈이 시큰해졌다고 착각할 수 있었다. 얼얼해진 다리가 아무 감각을 느끼지 못할 정도로 달리고 나면 기억의 압박에서 잠시나마 벗어날 수 있었다.

과거에 얽매여 현실을 살지 못하는 하루가 반복될수록 점점 나는 나에게서 멀어지고, 위태로워졌다. 풀리지 않는 의문을 떠안고, 나는 늘 과거의 그 자리에 서 있었다. 양손 가득 날카로운 칼날을 잡고, 움켜쥐지도 놓아 버리지도 못했다. 혼자서 해결하지도, 누군가에게 도움을 청하지도 못하고 혼자 괴로워할 수밖에 없는 나락의 시간이었다.

2007년 8월 30일

모든 관계의 시작은 '믿음'이라는 나의 믿음과 달리 정작 나는 타인에게 믿음을 주고, 믿음을 얻는 것이 두려웠다. 엄마의 죽음은 나에게 불신이라는 가장 슬픈 숙제를 안겨 주었다. 엄마가 떠나고 알게 되었다. 가족이라는 가장 가까운 관계도 한순간에 무너질 수 있다는 것. 가장 믿었던 사람도 믿을 수 없는 행동을 할 수 있다는 것. 자식의 울타리라고 여겼던 사람도 결국엔 한 명의 나약한 인간이라는 것. 나를 지켜 줄 어른은 없고 평생 지켜 줄 것만 같았던 관계 속에서도 사람은 무책임해질 수 있다는 것. 자식을 두고 부모가 떠날 수 있다는 무서움과 부모로부터 버림받았다는 생각을 자각하지 않으려고 아무리 발버둥 쳐 봐도 결국엔 인정해야만 하는 사실이었다. 허망하게 떠나 버린 엄마에게 본인 괴로움만 끝내면 다냐고 속으로 외치는 날들이 많았다. 나는 분명 엄마에게서 큰 상처를 받았지만, 그 사실을 인정하는 것은 더 큰 상처로 다가왔다. 더는 상처받고 싶지 않았기 때문에 나는 관계를 부정하고, 타인이 내보이는 믿음을 의심했다. 그리고 관계 안에서 나도 쉽게 무책임해질 수 있음을 경계하며, 타인에게 믿음을 주지도 받지도 않으려고 했다. 깊이 맺은 관계 안에서 누군가가 나를 또 떠나게 된다면, 그로 인한 상처를 다시 감당할 자신이 없었다. 그렇게 엄마의 선택은 내가 그동안 가지고 있었던 관계와 믿음에 대한 의미를 모조리 흔들어 놓았다.

2007년 9월 23일

십자가의 앞면에는 어둠이 가득하다. 십자가는 빛이 맺히고 퍼지는 사이에 있다. "십자가에 못 박혀…" 다음에 나오는 말들이 잘 기억나지 않는다. 예수가 흘린 핏방울은 빛을 닮았을까? 존재가 형태를 가지기 전, 특정한 정의를 이루기 전, 영롱한 빛의 느낌만 전해 주려고 하는 것일까? 빛이 맺히고 퍼지는 순간, 예수가 죽고 부활하는 순간을 정확히 알 수 있을까? 한 사람이 죽고, 다시 소생할 수 있을까? 가까스로 매달려 있는 것이 아니다. 허공에 떠 있는 것을 빛이 받쳐 줄 뿐이다. 그래서 더 많은 빛이 필요하다. 빛에 다가가기 위한 움직임일까? 그저 빛을 향한 기다림일까? 여전히 빛은 퍼지고 맺히기를 반복한다. 어둠 속에서도 오직 빛이 남는다고 했다.

죽기 전 엄마는 새로 이사 간 동네에서 교회를 찾아가고, 교회 사람들과의 만남에 자주 참석했다. 그것은 단지 종교적 의미가 아니었을지도 모른다. 아직은 자신이 이 세상에 의미 있는 사람이라는 것을 스스로 증명하려 했던 엄마의 마지막 의지처럼 느껴진다. 겉으로는 교회에 봉사하고, 하느님을 섬기는 것처럼 보였으나 사실은 그렇지 않았을지도 모른다. 엄마는 잠시나마 가족을 벗어나 새로운 사람들과 어울렸고, 최소한 자신을 위한 시간을 보내며 자신만을 위한 행동을 하고 있었다. 그런 행동에도 불구하고 끝내 자신이 자신을 버렸을 때, 그 순간에는 타인, 하느님, 엄마 자신마저도 없었다. 한 인간이라는 나약한 존재만이 있을 뿐이었다.

　장례는 엄마가 몇 개월 동안 다녔던 교회에서 치러 주었다. 장례식이 끝나고, 가족들은 교회에 인사를 드릴 겸 예배에 참석했다. 내가 처음 가 본 교회의 목사님과 많은 교인들이 엄마를 위해 기도를 해 주었다. 그때 나는 터져 나오는 눈물을 주체할 수 없었다. 엄마를 잃은 슬픔의 눈물이 아니었다. 엄마의 진실한 마음을 조금이라도 헤아려 주지 못한 하느님에 대한 원망과 무력하게 교회 의자에 앉아 있어야만 하는 나 자신에 대한 분노, 엄마의 마지막 의지를 알아채지 못한 스스로에 대한 미움과 죄책감이 뒤섞인 눈물이었다. 엄마가 마지막으로 의지한 것은 과연 종교였을까? 잠시 매달렸던 그것은 무엇이었을까? 애통과 회한의 눈물을 쏟아 내며 나는 아무것도 할 수 없었다.

2007년 9월 26일

삶의 거점을 바꾸면 뭔가 달라질 줄 알았는데 바뀐 건 없었다. 독일에서 무엇을 배우고, 새로운 것을 경험한다고 해서 모두 해결되는 것은 아니었다. 나에게는 평생 따라다니는 나만의 과제가 있다. 이것이 내 인생에서 가장 크고 중요한 문제로 느껴져 현재 나에게 주어진 다른 사소한 문제들은 별로 신경 쓸 필요가 없는 것만 같다. 죽으면 결국 이름 석 자만 남는 삶인데 왜 힘들게 도전을 하고, 열심히 살아가야 할까? 나는 깊은 허무감에 빠져서 현실의 문제들에 매번 심드렁했다. 새로운 인생을 시작할 수 있을지 모른다는 일말의 기대로 떠나온 독일에서도 자주 허무감에 휩싸였다. 삶이라는 것에 애써 발을 붙여 보려 할 때마다 다시 허무와 우울이 찾아왔다. 주어진 삶을 살아 내는 당연한 일이 내겐 당연하지 않았다.

고정하지 않으면 기억은 부서지고 망가졌다. 무심히 사라져 버리는 기억을 나는 애써서 복원해 내려고 했다. 그런데 어쩐지 기억하려고 노력할수록 나 혼자만 부서지는 기분이었다. 엄마의 죽음 이후 내 기억을 담당하는 모든 부분이 이상해졌다. 엄마라는 존재를 떠올리면 항상 죽은 엄마를 발견한 마지막 모습으로 귀결되었다. 엄마가 죽기 전의 내 삶, 내가 경험한 모든 시간이 파편화되어 흩어졌다. 나의 존재가 흔적도 없이 도둑맞은 기분. 앞으로 나에게 생성될 기억이 온전한 기억으로 저장될지 장담할 수 없었다. 그동안 나는 어떤 모습으로, 어떤 시간 속에 살았던가? 나는 누구였을까? 과연 누구인 걸까? 어떻게든 기억을 떠올려 보려고 해도, 나는 죽은 엄마 앞에 서 있는 소심하고 무력한 열일곱 살이었다. 독일에서 홀로 생활하는 동안, 궁금한 점이 생길 때마다 가족들에게 대뜸 연락해서 물어볼 수도 없었다. 이런 상황을 선택한 나 자신에 대해서 화가 났고, 점점 자책하는 시간도 많아졌다. 오랜 시간 기억이라는 감옥에서 혼자 끙끙대며 나 자신을 옭아매고 있었다. 나는 엄마의 사건을 해소하는 것을 최우선으로 삼으며 대부분의 시간을 보냈다. 과거의 기억에 집착하면서 정작 현실에서 일어나는 일들에 무심해졌고, 학업이나 새로운 인간관계는 늘 뒷전이었다. 타국에서 나는 더 고립되고, 단절되어 가고 있었다. 이런 상황을 빨리 벗어나기 위해서는 기억을 떠올리는 것만이 해답이라고 생각해 그것에 집착했다. 혼란스럽긴 했지만 해결을 위한 여러 가지 시도 덕분에 이 시간을 버텼다. 문제를 해결하면 모든 것이 좋아질 거라는 믿음 하나로 나는 겨우 삶에 대한 끈을 놓지 않고 살아가고 있었다.

2007년 10월 4일

누군가와 같이 있는데 온종일 한마디도 하지 않는다는 것. 이것은 혼자 있는 것과 마찬가지 아닐까? 말의 의미는 무엇일까? 말을 하는 것과 안 하는 것의 차이는 무엇일까? 새로운 언어를 배우는 일은 즐거운 경험이었지만, 이상하게도 나는 점점 말이라는 것 자체가 하기 싫어졌다. 입 밖으로 나오지 못한 생각의 씨앗들이 몸속에 쌓이고 싹을 틔워 튼튼하게 자라다 언젠가는 커다란 생각의 열매가 되어 터져 나오는 상상을 하곤 했다. 하지만 어지러운 생각으로 가득 찬 나에게는 이 희망적인 상상이 쉽게 실현되지 않았다. 나는 이대로 내가 하고 싶은 말을 하지 못한 채, 생을 마감할 수도 있다고 생각했다. 이런 생각이 들 때면, 심히 우울해졌다.

지금까지 나는 내 솔직한 심정을 한번도 제대로 내보인 적이 없었다. 외국어로 표현한다는 것 자체가 어색했고, 외국어를 하는 나 자신이 마치 기계처럼 더욱 딱딱하게 느껴졌다. 독일어로 내 과거와 가족에 관해 설명하려면 어떤 단어들이 필요하고, 어떤 구조로 문장을 구성해야만 알맞은 표현이 될지 한참 동안 고민했다. 자살이라는 단어를 직접적으로 쓰고 싶지 않았다. 그렇다면 어떤 단어를 찾을 수 있을까? 사건, 스스로, 죽음… 적합한 단어를 찾기 위해 아무리 고심해 봐도 어떤 단어로 어떻게 말해야 하는지 알 수 없었다. 단어를 선택할 용기가 쉽게 나지 않았다. 생각의 씨앗을 끌어올려서 혀를 움직이고 입술을 벌려 목소리를 내려고 하기 전부터 식도에 무거운 감정의 돌이 걸린 것처럼 답답했다. 나는 언제쯤 내 솔직한 심정을 표현할 수 있을까? 과연 말할 수 있을까? 내 목소리를 들을 수 있을까? 뭉친 감정을 풀어낸다면, 나는 제대로 말할 수 있게 될까?

내면에서 끊임없이 괴로움과 분노 그리고 억울함의 감정들이 자신의 존재를 외치고 있었지만, 실제로 소리 내어 표현할 수 없었다. 나에게 일어나는 감정이 있는 그대로 느껴지지 않았다. 감정을 표현하는 일이 불편했고, 매번 실패한 것 같았다. 감정 회로가 오래전에 고장 난 느낌이었다. 완벽한 수리가 이루어져 초기화가 불가능했고, 회로를 점검하고 다시 제 기능을 다 할 때까지 얼마나 많은 시간을 필요로 할지 아득했다. 감정이 생긴다고 해도 나는 그것을 대하는 일부터 낯설었고, 감정의 생성과 표현에 대해 여러 번 곱씹어서 생각하게 되었다. 이런 단계를 거치다

보면 감정은 어느새 내 안에서 사그라들고 희석되어 표현해야
할 필요성과 당위성을 잃어버렸다. 하지만 분명 표현해야 하는
감정들이 존재했고, 건강하게 감정을 표현하고 소화하는 것이 얼
마나 중요한지를 내게 일깨워 주는 사람은 많지 않았다. 나는 내
가 느끼는 부정적인 감정들이 무서웠고, 감정에 다가가기보단 먼
저 피하고 숨기는 일시적인 안전함을 택했다.

2008년 1월 6일

빨간 스타킹, 호피 무늬 미니스커트, 꽃무늬 원피스, 붉은 립스틱,
현란한 액세서리. 늘 돋보이고 싶어 했던 엄마였다. 친구들 앞에
서 부끄러웠던 엄마의 화려한 모습이 지금은 기억조차 나지 않
는다. 지금 엄마가 존재한다면, 어떤 모습일까? 얼굴의 주름과 화
장 스타일은 어떠할까? 하늘나라로 가 버린 엄마는 구름의 형태
를 하고 있을까? 누구보다 화려했던 사람이 몇 개월 만에 시들어
버렸다. 내면은 이미 시들어 가고 있었지만, 표면적으로 드러나
기 시작한 것이 몇 개월 정도였다. 엄마는 본인의 의지와 무관하
게 시들어 가는 모습으로 자신의 괴로움을 표출하고 있었다. 화
려함을 추구했던 예전의 그 사람과 동일한 사람이 아니었다. 마
치 어둠을 몸에 걸치고, 어둠으로 치장하고, 점점 더 어둠 속으로
빨려 들어가는 사람 같았다. 왜 죽음과 관련된 것에는 검은색이
많은지, 죽어 가는 사람의 얼굴이 왜 검게 변해 간다고 하는지 이

제는 알 것 같다. 그때 엄마는 분명 죽어 가고 있었다.

엄마가 죽고 나서 나는 치장하고 꾸미는 행위에 도무지 욕구가 생기지 않았다. 교복에서 벗어나 대학생이 되었을 때, 외모를 꾸미는 일에 흥미를 느꼈던 시기도 잠시뿐이었다. 이내 나는 꾸밈을 위해 필요한 여러 도구와 장식들에 환멸을 느꼈다. 누구보다 화려했던 사람도 생의 마지막 순간에는 낡은 운동복을 입고 삶을 마감했다. 결국 인간에게 자신의 육체 이외에 남는 것은 아무것도 없었다. 엄마가 남기고 간 화려한 옷가지들, 액세서리들이 정리되고 폐기되는 것을 지켜보면서 나는 그것들의 필요성을 완전히 잃어버렸다. 기본에 충실하게만 입자는 생각으로 나는 검은색 의상을 선호하게 되었다. 때론 거울 앞에서 온통 검은색으로 둘러진 내 모습을 보고 있으면, 어둠을 걸치고 있었던 엄마의 모습이 떠올랐다. 나도 어둠을 걸치고 있는 것은 아닐까? 두려워졌지만, 어둠의 색은 나에게 익숙했다. 어둠 안에서 모든 색상은 존재를 지우고, 슬픔의 감정도 사라졌다. 이상하게도 어둠을 닮은 검은색 의상 속에서 나는 안정감을 느끼고 있었다.

2008년 1월 21일

똑똑… 똑똑… 노크하는 소리가 선명하게 들린다. 똑똑… 똑똑… 그 사람의 감정의 방으로 들어갔다. 그런 선택을 할 수밖에 없었던 엄마의 마음을 너무 알고 싶었다. 아무리 혼자 생각하고 또 생

각해 봐도 풀리지 않는 의문이다. 물어볼 사람, 답을 알려 줄 사람
은 이제 존재하지 않는다. 답이 돌아오지 않는 질문을 반복한다.
상상 속에서 나는 엄마의 마음의 방을 만들고, 그곳으로 들어간
다. 나는 방 안에서 어떤 것도 얻지 못하고, 계속 노크만 할 뿐이
었다. 상상이 끝날 때까지 노크 소리가 멈추지 않고 내 귓가에 울
린다. 노크 소리와 질문의 메아리가 뒤섞여 퍼져 나간다. 현실 혹
은 상상 그 어디쯤에서 계속 울려 퍼진다. 똑똑… 똑똑…

누군가 내 머리를 세게 내리쳐 줬으면 좋겠다. 영화 속 한 장
면처럼 머리가 짓눌린다고 해도 기꺼이 그렇게 되려고 한다. 그
사건을 기억하는 나의 뇌와 심장, 그 장면을 본 나의 두 눈을 없
애 버리고 싶었다. 내가 느낄 수 있는 가장 최고의 고통과 아픔을
느끼게 된다면 가능할까? 너무 많은 생각으로 머리가 터질 것 같
을 때마다 내 머리가 부서지는 상상을 한다. 사람의 머리에 너무
많은 생각이 채워지면, 결국 어떻게 되는 것일까? 6년이 지난 시
점에서도 내가 죽음의 장면을 기억한다는 사실이 절망스럽다.

엄마의 목소리가 그리운 나는 사람이 붐비는 도심 한복판에
서 눈을 감고 소리에 집중했다. 두 눈을 감고 집중해 보지만 사라
진 그녀의 목소리는 어디에서도 들을 수 없다. 이 모든 것이 환상
인지 현실인지 알지 못한다. 엄마의 형체는 사진으로만 남았고,
목소리는 빠르게 잊혔다. 귓가에 들리는 건 독일어의 웅성거림뿐
이었다. 외국어는 더욱 몽환적으로 들려서 나는 현실과 상상도
아닌 그 어딘가에서 혼란스럽게 서 있었다.

2008년 3월 22일

나는 제정신이 아닐 필요가 있다. 너무 아무렇지 않은 척 완벽해지려고 하니까. 사람이라면 감정을 표현할 수 있어야 하는데, 나는 항상 아무렇지 않은 모습이다. 나는 내가 제정신이 아니었으면 좋겠다.

내 얼굴이 여러 조각으로 부서지는 것 같다. 나는 계속 웃으며 걸어 다닌다. 나는 계속 울면서 걸어 다닌다. 내 심장이 여러 조각으로 부서지는 것 같다. 양면적인 감정의 끝을 오가며 걸어 다닌다. 나는 심한 모순으로 이루어진 것 같다. 가끔 내가 역겨워진다.

2008년 4월 1일

꿈을 꿨다. 사건 당일, 집의 벽이 무너지면서 모든 공간이 연결되었다. 공간의 모습은 살던 집이 아닌 듯 낯설었지만, 그 속에 죽은 엄마는 내가 보았던 그대로였다. 소리로만 들렸던 그날의 현장이 꿈에서 그려지고 있었다. 꿈이 그날의 현장과 일치하는지 알 수 없지만, 그럼에도 너무 생생했다. 생생한 꿈, 생생한 현실. 그것은 꿈이었을까, 현실이었을까? 분노, 괴로움, 억울함, 슬픔, 무서움 등의 감정이 한꺼번에 솟구친다. 이 감정들을 어떻게 해야 하나?

2008년 4월 14일

매번 같은 상상을 한다. 바닥을 바라보며 길을 걷다가 시선을 앞으로 돌리면 그곳은 다른 장소가 된다. 바닥은 솟구쳐서 해체되고, 길이 되었다가 벽을 만들어 주었다. 나는 전혀 모르는 새로운 사람들 사이에서 걷고 있다. 세상에 존재하지 않는 우주 공간을 걷는 것 같다. 하지만 다시 시선을 돌리면, 내가 걷고 있는 곳은 현실이었다. 딛고 있는 바닥은 흔들리고, 몇 걸음 앞에 낭떠러지가 펼쳐진다. 흔들리는 건 바닥이 아닌 나였고, 낭떠러지는 마음이 뚫린 자리였다. 현실이 아닌 현실에서 나는 걷는 것을 멈추고 제자리에 선다.

2008년 4월 23일

누군가는 오늘 무엇을 차려 먹을지 생각한다. 하지만 누군가는 오늘 자신에게 주어진 하루를 어떻게 끝낼지 생각한다.

2008년 5월 13일

가끔은 눈에서 더 이상 눈물이 나오지 않을 때까지 눈물을 빼내고 싶어진다. 그렇게 해서 답답함을 조금이라도 줄여 보고 싶다. 솔직한 감정이 밖으로 드러나지 못하고, 목에 막혀 있는 느낌이다. 말과 표정으로 감정을 드러내는 것이 자유로운 사람들. 나는 그들을 따라 하지만, 자주 실패하고 만다.

2008년 5월 26일

나는 엄마를 꿈꾼다. 죽은 사람이 가끔 나라는 착각을 한다. 엄마의 얼굴과 내 얼굴이 중첩된다. 그녀의 차가운 얼굴이 내가 되는 것 같다. 엄마는 나인 것 같고, 아닌 것 같기도 하다. 엄마의 나이가 되면, 이 알 수 없는 모든 것들을 자연스럽게 알 수 있을까? 되도록 빨리 엄마의 나이가 되어 보고 싶다. 그때가 되면 나는 정말 엄마를 이해할 수 있을까?

내가 중학생일 때, 부모님은 강원도에 일자리를 구하셨다. 서울에 사는 두 딸을 위해, 가족의 미래를 위해, 자기 자신들을 위해. 그들은 밀려나듯 서울을 떠났지만, 희생을 희생이라 여기지 않고 묵묵히 거처를 옮겼다. 하루하루 일하고 돈을 벌 수 있는 곳. 젊었을 때 세운 인생의 목적과 의미가 희미해지는 곳. 적막한 도로에 지나가는 자동차 소리가 두 사람의 마음을 긁는 냉정한 현실의 소리처럼 느껴졌던 곳.

깊은 산속의 어둠과 단절은 남에게 선뜻 말할 수 없는 인생의 한 부분이 되었다. 추운 겨울에 걸리는 동상에 살이 갈라져도, 서울에 있는 딸들에게는 절대로 이야기하지 않았다.

결국 시간이 지나 힘든 일들은 여러 번 걸러진 말투로 입 밖에 나오게 된다. 아무 일도 없었다는 듯이, 아무렇지 않았다는 말투로. 하지만 아무렇지 않다는 표정에서 오히려 그들이 감내했을 고통을 알 수 있었다.

자식이 독립적으로 성장하다 보면 부모는 자식을 대견하게 여기고, 점차 자식에 대한 믿음이 생겨난다. "내 자식은 스스로 잘하니까. 크게 관여하지 않아도 괜찮겠지." 하지만 부모님의 손길이 필요한 시기에도 혼자였던 아이에게는 도움 자체가 낯설다. 도움을 요청하고 도움을 받는 방법을 제대로 배운 적이 없어서 늘 혼자 처리하는 것이 익숙하다. 나는 좀 더 말썽부리고, 사고 치는 자식이 될 걸 그랬다. 힘들지만 어떻게든 살아가려는 부모님에게 걱정 끼치지 않으려고 노력하는 착한 딸이 아니라 부모의 걱정거리가 되더라도 마음대로 사는 아이. 부모에게 응석 부리고, 스스럼없이 도움을 요청할 줄도 아는 아이. 그랬다면 엄마는 자식에 대한 걱정으로 끝내 그런 선택을 하지 않았을지도 모른다. 자식만 남겨 두는 선택을 하지 않았을지도 모른다.

2008년 5월 28일

무의식중 스스로에게 지금에 만족하라고 말했다. 그 순간에 나는 내가 조금 우스워졌다. 이렇게 되어 버린 현실, 내 의지와 상관없이 벌어진 현실을 나는 쉽게 인정할 수 없었다. 만족하라고 말하는 이는 누구이고, 현실을 인정할 수 없는 이는 또 누구인가?

2008년 6월 19일

누군가가 나에게 스스럼없이 내가 겪은 이야기에 대해 질문한다면, 그리고 내가 그 질문에 숨김없이 담담하게 대답할 수 있다면, 그때에는 비로소 내가 치유되었다고 말할 수 있을까? 나는 완전히 치유될 수 있을까?

2008년 7월 21일

온몸에 힘이 없지만, 뱃속과 심장이 뜨거운 감정 덩어리로 가득 차 있는 느낌이다. 들숨에 덩어리가 울컥하며 솟구쳐 숨이 막힌다. 눈물도 화도 나오지 않는, 슬픔도 설움도 아닌 그 이상한 덩어리가 계속 심장과 식도 사이에서 너울댄다. 너무 가득 차서 잠이 오질 않는다. 답답함 때문인지, 뜨거움 때문인지 알 수 없었다.

2008년 9월 30일

나는 그냥 내가 아니었으면 좋겠다. 나는 내가 불쌍하다. 불쌍한 나를 보살피느라 다른 이들을 생각할 겨를이 없다. 나는 죽은지도 모르겠다. 죽을지도 모르겠다. 죽음은 조용하다. 조용하기에 남은 사람들을 다시 살게 한다. 조용한 죽음은 고달팠던 한 사람의 인생을 평온히 마무리하게 해 준다. 내가 나의 조용한 죽음을 맞이한다면, 내 죽음 후에는 무엇이 있을까? 머리가 하얗게 비워진다. 얼굴에 차가운 피가 치솟는 것 같다. 눈꺼풀 위가 뜨겁지만, 안에서는 시린 눈물이 흐른다. 나는 내 감정을 알 수가 없다. 언제쯤 이 모든 복잡한 감정을 알 수 있게 될까? 아무것도 모른 채로 마주한 아픔은 슬프지 않다. 나는 점점 더 황량하고, 초라해진다.

2008년 11월 2일

존재를 지탱시키는 네 개의 다리 중 한 개가 비워졌다. 아직 세 개의 다리가 남아 있다고 해도, 우리는 늘 위태로웠다. 임시적인 안정이 더욱 불안하다는 것을 우리는 알지 못했다. 남은 세 개의 다리로 균형을 잡았다. 완벽한 균형이라는 믿음 때문이었는지 우리는 서로에게 더는 다가가지 않았다. 그런 균형이라도 믿었다. 눈을 마주치기조차 힘든 순간이 있다. 서로 다른 방향을 바라보고, 불완전한 균형에 의지하고 있다. 최소한의 균형을 잡기까지 10년이 걸렸다. 더욱 완벽한 균형을 향해 어쩌면 20년이 더 걸릴 수도 있다. 시간의 흔적 사이로 모호한 무늬가 피어오른다. 일부러 발을 땅에 끌었다. 금방 지워질 발자국으로 말을 걸어 보지만 주저함의 발자국은 쉽게 새겨지지 못한다. 만들어진 균형을 균형이라 말할 수 있을까? 다리가 부족한 그 형태는 그림자조차 위태롭다.

2008년 11월 2일

내가 키 작은 아이였을 때, 우는지 웃는지 부끄러운지 화가 나는
지 구분할 필요가 없었다. 있는 그대로의 감정을 느꼈고, 감정은
고스란히 표현되었다. 내 마음의 방 안에 감정을 숨긴다고 해도
탈출과 구출의 기회는 늘 자유로웠다. 모든 것이 나보다 높아 보
였고, 나를 보호해 줄 것 같았다. 자라는 키만큼 모든 것이 함께
커질 줄 알았다. 그러나 든든하다고 믿었던 엄마의 존재가 사라
졌다. 무형의 장막을 몇 겹씩 둘러싸고, 내 얼굴에 감정이 드러나
지 않도록 막아 버린다. 나는 철저히 무감정이라는 감정의 세계
를 만들어 버린 것 같다. 때론 도움의 손짓을 내민다. 보장되지 않
는 보살핌 따위를 나에게 제공할 수 있었지만, 매번 실패에 그치
고 말았다. 손짓의 의도가 희미해진 손은 부끄럽거나 슬퍼 보이
지 않았다. 손마저도 무감정의 감정을 띠고 있었다.

2009년 10월 11일

내가 다니는 미술 대학에서 3주간 리스본에 머물며 작업 활동과
전시를 하는 프로그램이 마련되었다. 그 일정에 참여하면서 포
르투갈에 가게 되었는데, 3주 동안 작업 활동만 하기에 리스본이
라는 도시는 너무 매력적이었다. 도시에 흠뻑 취해 작업을 뒤로
하고 대부분의 시간을 자유에 맡겼다. 작업을 핑계로 거의 여행
을 했다고 해도 과언이 아니었다. 기분 좋은 시원한 바람에 이끌

려 늦은 저녁까지 파두(fado)가 울려 퍼지는 장소에 들어가 귀가 황송하도록 생생한 음악 소리를 들었다. 다른 날에는 노란 전차를 타고 굴곡진 거리를 오르내리며 아무 정거장이나 하차해 정처 없이 낯선 풍경 사이를 거닐었다. 또 다른 날에는 가까운 해변에 가서 자리를 펴고 여유로운 바다의 정취를 즐겼다. 도시 전체에 부는 시원한 바닷바람에는 하루 종일 사람을 기분 좋게 만드는 묘한 기운이 있었다. 아무 식당에 들어가 식사를 해도 친절한 사람들로 가득했고, 식당마다 소박하면서 손님을 따뜻하게 감싸는 분위기가 감돌았다. 하루하루가 진정한 자유로 채워지는 시간이었다.

하루는 친구들과 리스본 시내에서 멀리 떨어진 해변에 가보기로 했다. 기차를 타고, 버스를 갈아타서 도착한 곳에 위치한 해변은 자연 그대로의 모습이었다. 지금껏 한국에 살면서 보던 바다와는 차원이 달랐다. 파도는 건물 2층 정도나 되는 높이였다. 현지 사람들과 독일 친구들은 바다 수영에 익숙한 듯이 거대한 파도에 바로 몸을 던졌다. 파도에 압도되어, 나는 바다에 들어갈 엄두를 내지 않고 해변에서 부서지는 파도를 즐기는 것으로 만족했다. 눈앞의 바다는 아름다웠고, 수영하는 사람들은 평화로웠다. 넋을 놓고 풍경을 바라보고 있을 때, 높은 파도가 나를 덮쳐 그대로 바다로 끌고 들어갔고 나는 순식간에 파도에 휩쓸렸다. 벗어나기 위해 물속에서 발을 힘껏 굴렀지만 발은 전혀 바닥에 닿지 못했다. 반복되는 파도 속에서 나는 그저 흔들리고 있었다. 세 번의 파도가 생기는 동안 물 속에서 여러 가지 생각이 들었다. 첫 번째 파도에는 너무 당황하여 살기 위해 발버둥 쳤지만, 두 번째 파도가 몰아칠 때는 내가 아무리 발을 굴러도 어떻게 할수 없는 자연의 강력한 힘을 느꼈다. 세 번째 파도로 접어들 때는 내 인생의 끝을 맞이하는 기분이었다. 이것으로 끝이구나. 내가할 수 있는 것은 아무것도 없음을 깨달았다. 독일에서 아무도 모르게 사라지고 싶다는 마음이 자주 들었지만, 이렇게 독일도 아닌 포르투갈 바닷가에서 나의 최후를 맞게 될 줄은 전혀 예상하지 못했다. 물속에서 숨을 쉴 수 없다는 두려움이 엄습했다. 하지만 이상하게도 나의 삶이 이런 식으로 끝나는 것에 안심이 되었다. 어떻게 할 수 없는 운명 앞에 굴복하는 무력감은 나에게 익숙한 일이었고, 그런 일에 나는 더 이상 절망하지 않을 수 있었다. 누구에게도 충격적인 모습을 보이지 않고, 아름다운 자연 풍경안에서 죽음을 맞이하는 것. 이대로 숨이 멎어 삶이 끝나게 되면, 엄마를 곧 만날 수 있을 것 같았다. 그 기쁨에 죽음이 두렵지 않았다. 엄마에 대한 생각을 끝으로 나는 의식을 잃었다. 눈을 뜨니 해변가에 누워 있었고, 내 주위로 많은 사람들이 몰려 있었다. 포르투갈 현지인이 나를 구했다고 하는데, 의식이 돌아왔을 때 이미 그 사람은 없었다. 친구들의 놀란 마음을 다독이고, 그때부터는 파도에서 멀리 떨어져 그저 바다를 바라보기만 했다. 생사의 기로에서도 여전히 자연은 눈부시게 아름다웠다. 엄마가 죽은 다음날, 흔들리는 그네에 앉아 바라보던 맑은 하늘, 너무 찬란해서 원망할 수도 없던 하늘이 떠올랐다. 나를 위기로 몰아넣었던 파도였지만 부서지는 포말을 보고 있으면, 금세 매료되어 두려움을 잊게 됐다. 엄마의 죽음 이후 지난 7년 동안 나는 나에게 수없이 질문했었다. '나는 왜 살고 있나? 왜 살아야 하나? 무엇이 나를 살게 하나?' 마음속으로 수차례 죽어 갔던 내가 실제로 죽음의 순간에 놓였음에도 죽지 않았고, 다시 살았다. 그날 해변을 떠날 때까지 나는 바다에게 묻고 또 물었다. '왜 나를 다시 살게 했나요? 나는 왜 살아야 하나요?'

2009년 10월 26일

가루를 정의할 수가 없다. 왜냐하면 가루는 또 가루가 되니까. 땅과 사람은 어떻게 다를 수 있나? 땅이 사람이 되고, 사람은 땅이된다. 세상을 이루는 가루들은 날려서 사라져 버리고, 사라진 가루가 다시 모여서 사람이 되고 땅이 된다. 너의 가루와 나의 가루는 같다. 가루들은 너와 나 사이에서 오고, 너와 나 사이에서 흩어진다. 너와 내가 사는 이 세상 속으로 흩어진다.

2009년 날짜 없음

새로 이사한 집 바로 옆에는 묘지가 있었다. 이삿짐을 다 정리하고, 흰 꽃 한 송이를 벽 앞에 둔다. 백색은 흰 배경과 하나가 된다.

흰 꽃과 흰 배경을 완벽히 분리하는 도중에도 향기는 퍼지고 있다. 나는 이곳에서 죽은 이들을 곁에 두고 살게 되었다. 내 방이 묘지와 하나가 된다. 묘지로부터 내 방이 분리된 것 같기도 하다. 기괴하게 나눠진 공간에서 반쪽짜리 삶을 살아 낸다. 생경한 관계는 서로에 대한 예의를 생성한다. 차이를 구분하지 않으면, 두려움은 잊힌다. 무덤 옆에서 살고, 무덤 옆을 지나치고, 무덤 옆에 앉고, 무덤 옆에 다가간다. 무덤에 말을 걸고, 무덤에서 위로를 얻는다. 죽음의 대가는 너무 시리다. 부진한 생을 감당하는 자는 말을 잃었다. 순환되지 않는 사람은 죽은 것과 같다. 사라진 것들을 애잔하게 이어 붙이고, 빠짐없이 담아 둔다. 기억의 총량은 정해져 있지만, 자리마다 흘러넘쳐 끝내 존재를 감춰 버린다. 당장 죽을 수도 있는 인생이었다. 생의 기한이라는 말은 너무 슬펐다. 생이 나를 슬프게 하는가? 아니면 기한이라는 말이 슬펐던 것일까? 오랜만에 눈을 떴을 때, 나는 어떤 두 가지 사이의 경계를 포착하는 것 외에 달리 할 수 있는 것이 없었다. 마음이 아린 것을 몸이 아리다고 착각하며, 오후를 거치지 않고 저녁을 상상한다. 오후의 화창한 해 앞에 한 사람을 둔다. 여러 가지 색이 배경과 하나가 된 듯하고, 하나와 다른 하나를 분리하는 동안에도 애석하게 빛은 퍼지고 있다.

2010년 8월 18일

문을 열었다. 방은 세 개가 있었다. 첫 번째 방, 두 번째 방을 지났다. 엄마는 죽어 있었다. 그때 내가 죽은 엄마를 가까이에서 보았다면, 난 지금 계속 살아 있을 수 있었을까? 엄마를 직접 만졌다면, 난 지금 죽어 있을까? 엄마의 얼굴을 봤다면, 지금 더 힘들까? 아니면 덜 힘들까? 엄마를 그대로 남겨 놓은 채, 나는 나 자신을 잡아채어 1층까지 단숨에 내려왔다. 엄마를 혼자 남겨 둔다고 생각하지 못하도록 정신없이 빠르게 내려왔다. 내려와 앉은 아파트 단지 앞에서 나는 심장을 위에 두고 왔다는 걸 깨달았다. 심장이 없으니까 눈물이 나지 않는 것이라고 계속 혼자 되뇌었다. 내가 아닌 나는 그곳에 한동안 가만히 앉아 있었다. 움직이는 것은 깜빡거리는 내 눈꺼풀뿐이었다.

벽이 있었다. 그날, 오직 그 벽만이 알고 있었다. 자신의 왼쪽에 있는 사람과 자신의 오른쪽에 있는 사람. 자신의 왼쪽에서 일어나는 일과 자신의 오른쪽에서 일어나는 일. 왼쪽에서는 외로운 사람이 외롭게 사라져 가고 있었고, 오른쪽에서는 외로운 사람이 외롭게 투쟁하고 있었다. 한쪽은 더는 슬픔을 느낄 수 없게 되어 버렸고, 한쪽에서는 슬픔이 시작되었다. 슬픔을 느낄 수 없는 쪽의 슬픔은 조용하게 사라져 갔고, 슬픔이 시작된 쪽의 슬픔은 사라지지 않고 계속된다.

2010년 10월 13일

감정을 드러내고 있는 내 얼굴에 투명한 상자가 씌워진 느낌이다. 투명한 상자를 통해 바깥세상을 보지만, 나는 제대로 소통할 수 없다. 오직 투명한 상자 안에서만 내 감정을 자유롭게 표현한다. 내가 어디에서 무엇을 하든 항상 투명한 막이 존재한다. 투명한 상자와 함께 걷고, 앉아 있고, 잠드는 내가 있다. 투명한 막은 삶과 죽음의 경계를 짓다가 다시 흐트러뜨린다. 차가운 어둠을 경험한 나에게는 오직 투명한 공간만이 허락되었다. 그 속에서 나는 내가 아닌 나였다.

2010년 10월 22일

꿈을 꿨다. 혼자 남은 아빠는 술을 많이 마시고 쓰러졌다. 집 문을 열 때 느껴지는 알 수 없는 불안한 기운. 나는 그런 기운에 익숙해졌다고 생각했지만, 아니었다. 아빠는 지쳐 있는 정신을 온몸으로 마구 드러낸 채 쓰러져 있었다. 꿈에서조차 나는 흐트러져 있는 그의 모습 앞에서 내 정신의 균형을 유지하기 위해 집중력을 끌어모았다.

꿈을 자주 꾸지 않고 깊게 자는 편이긴 하지만 꿈을 꿀 때마다 이상하게도 엄마나 아빠가 나왔다. 꿈속에서 엄마는 항상 그날 그 자리에 죽어 있었고, 아빠는 항상 다치고 불안한 모습으로 등장했다. 독일로 떠나온 후 가끔씩 한국을 방문할 때마다 마주한 아빠의 모습은 처참했다. 아빠의 얼굴은 엄마가 떠나기 몇 개월 전의 얼굴과 닮아 있었다. 검다 못해 썩어 가는 모습. 얼굴 뼈 위에 살갗이 간신히 얹혀 있는 것처럼 말라 갔다. 살아 있는 해골의 형상이 있다면, 그런 모습이었을 것이다. 아빠는 겨우 살아 있는 듯했다. 그런 모습의 아빠를 뒤로한 채 다시 독일로 돌아오면, 알 수 없는 불안과 초조함이 나를 엄습했다. 삶의 의지를 찾아볼 수 없었던 아빠의 얼굴이 계속 떠올랐다. 아빠도 엄마처럼 사라져 버릴 것 같은 불안감에 나는 좀처럼 독일에서의 생활에 집중할 수 없었다.

2010년 10월 27일

내가 나에게서 면밀히 소외당한다. 나는 경계에 서 있었다. 의식과 무의식. 어른과 아이. 정상과 비정상. 그 모든 것의 경계에서 어쩔 줄 모르고 있었다. 나 자신이 곧 경계였다.

2010년 10월 28일

나는 이제 엄마로부터 많이 벗어났고, 엄마와는 다르게 사는 줄 알았다. 그런데 아니었다. 내가 곧 엄마였다.

2010년 12월 6일

죽음과 자살에 관련된 책을 계속 읽는다. 이해되지 않는 내 상태를 책을 통해서 조금이라도 알고 싶었다. 미리 겪은 사람들의 경험에 공감하고, 치유의 방법을 얻기 위해 닥치는 대로 읽었다. 책속에 분류된 비슷한 유형의 사건들. 사건으로 인해 나타나는 비슷한 유형의 감정들. 동일한 경험. 동일한 슬픔. 동일한 치유법. 삶에 대한 동일한 해답이 존재할 수 있을지 의문이 들었다. 책에 나오는 내용과 일치하는 나의 상태를 확인한다. 일치하지 않는 나의 상태를 확인한다. 어린 나이에 유가족이 된 사례와 자살 목격자의 사례를 찾지만 실패한다. 그럴 때마다 독서 행위는 나에게 힘이 되기도 하고, 때론 나를 지치게 했다. 나와 같은 경험을 한 사람이 이렇게나 많다는 사실이 놀라웠다. 내 유일한 경험이 다른 여러 사람의 경험과 섞여서 하나의 보편적인 사실이 되어버리는 것, 정신분석의 한 항목으로 간단하게 분류되어 버리는 것이 나를 무척이나 슬프게 했다. 책에 나온 극복 방법을 일찍 실천하지 못했음에 대한 억울함과 후회가 밀려왔다. 자살 목격자와 뒤늦게 발현되는 트라우마에 대한 다른 분석과 치료 방법을 알고 싶었다. 자살의 주제 속에서 실제로 그것을 경험한 사람들이 모두 같은 감정을 느끼고, 같은 방법으로 극복하고 있는 것일까? 차이와 예외를 드러내는 다른 극복 방법은 없는 것일까?

2010년 12월 6일

대부분의 부모는 자신의 부정적인 모습이 자식에게 그대로 대물림되는 것에 두려움을 느낀다. 자신과는 다른 삶을 살기를 바라며, 그렇게 되지 않기 위해 최선을 다해 지원을 아끼지 않는다. 나는 아직 부모의 역할을 가져 본 적이 없어서 부모의 마음이 무엇인지 정확히 알지 못한다. 만약 내 자식에게서 나의 모습을 본다면, 견딜 수 없을 정도의 두려움을 느낄 것 같다. 나는 분명 엄마로부터 우울한 기운의 영향을 받았고, 그 기운이 나의 우울감과 더해져 걷잡을 수 없이 커져만 갔다. 나는 내가 가진 불안, 초조, 슬픔, 절망, 분노, 좌절, 억울함 등의 모든 부정적인 감정을 대물림하고 싶지 않다. 내가 경험한 모든 어두운 감정들은 나에서 끝나길, 내가 마지막이길 바랄 뿐이다.

성장기에 부모님은 나를 있는 그대로 놔두셨다. 당시 어린 마음에 자식에게 무관심한 부모님의 태도에 불만이 많았다. 하지만 지나서 돌이켜 보면, 삶에 대한 부침이 자식에 대한 방임을 낳은 것은 아니었을까? 부모님과 떨어져 살았던 중학생 때, 어린 나이였음에도 불구하고 나는 내가 독립적으로 행동해야 한다는 것을 깨달았다. 부모님은 그들의 인생을 꾸리는 일에도 벅차 보였고, 최소한 나만큼은 짐이 되지 말아야겠다고 생각했다. 시간이 지나 어른이 된 지금에서야 부모로부터 진짜 독립한다는 것이 무엇인지 의심하게 된다. 엄마가 죽고 난 후 나는 부모의 존재와 부모의 역할, 부모와의 관계에 대해 더욱 집착적으로 매달리며

명료한 해답을 갈구하고 있다. 이런 나는 부모로부터 독립된 존재라 말할 수 있을까?

2010년 날짜 없음

저 멀리 어딘가에서 엄마의 장례가 치러지고 있겠지만, 나는 그네에 앉아 하늘을 보는 일밖에 할 수 있는 것이 없었다. 무슨 일이 생겨도 하늘은 늘 그곳에 있었다. 그네가 앞으로 힘차게 솟구치면서 나는 하늘을 바라보았다. 그네가 뒤로 힘차게 되돌아오면서 나는 어둠을 보았다. 어느 순간 그네는 멈췄다. 나는 미동도 없이 그대로 그네 위에 앉아 있었지만, 나의 내면은 깊은 곳에서부터 흔들거림이 지속되었다. 내 마음속 깊이 흔들리는 것은 무엇이었을까? 8년이 지난 지금도 계속해서 마음이 흔들거리는 것 같다. 언제… 언제쯤, 이 흔들림은 멈출까? 그날이 오기는 할까?

2010년 날짜 없음

하루에도 몇 번씩 심장을 중심으로 망가지는 느낌이 든다. 심장으로 거대하고 둔탁한 쇠막대기가 꽂힌다. 내 몸이 산산조각 나는 느낌이다. 어둠 속에서 나는 누군가의 손을 잡고, 희미하게 손짓하는 불빛 하나를 잡으려 세차게 달렸다. 시리도록 차가운 바람이 내 볼을 스쳤다. 바람은 내 심장을 스쳐 지나갔다. 잡고 있던 손은 따뜻했지만 심장은 차가워져 갔다. 이런 느낌이 들면 나는 누워서 심장에 손을 얹고, 잠을 청해 본다. 손으로 전해지는 미세한 심장 박동과 따스한 온기를 내가 직접 느끼는 것이다. '내 심장은 굳어 있지 않다. 나는 살아 있다'를 손으로 느끼고, 생의 감각을 잊지 않으려 한다. 굳어 버린 것 같은 심장은 여전히 힘차게 뛰고 있고, 시린 가슴에도 온기는 남아 있다고. 잠들 때마다 나는 나를 위로하고, 다짐한다.

2010년 날짜 없음

남은 가족들끼리 서로의 아픔을 건드리지 않으려 최대한 심리적 거리 두기를 한다. 한편으로는 그들도 갑자기 나를 떠나 버릴 것 같은 불안감이 엄습한다. 엄마의 죽음 이후 생이 한순간에 끝날 수도 있다는 허무함에 압도되는 동시에 나에게 주어진 삶을 어떻게든 잘 살아 내야 한다는 초조함, 조급함이 내면을 압박한다. 심리적으로 소진될 대로 소진된 나머지 한없이 무력한 가운데 살아 내야 한다는 조건이 더해지니 나 자신을 더 채근할 수밖에 없고, 그렇게 되면 자신을 돌보는 일에서 더욱 멀어지게 된다. 어렵게 받아들인 자살 유가족이라는 단어가 나를 정의하는 것 같으면서도 그 단어에서 벗어나기 위해 안간힘을 쓴다. 변화해야 한다는 것을 알고 있지만, 나는 마치 아픔의 훈장처럼 자살 유가족이라는 단어에 익숙해져 그 뒤로 계속 숨으려고 한다. 더 이상

상처받고 싶지 않아서 과거라는 틀과 자살 유가족이라는 단어 안에 안주하게 되는 것이다. 이런 양가적인 생각 속에서 계속 흔들리고, 나 자신조차 잃게 된다.

나를 위해 산다는 것이란 무엇일까? 나는 나를 위해 사는 것이 아니었다. 충격적인 경험에도 불구하고 살아가고 있다는 증거가 되기 위해 살았다. 남은 가족들을 안심시키기 위해 사는 것 같았다. 나를 위해 살지 않는 것은 나의 존재를 한없이 초라하고 비참하게 만들었다. 주체를 잃은 존재는 처참하게 부서졌다.

2010년 날짜 없음

이제 웬만한 일에는 화가 나지 않는다. 웬만한 일에는 아프지 않다. 아픔을 딛고 성숙해진 것이 아니라 고통과 불행에 지나치게 익숙해졌다. 화를 내지 않는 사람은 화를 내는 법부터 배워야 한다. 아픔을 아픔으로 느끼지 못한 사람, 아픔이라 말하지 못한 사람은 아픔을 겪어 내는 방법부터 배워야 한다. 아픔이란 배운다고 느껴지는 것일까? 나는 언제쯤 내 아픔을 아픔이라 말할 수 있을까? 내 감정에 의문이 생긴다면 내가 그것을 알고 싶고, 자세히 들여다보고 싶다는 뜻일 것이다. 아픔의 원인, 아픔의 강도, 아픔의 영향을 한 번이라도 생각해 보는 마음만으로 나는 조금씩 내 아픔을 향해 다가가기 시작한다.

2010년 날짜 없음

자욱한 안개로 가득했던 노리치(Norwich)를 걷고 또 걸었다. 보일 것 같으면서 보이지 않던, 항상 보이는 그 사람. 그러나 현실에서는 절대 보이지 않았다. 공기 중에 두껍게 깔린 영국의 안개가 조금씩 차갑게 나를 조여 온다.

굳어 버린 감정을 찾기 위해 생소한 도시로 떠나기를 반복한다. 낯선 도시의 생경함에 나를 던지며 의도적으로 작은 틈새를 내어 보는 것이다. 때론 새로운 곳에 대한 설렘마저도 딱딱해져 버린 감정을 뚫고 나오지 못한다. 나는 두근거리는 설렘의 감정을 전혀 느낄 수 없는 것일까? 내 감정이 꿈틀대고 요동치는 작은 순간을 마주하기 위해서 나는 그렇게 떠나는 일을 멈추지 않는다.

2011년 3월 1일

결국, 이 이야기를 하기 위해 수년간 참아 왔다. 자주 이동하고 회피하면서 지금 이 자리에 앉아 있다. 기억할 수 있는 것들의 한계를 경험하며, 이야기를 해야 한다는 필요성을 조금씩 느끼게 된 것이다. 나의 하루가 엄마에게는 다시 오지 못할 마지막 하루라는 생각으로 충실히 살아 내야만 했다. 매 순간을 엄마의 마지막 순간과 비교하면, 나에게 주어진 모든 것이 소중하게 느껴졌다. 하루에 눈을 뜨고 눈을 감는 시간까지 떠난 엄마와 나 자신에게 철저해지고 싶었다. 엄마가 죽고 난 후, 나는 매일 어떻게 눈을 뜨고 눈을 감았는지 정확히 기억나지 않는다. 이야기하는 것이 너무 망설여지고 두려워서 또다시 도망쳐 버리고 싶은 마음이 간절해진다. 나는 지금까지 자주 도망쳤다. 지금 이 순간에도 도망칠 수 있겠지만, 이번에는 도망치지 않는 쪽을 택하기로 한다.

하루의 시작과 동시에 밝아지는 빛을 보면서, 뛰는 심장과 움직이는 신체를 느낀다. 심장의 박동은 엄마가 멈춰 버린 일이다. 움직임은 엄마가 포기한 것이다. 하루의 시간이 끝을 향해 천천히 이동할 때, 접멸하는 어둠 속에서 하루 동안 생긴 기억들을 침묵으로 달랜다. 정확히 알 수 없지만, 어쩌면 엄마는 하루의 시작보다는 끝을 원했던 것 같다.

내가 지금 보는 햇살, 내 볼에 느껴지는 차가운 바람, 걷고 있는 나의 다리. 만약 엄마를 발견했을 때 내가 엄마의 얼굴을 보았다면, 나는 이 모든 것들을 누릴 수 없을 것이다. 만약 그랬더라면, 그 순간을 끝으로 나의 모든 것은 엄마와 함께 사라졌을 것이다. 보지 않아도 되고 만나지 않아도 될 것을 경험했지만, 최소한 얼굴을 보지 않았던 것을 다행으로 생각하며 나에게 쓰린 위안을 건넨다. 그동안 보고, 생각하고, 느꼈던 모든 것들이 불확실해지는 순간. 앞으로의 삶에 확신을 가져다줄 의미조차 잃어버리는 순간. 수십 년간의 두려움과 절망을 한 번에 압축해 놓은 것만 같은 순간. 그런 순간들이 있었다. 존재했다는 것이 의심스러울 만큼 갑자기 소멸해 버린 심장. 심장은 없고 육체만 남아서 무엇이 어떻게 살아 있는지 알 수 없는 존재. 그런 존재가 있었다.

사건 속 '나 자신'을 잊으려는 노력, 기억나지 않는 과거를 기억하는 노력으로 그동안 나의 내면은 얼마나 치열하게 지내 왔던가? 시끄럽고 복잡한 마음을 치유하고, 증명할 수도 없었던 시간이 계속되었다. 가끔은 그 사건을 잊으려고 노력하는 것인지, 노력하는 나 자신의 처절함마저 잊으려는 것인지 구분할 수 없을 정도로 혼란스러웠다. 많은 단어와 문장들을 사용해 그때의 순간을 표현하려고 했었다. 아무리 많은 단어들을 찾아보아도 그 순간을 설명할 수 있는 적합한 표현은 존재하지 않을 것이다.

2011년 8월 2일

소리가 들리지 않는 고함. 되돌아오지 않는 메아리. 울었는지 웃었는지 표정을 알 수 없는 뒷모습. 한 번의 외침과 함께 사무쳐 검게 빨려든다. 호수 언저리에서도 사람들은 살고, 사람들을 떠나보낸다. 호숫가를 얼마나 돌고 돌아야 한가운데에 다다를 수 있을까? 아무리 돌아도 저수지에 갇혀 있는 물. 인위적인 위로밖에 건넬 수 없었다. 표면에 내 얼굴을 비추어 보아도, 너무 멀고 어두워서 보이지 않는다. 내가 외치는 소리는 호수에 잔물결 하나 일게 하지 못하니 그저 애석하게 또 한번 외친다. 저녁의 색을 닮은 호수를 그대로 가져오고 싶었다. 호수 위에 달빛을 띄우고, 얼어 버린 호수를 어루만진다. 깊은 수심의 그림자 속에서 잔잔히 헤엄치고 싶었다. 호수에 떠오르는 얼굴이 그 사람이기를 바라면서, 이내 그 사람이 아니기를 바랐다. 모든 마음을 수면 아래에 풀어놓고, 나는 한없이 담담해지고 있다.

2011년 12월 11일

앉지 못하는 의자라도 충분히 준비한다. 거친 파도가 와서 앉을 수 있으니 자리를 비워 둔다. 눈앞에 있는 어떤 모습. 내가 보고 있는 것인가? 그것이 나에게 보이는 것인가? 풍랑에 휩쓸리더라도 집은 필요한가? 눈은 필요한가? 숨은 필요한가? 나를 둘러싼 모든 것이 몇 번의 너울로 멀어진다. 물, 숨 그리고 생과 작별의 인사를 나눈다. 파도가 대답해 줄 때까지 자리를 비워 둔다. 나를 왜 살게 했는지. 나는 왜 살아 있는지.

아무도 없는 장소에서 정면을 응시한다. 소용없는 일. 고요함이 지배하는 곳에서는 내가 곧 응시의 대상이 된다. 눈앞에는 눈에 보이지 않은 것들이 끊임없이 움직이고 있다. 폐허가 변해 가는가? 침묵이 이동하는가? 나란히 걷다가 나란히 앉아 본다. 둘이 어울리지 않는 곳에도 처음부터 둘 이상이 존재했을 것이다. 홀로 머무는 장소에서도 기억은 퍼져 가고, 나의 기억은 안전하지 않았다. 도망친 장소에도 쉼의 자리가 건재하다. 고요한 장소에서도 고요한 자리가 필요하다. 마음이 부서져도 자리를 지탱하는 등받이와 팔걸이는 남겨 두기로 한다. 더 이상 삭막과 황폐

라는 단어를 쓰지 않으려 한다. 고요함에 잠식되어 사라져 버릴
수 있다고 생각했지만, 조용히 등을 기대어 앉아 본다.

아침이 오는 풍경인지, 저녁이 오는 것인지 알 수 없다. 고요
하고 어스름했다. 기도를 할 시간. 하늘을 향해 매일 규칙적으로
행해지는 기도 속에는 무엇이 있을까? 기도를 통한 하루는 어떻
게 흘러갈까? 알 수 없는 종교를 믿고, 알 수 없는 소리를 읊조리
고, 알 수 없는 평온을 유지한다. 두 손을 모아야 할까? 몇 번의 절
이 필요할까? 마음이 따뜻해져야 할까? 혼돈 속에서 기도는 어디
에 있을까? 한 줄씩 밀려나는 일출과 일몰 사이에 있을까? 기도
는 어디에서 오고 어디로 가는가? 죽은 사람이 했던 숱한 기도는
어떻게 되는 걸까?

2011년 날짜 없음

나의 죽음을 생각했다. 나의 죽음을 바라기도 했다. 내가 죽고 나
면 곧바로 꿈으로 빠져드는 것처럼 엄마를 만날 수 있을 것 같았
다. 그런 생각에서 깨어나 다시 현실로 돌아왔을 때, 죽음을 바라
고 있는 나 자신이 끔찍했다. 죽음을 생각하는 대신 엄마가 죽은
나이까지 어떻게든 참고 살아 보기로 했다. 44세가 되면, 지금 이
해할 수 없는 것들을 알게 될지도 모르니까. 생이 점점 무의미해
지다가 40대가 지나 나에게도 끝내 삶의 의욕을 잃는 순간이 오
게 될지 궁금했다. 44년 동안 잘 살았다는 것을 증명하고 나서,

모든 것을 버리고 미련 없이 떠나고 싶었다.

2011년 날짜 없음

내 옆에 있던 사람이 갑자기 쓰러지는 사고. 갑자기 죽은 유명인의 기사. 참혹한 죽음의 현장을 그린 영화. 한국에 있는 가족으로부터 여러 통의 부재중 전화가 와 있을 때의 숨 막힘. 9년 전 엄마가 내 곁에 존재하던 시절에는 나와 전혀 상관없던 일들이었다.

갑작스러운 모든 것. '갑작'이라는 단어의 어감 때문일까? 아니면 내 몸에서 느껴지는 체감 때문일까? 나를 굳어 버리게 만든다. 그때의 갑작스러움 속에서 나는 어떠했나? 그때의 나는 어떤 감정과 어떤 의미를 지닌 존재였을까? 갑작스러운 일은 일의 발생 전과 후 적응할 시간조차 허락해 주지 않는다. 모든 기억과 감각은 한순간 하얗게 바랜다. 허락되는 건 '갑작스럽다'는 어휘뿐이다. 시간은 더욱더 하얗게 퇴색된다. 나는 사라지지 않을 정도로 희미하게 흘러가는 시간만을 조용히 지켜본다.

2011년 날짜 없음

그날의 나는 거짓이었다. 영정 사진을 본 후, 차가운 바닥에 누워서 하염없이 울고 있던 나는 아주 커다란 거짓 덩어리였다. 거짓으로라도 그렇게 울어야만 할 것 같았다. 죽은 이와 그 상황에 대한 최소한의 예의였다. 나의 거짓 연극도 모두 진실처럼 받아들여질 수 있는 순간이었다. 진짜 감정을 보이지 않으려고 과장되게 소리치며 울부짖던 내 모습이 너무 섬뜩해서, 나는 차가운 바닥보다도 내 자신이 차갑게 느껴졌다. 그곳에서는 방, 바닥, 공기, 사람들 모두 차가웠다. 무엇보다 내가 가장 차가웠다.

2011년 날짜 없음

내가 있는 어디에서나 엄마의 얼굴을 찾아 헤맨다. 수많은 외국인 속에서 단 한 사람, 단 한 사람의 얼굴을 찾기 위해 나는 정처 없이 걸어 다닌다. 내가 본 사람들의 모습을 눈으로 저장하고, 마음속으로 분류한다. 하루의 끝에는 오늘도 결국 찾지 못했다는 절망감으로 잠이 든다. 그렇게 내일이 오고 눈을 뜨면 나는 또다시 엄마의 얼굴을 찾으러 나선다.

2011년 날짜 없음

생각하고 또 생각할 수밖에 없었던 것들이 있다. 지나친 반복으로 반복의 의미조차 상실해 버린 것들이 있다. 몸을 움직이고 또 움직여서 생각의 굴레에서 멀어지는 행위가 있다. 수많은 생각과 나 자신으로부터 도망쳐야 했던 날들이 있다. 답이 없는 질문들이 시작될 때마다 낯섦의 감각만을 의지하며 은폐하는 순간들이 있다. 다시 원점으로 돌아올 수밖에 없었던 반복의 시간이 있다.

수많은 생각으로 초라해진 나의 하루가 몸을 움직이는 행위로 대체될 수만 있다면 좋겠다. 그럴 수 없다는 것을 잘 알기 때문에 그럴 수 있다는 희망만을 가지고 움직인다. 그 희망에 한 발을 내디디고, 다른 한 발에 체념을 더한다.

2011년 날짜 없음

부모 없는 주인공. 십대에 부모를 잃은 주인공. 참는 것에 익숙한 주인공. 영화나 드라마에 나오는 인물의 배경이 나와 비슷할 때, 갑자기 심장이 따가워진다. 마치 심장에 날카로운 가시가 돋은 것처럼. 이런 자극을 느끼기 위해 일부러 나와 비슷한 인물이 나오는 영화를 찾아 본다. 자극을 통해서라도 내 감정이 마비되지 않았다는 것을 검증하고 싶다. 때론 영화를 보는 잠깐만이라도 내 불행한 경험을 영화 속 이야기라고 착각하고 싶어진다. 그렇게 생각하며 살아간다고 해도 썩 나쁘지 않겠구나 싶었다. 그럼 내가 가진 슬픔과 고통도 영화 속 이야기가 되어 아픔이 절감되는 것 같았다. 영화 속 사건들에 대처하는 인물을 통해 삶에 대한 자세를 배우기도 했다. 내 인생도 영화처럼 발단, 전개, 위기, 절정, 결말의 순서대로 진행될 것 같았다. 지금 내가 처한 순서는 위기이니까 언젠가 나에게도 절정과 결말의 순간이 찾아오리라는 작은 기대를 해 본다.

영화 속 주인공이 자신의 과거에 대해 담담하게 이야기하는 장면에서 내 심장이 한 번 내려앉는다. 엄마의 '엄'자만 들려도 내 심장이 다시 한 번 낮게 내려앉는다. 최대한 감정과 표정을 배제한 채 이야기하는 인물과 내가 겹쳐 보일 때 또다시 한 번 깊게 내려앉는다.

9년 전 나는, 평범한 삶을 살 거라 생각했다. 친구들과 평범하게 부모님에 대해 이야기하고, 한 식탁에 네 명의 가족 구성원이 앉아 있는 풍경이 당연하다고 생각했다. 결혼할 때 엄마는 단아한 한복을 입고, 아빠는 딸의 손을 잡고 씩씩하게 입장하는 모습을 상상했었다. 하지만 엄마의 죽음 이후 나에게 삶은 현실이 아닌 마치 영화 속 이야기처럼 느껴졌다. 엄마의 죽음이 내 인생에서 가장 큰 위기의 순간이었다. 그 이후의 내 삶은 아주 무의미하고, 심심한 결말을 기다리고 있는 것만 같다. 결말에 다다르자 모든 등장인물이 급박하게 행복한 결말을 맞이하는 영화처럼 어쩌면 내 삶도 억지스러운 행복을 주입하는 결말이 될 수도 있을 것이다. 혹은 어떤 인물 한 명이 꼭 죽어야 하는 슬픈 결말처럼 내 삶 역시 누군가의 죽음으로 끝이 날 수도 있다. 생각했던 것보다 너무 빨리 다가온 삶의 위기가 나를 행복과 슬픔 사이 그 어디쯤에서 항상 떠돌고 있는 사람으로 만들어 버렸다. 아마도 나의 결말은 행복과 슬픔 그 사이 어디쯤일 것이다. 그 사이에서 행복하지도 슬프지도 않은 사람으로 맞이하는 결말은 그렇게 나쁘지만은 않을 것 같다.

2012년 날짜 없음

목구멍이 막힐 듯한 슬픔이 가득 차다 사라진다. 무겁고 딱딱한 슬픔이 가득 차 결국 내 목이 터지거나 부러져 버린다. 서로 뒤엉켜 있던 것들이 조금씩 풀어지고, 주위의 공기 속으로 사라진다. 슬픔이 느리고 조용하게 내 몸에서 빠져나갈 때, 나는 그것을 가만히 바라보고 있었다.

2012년 날짜 없음

아무리 큰길을 걸어도, 그날 경찰서에서 조사를 받고 나와 걸었던 그 길만큼 넓지 않다. 아무리 강한 바람이 분다 해도, 그 길만큼 차갑고 시리지 않다. 그날의 어둠을 기억하기 위해 나는 자주 어둠 속으로 들어가 걸었지만, 그날과 똑같은 어둠은 어디에도 없었다. 바람이 칼날이 되어 내 몸을 통과하는 듯한 느낌. 옷 사이를 뚫고 들어와 매섭게 내 심장을 베어 내는 차가움. 그런 상황 속에서도 나의 두 다리는 앞을 향해 걷고 있었고 두 손에는 어느 때보다 굳게 힘이 들어가 있었다. 이런 내 모습을 누군가 봤다면 강인함으로 무장한 사람으로 보였을지도 모르겠다. 하지만 의지의 기운이 아닌 악에 받친 분노를 한가득 쥐고 있는 주먹이었다. 두 손으로 무엇이든 부수고 싶었지만, 넓은 길 위에는 나와 아빠 외에는 아무것도 없었다. 나는 내 가슴을 내리치며 속으로 울부짖고 있었다. 외면과 내면의 차이. 그 차이의 틈에도 불구하고 나는 존재하고 있었다. 그 길의 모습을 떠올리면, 나는 앞으로 어떻게든 존재하게 될 것임을 깨닫는다. 내 삶에서 나라는 존재가 만들어 내는 차이는 셀 수 없이 반복된다. 이 알 수 없는 반복 속에서 나는 과거와 현재를 비교한다. 외면과 내면 사이에서 결정을 내려야만 하는, 알 수 없는 이 행위를 계속 반복한다.

2012년 날짜 없음

떠나간 곳에서 우리는 다시 또 떠나야 했다. 새로 정착한 곳에서 다시 나를 감추고 숨기는 데 급급했다. 매번 감추는 쪽을 선택했던 시간이 나를 감추는 일에 더욱더 익숙하도록 만들었고, 기댈 곳 없는 사람은 늘 익숙하던 감춤에 의지할 수밖에 없었다. 낯선 환경에 적응하는 상황 속에서 나는 그것이 최선이라고 생각했다. 낯선 감각이 주는 긴장감은 나를 감추는 편이 오히려 낫겠다는 생각으로 이끌었다.

엄마의 죽음으로부터 10년이 지난 지금에서야 나는 감추느라 스스로 만들어 낸 '나'의 모습이 거북하게 느껴지기 시작했다. 10년 동안 잘 견뎌 왔다고, 조금은 괜찮아졌다고 생각했다. 그런데 그동안 한번도 드러내지 못한 감정들이 꿈틀거리며 나를 자극했다. 내면의 원초적 분노와 증오가, 억울함과 죄책감이 나를 예전의 그 시간으로 되돌려 놓는다. 더 이상 남은 공간도 없이 꾹꾹 눌러 담아 더는 담기지 않는 것일까? 왜 10년이 지난 지금에서야 갑자기 이런 감정들이 제 모습을 드러내는 걸까? 이 감정들이 무엇이며, 내 것이기는 할까? 10년 전에는 그리고 10년 동안 나는 누구였을까? 대체 이 상황은 무엇일까? 나는 무엇인 걸까?

2012년 날짜 없음

엄마의 죽음을 기록으로 남기고 싶었다. 마음만 먹으면 금세 완성되는 글이었다. 하지만 나는 그렇게 할 수 없었다. 그렇게 하면 내가 잠정적으로 엄마의 죽음을 인정하게 되는 것 같았다. 엄마의 존재를 아예 잊어버리고 말 거라는 죄책감이 들었다. 엄마가 우울해진다고 느끼기 시작했을 때 옆에서 제대로 챙기지 못했다는 사실이 나를 더욱 죄책감에 휩싸이게 했다. 엄마가 이상하다는 느낌을 받았었지만, 엄마가 진짜로 죽을 수도 있겠다는 생각은 전혀 하지 못했다. 우울해 보였지만, 시간이 지나면 분명히 좋아질 수 있을 거라고 생각했다. 마지막까지 엄마는 무엇이든 할 수 있는 삶을 증명하기 위해 봉사를 하고, 아르바이트 자리도 구하러 다녔던 강인하고 열정적인 사람이었다.

나는 여전히 엄마의 죽음을 인정하지 못한 채로 지낸다. 전혀 고통스럽거나 전혀 슬프거나 대단히 기쁘지도 않은 채. 그동안 나는 내면의 안정을 최우선으로 두고 지내야 했다. 그래서인지 과거와 비교했을 때, 지금은 많이 안정된 나 자신을 발견한다. 현재 나에겐 혼돈의 시간과 반대되는 적막의 시간이 주어졌다.

나는 인간이 인생에서 겪을 수 있는 가장 참담한 시간을 10대 시절에 먼저 겪었다. 이후엔 내 20, 30대 그리고 그 너머의 인생이 무탈하기만을 바라는 고요의 시간으로 채워질 것이다. 고요와 적막의 시간 속에서도 나는 여전히 헤매고 있다. 내면 깊숙한 곳에서부터 미세한 떨림이 항상 자리하고 있다. 지금 나는 어떤 시간을 보내고 있는 것일까? 어떤 시간을 기다리고 있는 것일까?

2012년 날짜 없음

철저히 혼자였다. 내 모든 과거를 다 내어놓고, 의지할 수 있는 곳은 별로 없었다. 나처럼 혼자 힘들게 겪어낸 사람들에게 의지할 수 없었다. 내가 도움받겠다는 이기심으로 그들이 힘겹게 지나왔을 길을 다시 걷게 만들 자격은 없었다. 그래서 결국 내가 나에게만 의지할 수밖에 없으며, 내가 나를 위로할 수밖에 없었다. 내가 나를 겪어 내는 일은 참으로 슬프다.

2012년 날짜 없음

오랫동안 말을 꺼내지 않는 내가 나의 목소리를 듣는다. 마치 태국 영화 속 독일어 자막을 읽는 것처럼 느껴진다. 귀에 들리는 태국어는 언어라기보다는 단지 음향 같다. 빠르게 지나가는 독일어 자막에 가까스로 눈을 고정하고, 장면마다 이해의 단계로 겨우겨우 넘어간다. 말하고 있는 나를 듣고 있는 내가 이해하는 일은 쉽게 익숙해지지 않았다. 나 자신을 타인처럼 대하고, 나의 해석을 통해 해체한다. 개인이 지닌 본래의 성질은 통합되고 분리된다. 말하고 듣는 이가 같은 인물임에도 불구하고, 내가 말하는 외국어를 내가 듣는 일은 마치 제3의 인물이 묘사해 주고 있는 것처럼 느껴진다. 내 목소리는 자주 이국적인 외국어로 들리는 듯하다. 다른 낯선 언어들과 중첩되어 고유한 의미를 상실하는 것 같다. 타인 같은 목소리로 외국어를 말할 때, 한 번 더 타인화의 과정을 거치게 된다. 언어를 통한 타인화는 나를 더욱 외롭고 슬프게 만들었다.

2012년 날짜 없음

나는 한 번도 알릴 수 없었다. 깊은 곳에 잘 숨겼다. 가둬 버리고 굳게 잠갔다. 그때는 그렇게 할 수밖에 없었던 행동들이 많은 시간이 지난 지금에서야 선명해진다. 나는 분명 잘 감추었다. 정확하고 실수 없이 잘 숨겨서 아무도 모르게 처리했다고 생각했다. 나는 마구 흔들리는 마음을 철저히 잡아 주면 모든 것이 해결된다고 생각했다. 제대로 잡지 못한 나에 대한 자책과 잡지 않고 그냥 놔둬야 한다는 후회 사이에서 지금은 모든 것이 희미해졌다. 내가 할 수 있는 일은 나를 놓지 않고 붙드는 것뿐이었다. 때론 놓아주어도 된다고 알려 주는 사람은 없었다. 무작정 붙드는 행위가 오히려 판단을 흐리게 할 수 있다는 것을 나는 알지 못했다.

2012년 날짜 없음

특별한 목적 없이, 특별한 결과를 기대하지 않는 생활. 예전에는 상상하지 못한 무탈한 생활. 이런 생활에 불분명한 의심이 생긴다. 내가 누릴 수 있는 일상에 대한 확신이 없다. 무탈함 속에서도 언제 어떻게 고통이 갑자기 들이닥칠지 모른다는 불안감이 든다. 정상적으로 살아간다는 것에 대한 죄책감. 먹고 소화하고 잠들고 일어나고 아무렇지도 않게 일상을 살고 있다는 것에 대한 죄책감. 누군가에게는 당연하게 여겨지는 무탈한 일상이 누군가에게는 끝없는 의심과 죄책감에 시달리는 일이었다.

2012년 날짜 없음

아무 일도 일어나지 않는다. 하지만 나는 오른쪽 갈비뼈에 날카로운 무언가로 찔리는 느낌을 자주 받는다. 시리도록 차가운 느낌이다. 차가움 때문에 날카롭게 찔리는 아픔이 전혀 느껴지지 않는다. 찢어진 상처 틈 사이로 뜨거운 피가 자꾸 새어 나온다. 피가 내 몸을 타고 흘러 땅바닥에 흥건해질 때에도 놀라지 않는다. 내 몸이 뜨거운 피로 가득 차 있었다는 사실이, 나는 살아 있는 사람이라는 사실이 이상해서 아픔이 전혀 느껴지지 않았다.

2012년 날짜 없음

우리 가족이 이사 간 곳은 아파트의 가장 높은 층이었다. 아파트에서 하늘과 가장 가까이 맞닿은 공간에서도 엄마는 더 높은 곳을 향하고 있었다. 그렇게 하늘에 맞닿기 위해 엄마가 했던 조용한 행위. 그것을 실행하기 위해 엄마는 혼자서 얼마나 많은 생각을 했을까? 며칠을 준비했을까? 하루였을까? 몇 초였을까? 사람의 의식이 실행되는 속도와 행동이 결과가 되는 속도를 정확히 비교할 수 있을까? 하늘에 닿는 시간은 엄마의 생각보다 훨씬 빠르게 진행되었고, 그 속도는 40년 넘는 세월을 한순간에 무의미하게 만들었다.

행위가 어떤 결과를 가져올지 과연 의식은 정확히 알고 있을까? 어떤 행위가 일어나는 지금, 이 순간에도 시간은 빠르게 과거로 사라지고 있다. 엄마는 죽는 마지막 순간까지 본인이 죽고 10년이 넘는 시간 동안 여전히 그날의 엄마를 떠올리는 나를 생각할 수 있었을까? 나는 앞으로 어떤 의식을 가지고 살아갈 수 있을까? 어떤 의식을 담고, 어떤 행동을 해야만 내가 나를 죽이지 않고 살릴 수 있을까?

2012년 날짜 없음

2011년부터 거의 2년 동안 나의 내면은 죽어만 가고 있다. 온종일 엄마와 죽음에 대해서 생각하는 시간이 지속되었다. 나는 왜 계속 과거의 시간 속에 살고 있을까? 여러 의문 속에서 늘 그날의 그 자리에 서 있었다. 엄마가 죽고 10년 만에 조금씩 드러난 날것의 생각과 감정이 나에겐 너무 낯설었다. 누구도 나에게 알려 준 적이 없었으나, 내가 겪는 일이 트라우마라는 실체로 서서히 드러나고 있었다. 10년 동안 자신을 억누르고 뒤늦게 자각한 나 자신에 대한 자책과 해답이 보이지 않는 상황에 대한 절망으로 나는 한없이 비관적이었다. 점점 더 고립되고, 세상과 사회와 그리고 나 자신과도 단절되어 가고 있었다. 허무함과 무기력함, 우울감이 엄습하기 시작했다. 내 존재에 대해 너무 혼란스러웠다. 삶의 의미와 가치를 완전히 잃어버렸다. 자존감과 자신감이 바닥으로 치달았다. 암흑의 동굴 안에 나를 가두고, 점점 더 깊숙이 웅크리고 있었다. 매일 죽음을 생각하고 있었고, 실행되지 않았을 뿐 나는 거의 죽음의 상태와 가까웠다.

독일에서 아무도 모르게 죽어 버려도 상관없겠다는 생각이 들었다. 이 시기에 나는 "그만하고 싶다. 포기하고 싶다"라는 말을 자주 했다. 무엇을 포기하고 싶은지에 대해서도 얼버무렸지만, 내면에서는 진심으로 "내 삶을 포기하고 싶다"고 외치고 있었다. "죽고 싶다"를 "포기하고 싶다"라는 말로 대체하여, 겨우 내 마음을 표현하고 있었다. 점점 위태로워지고 있다는 것이 느껴졌다. 이 시기에 많은 양의 기록을 남겼다. 내가 쓴 기록을 보면서 이해하지 못하는 감정, 해소하고 싶은 욕구가 터져 나오고 있음을 깨달았다. 대부분 절망과 참담한 심정에 대한 기록이었다.

기록을 통해 나는 나의 위태로움을 조금씩 인식하기 시작했다. 엄마의 주검을 발견한 순간부터 오랜 시간 내면 깊숙이 내 생각과 감정을 마비시킨 채 가둬 두었다는 것. 나 자신을 철저하게 무시하면서 내 과거로부터 바쁘게 도망쳤다는 것.

엄마의 죽음으로부터 멀어지기 위해 수능에 몰두했을 때, 이미 한 차례의 회피가 있었다. 독일로 떠나면서 나는 또다시 새로운 환경에 몰두하는 두 번째의 회피를 선택했다. 몰두할 대상과 반복된 회피로 뒤덮여 진짜 내 모습을 더욱 찾을 수 없었고, 혼란은 나를 위협하고 있었다. 해결되지 않는 원초적인 감정들이 점점 모습을 드러내고 있었다. 그 감정들을 마주하는 두려움 때문에 나는 독일에 더 머물겠다는 세 번째 회피를 선택하고 싶어졌다. 하지만 해결되지 않는 감정들을 묻어 두고 계속 살아갈 수는 없었다. 꼬인 감정을 풀지 않고 더는 온전하게 살아갈 수 없다는 것을 깨닫게 되면서부터, 나는 한국으로 돌아가는 결정을 빠르게 내릴 수 있었다. 나를 위태롭게 만든 것은 바로 나 자신이었다. 결국, 위태로운 나를 구하는 일도 내 몫이었다. 내가 더 위태로워지기 전에 암흑의 동굴 밖으로 나를 꺼내 조금씩 생의 방향으로 이끌어 보기로 한 것이었다.

2013년 1월 22일

형태가 있는 것은 언젠가는 사라진다.
형태가 없는 것 역시 언젠가는 사라진다.
남는 것은 기억뿐이다.

— 무라카미 하루키

알기 원했다. 지금까지도 알고 싶어 하는 과거의 기억 때문에 나는 현재에 집중할 수 없다. 나는 내 삶을 제대로 살 수 없다. 조금이라도 알게 된다고 해서 달라지는 건 아무것도 없다. 그럼에도 불구하고 나는 왜 알고 싶고, 알아야만 하는 것일까? 왜 이렇게 되어 버렸을까? 내 자아는 어떻게 사라진 걸까? 내 존재는 희미해져 버렸다. 기억할 수 없지만, 나는 꼭 알고 싶었다. 기억만이 나의 존재를 찾게 하고, 내가 나로서 살아 있다고 증명해 줄 것 같다. 계속 존재하지 않는 상태로 살아간다면, 나는 죽은 것과 다름없다. 내 의지와 상관없이 닥친 상황. 오랜 시간 동안 굳어진 무자아의 세계. 깊은 허무와 공허. 무의미, 무감각, 무감정의 상태. 모든 것이 사라지고 의미를 잃어 가는 세계 속에서 나란 존재는 어떻게 살아가야 할 것인가?

아침마다 해가 뜨고, 하루는 어두워진다. 의지와 상관없이 모든 것이 변해 가고 흘러간다. 애매한 감정 속에 나는 애매하게 존재하고 있다. 나는 내 의지와 상관없이 애매해졌다. 시간이 지나면서 확고해지는 것 하나 없이 나의 모호성은 길을 잃고 출렁거린다. 그 사건을 맞닥뜨렸을 때 느낀 허망함과 사건 후에 그것이 쉽게 극복되지 않아 느끼는 허무함에는 어떤 차이가 있을까? 감당하기 어려운 복잡한 감정을 한꺼번에 마주했다면, 그것을 얼마나 정확히 표현할 수 있을까? 나는 알기를 원한다. 간절하게 원한다.

2013년 2월 21일

치유 프로그램을 받기 위한 목적으로 2달 동안 한국에 체류했다. 일주일에 한 번씩 5회에 걸쳐 진행되는 자살 유가족 회복 프로그램이었다. 오늘은 프로그램 5회기 중 첫 번째 날이다. 2002년에 일어난 사건에 대해, 11년이 지나고 프로그램에 참여하는 일이 나에게 무슨 의미가 될 수 있을까? 나에게 지난 10년은 무엇이었을까? 시간이 지나면 모든 것이 괜찮아진다는 이야기는 말뿐이었다. 그 말처럼 아픈 위로는 없었다. 가장 듣기 싫은 그 위로의 말은 나를 시간의 초조함 앞에서 무릎 꿇게 했다. 지난 시간과 현재의 시간까지 모두 증오심을 품고 바라보게 되었다. 내 기억에 남아 있는 건 절망과 혼란이었다. 아무리 참혹한 사건을 겪었더라도 제대로 된 애도의 시간을 보냈더라면, 10년이라는 시간을 공연히 보내고 있지만은 않았을 것이다.

나를 포함해 총 세 명이 프로그램에 참여했다. 자살로 부모를 잃은 두 명과 자식을 잃은 한 명. 먼저 자기소개를 했다. 언제 사건을 겪었고, 어떤 대상을 자살로 떠나보냈는지 말했다. 앉은 순서대로 진행하다 보니 나는 마지막 순서가 되었다. 한 명씩 그동안 담아 두었던 본인의 이야기를 꺼내 놓으면서 많은 눈물을 흘렸다. 내 순서가 조금씩 다가올 때마다 두근거리는 심장을 제어할 수 없었다. 드디어 내 순서가 되어 이야기를 꺼내야 하는 순간, 눈물이 왈칵 쏟아지고 말은 나오지 않았다. 말을 꺼내고 싶었지만, 목구멍이 큰 돌덩이 같은 것으로 막혀서 말을 할 수 없었다. "저는…"만 반복하면서 목이 메었다. "엄마"에서 '엄'자조차 말하 말하지 못하고, 터져 나오는 눈물을 휴지로 눌렀다. "자살"의 '자'를 말하려다가 온몸이 떨리고 숨이 가빠졌다. 간신히 숨을 고르며 눈물을 제어했다. 다시 말할 준비를 했다. 내가 죽은 엄마를 발견한 순간부터 11년 동안 한 번도 표현하지 못한, 깊숙이 묵혀 두었던 감정이 터져 나오는 순간이었다. 다른 사람들 앞에서 무엇이라도 말해야 한다는 의식은 있었지만, 몸이 생각대로 행동해 주지 않았다. 막혀 있던 감정들이 제 길을 찾지 못하고 마구 분출하는 것이 느껴졌다. 나는 겨우 한 자씩 이어 가며 문장을 말하기 시작했다. 분명 그 자리에서 나를 바라보는 다른 사람들의 눈에는 안타까운 마음과 공감이 담겨 있었다. 하지만 나는 그들을 헤아릴 정신도 없이 내 소개를 마쳤다. 말을 해야 하는데 목이 터질 것 같은 느낌, 떨림으로 몸이 녹아 버릴 것 같은 느낌은 태어나서 처음 마주하는 것이었다. 누군가의 앞에서 나의 아픈 이야기를 꺼내는 장면을 혼자 수도 없이 상상해 왔지만, 실제로 하는 것은 처음이었다. 상상 속에서 담담하고 강인했던 나의 모습과 전혀 다르게, 실제의 나는 억눌렸던 고통의 파도에서 허우적대는 아주 연약한 존재였다. 아픔의 깊이가 깊을수록, 아픔을 묵힌 시간이 오래될수록 터트리기까지 용기가 많이 필요했다. 막힌 감정을 터트리는 일은 생각보다 훨씬 아픈 일이었지만 그럼에도 불구하고 이야기를 꺼내는 것이 건강한 애도의 시작이 될 수 있었다. 말하지 못한 것을 말하게 되는 용기를 갖게 되기까지 많은 시간이 흘렀지만, 11년 만에 처음으로 새로운 발걸음 하나를 내딛는 기분이었다.

2013년 2월 28일

나는 어떻게든 살아가고 있었지만, 좀처럼 살아 있다는 느낌을 받기 어려웠다. 모든 것이 무의미하게 느껴졌고 극심한 허무함에서 헤어 나오기 어려웠다. 모든 일이 망해 버릴 것 같은 느낌이 들었고, 부정적인 쪽으로 기울어진 기운을 전환하는 것이 힘들었다. 내 미래가 무조건 암울하게 흘러갈 것 같은 느낌은 삶의 의욕을 거듭해서 무너뜨렸다. 삶에 좋은 기운을 불어 넣기 위한 노력을 계속했지만, 때론 그런 노력이 오히려 나를 더 지치게 했다. 무기력은 너무 강력했고 채워지지 않는 무언가가 공허감과 늘 동행하는 기분이었다. 엄마 때문에 죽고 싶다는 마음보다는 엄마의 죽음 이후 나를 지배하는 허무함이 나를 죽음으로 이끌고 있었다. 하지만 내가 진짜 사라진다면, 또다시 남게 될 가족들에 대한 걱정이 나를 붙들었다. 죽음에 관한 생각은 늘 생각으로만 그치고, 이행되지 못했다. 나 자신을 위해 살기보다는 남은 가족들의 눈치를 보면서 사는 것만 같았다. 나를 위해 살지 않는 느낌은 나를 더욱 무기력하게 만들었다.

지난 10년 동안 나는 "정말 모르겠어. 혼란스러워"라는 말을 가장 많이 했다. 모든 것이 어그러진 느낌이었다. 처음부터 완전히 새롭게 출발하고 싶었지만, 어떻게 일으켜야 할지 알 수 없었다. 열심히 매달린 대학 입시는 근본적으로 당시 아빠가 더는 슬퍼하지 않았으면 좋겠다는 마음에서 한 것이었고, 엄마가 사라진 후 엄마 대신 나를 이끌어 주려고 노력한 언니에 대한 미안함과 고마움 때문에, 걱정 끼치는 사람이 되고 싶지 않았다. 다른 가족에게 열심히 사는 모습을 보여 주고 싶었다. 하지만 바쁘게 살면서 시간이 지나도 "이 상황은 대체 무엇일까? 나는 누구일까?"라는 물음은 떠나지 않았다.

정체성의 혼란이 더해지면서, 나는 더욱 현실을 받아들이기 어려웠다. 열일곱 살의 내가 다시 갓난아이가 되어 엄마 없이 세상에 떨어진 느낌이었다. 엄마가 그렇게 힘들어질 것이었으면, 나는 아예 태어나지 않았으면 좋았을지도 모른다는 생각이 들었다. 엄마에 대한 안타까움과 동시에 원망이 나를 뒤덮었다.

엄마 없는 삶이 익숙해져서 그런지 화목하고 일반적인 가정을 보면, 오히려 이상하게 느껴졌다. 사람들과 대화할 때, 가족 이야기가 나오면 공감하거나 이해할 수 있는 부분이 없었고 대화 중 엄마가 등장하는 경우에는 할 말이 없었다. 엄마로부터 받는 정서가 없다 보니 엄마와의 관계가 무엇인지, 엄마의 사랑으로 성장하는 느낌이 무엇인지 알 수 없었다. 여자로서 엄마가 되어 아이를 기르고 싶은 마음이 무엇인지도 알 수 없었다. 엄마가 된다는 것은 나에게 두려움과 무서움의 영역이 되었다. 상대방의 입으로 전해지는 엄마의 이야기를 들으면 나는 자동적으로 그날의 그 장면이 떠올랐고, 죽어 있는 엄마와 시신의 형상이 한순간에 내 온몸을 휘감는 듯했다. 그런 생각을 가지는 내가 무서우면서도 불쌍했고, 사람 자체를 바라보는 것조차 힘이 들었다. 의도적으로 엄마와 딸의 관계가 보이는 상황을 피하려고 했다. 엄마라는 이름과 존재가 나에겐 아픔으로 다가왔다. 엄마라는 단어를 듣기만 해도 몸이 굳어졌기 때문에 그 단어를 내 입으로 뱉기 전까지 힘든 절차가 필요했다. 단어를 떠올리고 발성하겠다는 생각을 하기만 해도 내면에 검은 응어리가 느껴지면서 성대가 짓눌리는 것 같았다. 엄마라는 소중한 사람이 나에게 이런 느낌을 주는 사람이 되어 버렸다는 사실이 슬펐고, 혼란스러웠다. 그렇게 내 속에서는 전투가 벌어지고 있었는데, 상대방에게 쉽게 드러내기 어려운 마음이어서 나는 점점 사람들과의 만남을 꺼리게 되었다.

타인과의 소통에서 나는 자주 트라우마를 마주했고, 그러면 가족에게로 돌아갔다. 하지만 가족들과 소통하려는 시도는 나에게 별다른 만족감을 주지 못했고, 다시 타인에게 돌아가 소통하려고 하면 나의 이야기를 꺼내기도 전에 두려움이 앞서 종종 실패했다. 그렇게 누구와도 소통할 수 없을 때, 나는 마치 신에게 고백하는 것처럼 속으로 엄마에게 이야기했다. 자살에 대한 이야기, 죽음에 대한 이야기, 나의 모든 감정에 대해 진술하게 털어놓았다. 일기를 쓰듯 엄마에게 하루에 느꼈던 감정들에 대해 말했다. 엄마에게 이야기를 청하는 것이 소통의 답답함을 해결하는 수단 중 하나라고 생각했다. 내 인생을 살아가기 위해 엄마를 잊어야 한다는 것, 놓아줘야 한다는 것을 알고 있었지만 엄마가 아니면 이야기를 할 수 있는 곳이 없었다. 내 이야기를 풀어놓을 곳이 필요했다. 더 힘들어질 것을 알면서도 나는 계속 엄마에게로 돌아갔다. 엄마에게로 회귀하는 일을 통해 내가 여전히 엄마를 보내지 못하고 있었다는 것을 인지하기 시작했다. 가족 중에서 내가 심리적으로 엄마에게 많이 의지했었다는 것, 엄마를 계속 그리워한다는 것을 엄마가 떠나고 오랜 시간이 지난 후에 비로소 알 수 있었다.

나이가 어릴수록 맞닥뜨린 사고에 대한 해결책과 극복 방법을 빠르게 찾지 못하고 헤매게 된다. 성숙하지 않은 나이에 느끼는 분노, 무서움, 억울의 감정이 진짜 내 감정이 맞는지 의심이 계속된다. 인생을 바꾸기 위해 독일로 떠났지만, 해결되지 않은 혼란은 그대로 둔 채 공간만 이동한 것 같았다. 회복은 더뎠고, 독일에서 지내면서 의지할 사람을 찾기는 쉽지 않았다. 타국에서 생활하는 한국 사람들은 본인의 외로움을 달래고, 앞날의 불안을 해소하느라 마음의 여유가 없었다. 많은 사람이 새로 떠나왔고, 곧 다른 도시나 한국으로 다시 떠나갔다. 마음을 나눴던 사람들과 자주 이별을 경험하면서 나는 관계를 지속한다는 것 자체에 심드렁해졌고, 그럴 필요가 있기는 한가 냉소하기에 이르렀다.

　꽤 오랫동안 나는 심장이 뻥 뚫린 것 같은 상태로 깊은 호수 안에서 사는 느낌이었다. 깊은 물은 두렵기도 했지만, 때론 어두운 심연의 상태에 익숙해져 그 안이 편안하게 느껴지기도 했다. 수면 위로 올라오고 싶은데 올라오지 못하고 안에 갇혀 있는 느낌. 답답함이 지속됐지만, 그 원인과 내용을 알 수 없었다. 시간이 지나면, 해소에 대한 필요성마저 자연스럽게 잊히는 것은 아닐까 하여 허망했다.

2013년 4월 8일

사건 당일, 타인들의 반응은 나에게 아직도 깊은 상처로 남아 있다. 현장 조사가 이루어지는 모든 상황 속에서 나는 혼자였다. 아파트 주민들이 집 앞에 몰려들었고, 그들은 무슨 일이 일어났는지 알아내려고 애를 쓰며 기웃거렸다. 나의 귀는 전혀 신경 쓰지 않고, 동네 주민들과 경찰은 여과 없이 말했다. 나는 그 모든 과정을 홀로 겪어 냈다. 한순간에 자리 잡은 타인에 대한 불신은 그 이후로 쉽게 사라지지 않았다. 타인에게 받은 상처가 얼마나 아픈지 알기 때문에 무의식적으로 내가 상대방에게 상처 주는 행동을 하지 않을까 경계하며 극히 조심스러운 입장을 취했다. 내 감정을 드러내는 것이 점점 더 어려워졌다.

오랜 시간이 지나도 절대로 잊힐 수 없는 기억이 있다. 그럼에도, 주변 사람들은 나에게 거침없이 말했다. "왜 자꾸 옛날 생각을 하는 거니. 왜 행복하지 못하니. 왜 긍정적으로 살지 못하니. 왜 그렇게 답답하니." 내가 어떻게 생각하고 있는지 잘 알지도 못하면서, 조언을 위로라고 착각하는 사람들의 무례를 대할 때면, 나는 견딜 수 없는 혐오감을 느꼈다. 내가 인간에 대해 그 정도로 증오심을 품을 수 있는 사람이라는 사실이 놀라웠다. 엄마의 기억과 답답함의 수렁에서 빠져나오길, 진심으로 행복해지기를, 나는 그 누구보다 원했다. 나를 위해서 하는 말이라고 했지만, 그 말들은 오히려 나를 주체할 수 없는 분노와 억울함으로 몰아넣기만 했다.

나를 화나게 하는 말은 대부분 가까운 사람에게서 들려왔다. "너만 보면 안타깝다", "너는 왜 아직도 고통스러워하니"라고 아무렇지 않게 말하는 어른들이 불편했다. 속은 부글거렸지만, 그들 앞에서 아무 반응도 하지 못하는 상황 자체에도 화가 났다. 듣고 싶지 않은 말을 무방비하게 듣게 되는 상황이 싫어서 나는 아예 만남 자체를 피하게 되었다. 그것이 내가 나를 지킬 수 있는 최선의 방법이었다.

2013년 6월 2일

두 달 동안 한국에 체류하면서 상상만 했던 유가족 회복 프로그램과 자조 모임에 실제로 참여했다. 그럼에도 불구하고 나는 왜 변하지 않고 그대로인 것일까? 계속 답답하다. 내 안의 고통이 풀리지 않고, 쌓이기만 하는 느낌이다. 내 안의 것들을 남김없이 풀어내지 못해서일까? 11년 만에 처음으로 다른 사람들 앞에서 엄마에 대한 이야기를 꺼내 놓았을 때, 엄마에게 보내는 편지를 낭독할 때, 다른 유가족들을 만나는 자리에서 그동안 막혀 있던 감정들이 모두 다 풀렸을 줄 알았다. 나보다 더 어려운 처지에 있는 유가족을 보면서 내 상황을 감사히 여기기도 했지만 그것은 단지 일시적인 위안일 뿐이었다. 한국으로 돌아가서 오랜 기간 치료를 받는다면 조금 더 괜찮아질까? 계속 답답함만 느끼고 있는 것은 결국 내 의지의 문제는 아닐까? 열심히 살고 싶었지만 그렇게 되지 않았다. 내가 하고 싶은 일, 할 수 있는 일은 무엇일까? 진정한 나의 본질은 무엇일까? 과거에서 벗어나는 일, 나를 회복하는 일이 내가 되어 버린 느낌이다.

2013년 7월 9일

부재, 삭제된 것, 발생하지 않은 것. 이것들을 인식하고 이것들로부터 뭔가를 배우는 일은 생각보다 훨씬 어렵다. 무(無) 자체만큼

이나 중요한 것은, 무에 대해 아는 바가 거의 무에 가깝다는 사실
이다.

— 엘리엇 허스트, 「심리와 무」

독일에 살면서 누군가가 나에게 엄마에 대해 물어보면 나는 독
일어로 어떻게 설명해야 할지 난감했다. 어떤 단어를 찾고, 어디
에서부터 어떻게 표현해야 하는지 알지 못했다. 여전히 나는 내
입으로 엄마의 죽음에 대해 표현할 준비가 되어 있지 않았다. 한
국어로도 마찬가지였다. 한국어로도 제대로 표현하지 못한 말을
독일어로 한다는 것은 매우 어려운 일이었다. 외국어로 표현한다
고 해도 자살이라는 단어를 직접적으로 사용할 용기가 나지 않
았다. 우울, 사건, 스스로, 죽음 등 많은 단어를 찾아 헤맸지만, 나
는 결국 사전에서 Verlust(분실, 상실, 손실, 잃음), Verwandlung(변화,
변경, 변신, 전환), Verschwinden(소멸, 사라지다) 사이를 계속해서
배회했다. 솔직한 심정으로는 "나의 엄마는 분실했고, 상실했고,
손실했고, 잃었으며, 변화했고, 변경했고, 변신했고, 전환했으며,
소멸했고, 사라졌다. 그리고 그에 따라 나는 분실했고, 상실했고,
손실했고, 잃었으며, 변화했고, 변경했고, 변신했고, 전환했으며,
소멸했고, 사라져 가는 중이다"라고 말하고 싶었다. 하지만 끝내
내가 말하게 되는 건 "엄마는 죽었고, 그냥 그렇게 되었어"였다.

2013년 10월 6일

기울어진 길. 기울어진 나. 어느 곳에 각도를 맞춰 보아도 계속 기울어졌다. 무엇이 평행의 기준이고 무엇이 아닌가? 정상으로 가는 길은 분명 눈앞에 있었지만, 나는 옆으로 밀려만 갔다. 안정에 대한 의지가 없는 발걸음은 결국 벼랑 너머로 쏟아질 것을 나는 알고 있었다. 모든 것으로부터 서서히 균형을 잃어 가는 것. 포기라는 단어로밖에 대체될 수 없었다. 벼랑 너머로 넘어가는 순간은 낙하를 의미하지 않았다. 기울어진 길을 바꿀 수 없다면, 기울어진 나무라도 비틀어 본다. 반대 방향으로 가하는 힘의 결말은 부러짐이었고, 부러지는 순간은 벼랑의 모습을 닮았다. 유일하게 기울어지지 않은 하늘을 향해 두 손을 뻗어 인사를 건넨다. 생의 끝 그 너머로 가 버린 이는 기울어지지 않는다.

2013년 10월 10, 11일

아빠와 언니 그리고 나. 3일부터 11일까지 셋이서 여행을 했다. 엄마의 죽음 이후 셋이서만 하는 첫 여행이다. 8일까지는 스페인을 여행하고, 그 이후에는 내가 살고 있는 독일로 넘어와 3일 동안 함께 생활했다. 먼저 바르셀로나에 도착한 나는 아빠와 언니가 한국에서 오는 시각에 맞춰 그들을 기다렸다. 넓은 광장, 수많은 인파 속에서 나를 알고, 나와 연결된 단 두 사람을 나는 기다렸다. 나를 만나기 위해 멀리 떠나온 사람들. 봄에 한국을 다녀온 뒤로 6개월 만의 재회였지만, 우리는 오랜 세월을 돌고 돌아 오로지 셋의 존재를 반길 수 있게 된 느낌이었다.

스페인에 머무는 동안 우리는 몬주익 언덕을 오르고, 바르셀로네타 해변을 거닐었다. 해산물을 먹고, 람블라스 거리를 걷고, 아름다운 매직 분수를 관람했다. 몬세라트 수도원에 가고, 사그라다 파밀리아 성당도 구경했다. 사진으로만 보던 구엘 공원과 카사 칼베트, 카사 바트요, 카사 밀라에 가서 많은 사진을 찍었다. 바르셀로나를 대표하는 관광지를 많이 다녔지만, 도시를 떠날 때 오히려 기억에 남은 건 우리끼리 소소하게 함께한 순간들이었다. 아무도 없는 거리에서 아빠와 둘이 했던 새벽 조깅. 지도 없이, 길 끝에 무엇이 나올지 알지 못한 채, 우리는 낯선 감각에 의지해 모르는 거리와 골목 사이를 누비며 그저 앞을 향해 뛰었다. 지나가는 차도 사람도 하나 없는 광장에서 스트레칭을 하고 있으면, 이 세상엔 오직 어두운 새벽녘과 아빠 그리고 나만 존재하는 것 같았다. 다시 숙소로 돌아오는 길에는 어두웠던 새벽하늘이 어슴푸레 아침을 밝혀 가고 있었다. 밝음과 함께 뛰었던 그 순간만큼에는 경찰서 앞에서 비틀대던 과거의 모습도, 아빠를 원망하고 걱정하던 내 마음도 모두 사라져 버렸다. 우리는 낯선 도시에서 낯선 공기를 들이쉬고 내쉬며 다리를 움직여 앞으로 그저 앞으로 가고 있었다. 이동하는 기차에서 서로의 사진을 찍어 주는 행위, 먹물 파에야를 먹고 검게 변한 이를 바라보며 히죽대던 순간, 플라멩코에 맞춰 흥겹게 리듬을 타던 아빠의 어깨, 숙소로 돌아가던 저녁에 슈퍼마켓에 들러 스페인 와인을 실컷 구경했던 시간, 그리고 도시 전체에 온종일 내리쬐는 햇볕이 있었다. 따스하게 감싸는 듯하면서도 눈부시게 강렬히 비추는 빛, 밝은 빛은 우리가 지나온 과거를 하얗게 퇴색시켜 주는 것 같았다.

　스페인 여행을 마치고 독일로 넘어와서는, 내가 사는 도시에서 유명한 맥줏집에 가고, 도심을 흐르는 강가도 거닐었다. 내가 다니는 학교 주변을 살펴보고, 단골 카페와 고급스러운 이탈리안 식당에도 들렀다. 내가 생활하는 장소에 존재하는 두 사람의 모습은 낯섦과 익숙함의 경계를 흩트려 놓았다. 여러 일정 중에서도 오래도록 잊히지 않는 건 마지막 저녁 식사였다. 여정의 마지막 식사로 우리는 내가 사는 기숙사로 가서 삼겹살을 구워 먹었다. 작은 방에 셋이서 둘러앉아 함께 밥을 짓고 야채를 씻고 고기를 구웠다. 내 방 안에서 각자 분주하게 식사를 차리는 풍경은 생소했다. 일부러 염두에 두고 여행 일정을 정한 것은 아니었지만, 10일은 공교롭게도 엄마의 생일이었다. 생소함에 우연이 더해져 식사는 더욱 특별해졌다. 서로의 잔에 와인을 채우고, 우리는 건배를 했다. 셋이서 낮게 한 번 잔을 부딪치며 여행의 끝을 아쉬워했다. 다시 천장을 향해 잔을 높이 들고 부딪치며 엄마의 생일을 축하했다. 잔 속의 와인처럼 내 마음도 출렁이는 것 같았다. 엄마가 살아 있었다면 지난 며칠 동안의 풍경 속에서 함께 존재하고, 여행의 기쁨을 나누며 지금도 함께 잔을 기울일 수 있었을 거라는 안타까움이 먼저 들었다. 그리고 서로의 눈을 제대로 바라볼 수 없었던 시간을 지나 이렇게 마주 보고 앉아 고기를 나눠 먹는 우리 세 사람의 모습을 엄마가 보고 있다면, 저 멀리 어딘가에서 안심하고 있을지도 모르겠다는 생각을 했다. 각자의 자리에서 각자의 아픔을 회복하면서 지낸 11년의 세월이 너무 빠르게도 혹은 너무 느리게도 흐른 것 같다. 몇 번의 잔을 더 부딪치면서 나는 엄마의 모습이 자세히 기억나지 않아 답답해했다가, 엄마를 향한 그리움이 사무치다가, 엄마의 삶에 대한 애처로움 같은 여러 감정의 물결 속에서 흔들거렸다. 오직 엄마의 생일을 축하하는 감정만을 가지고 싶었지만 그러기가 쉽지 않은 밤이었다.

다음 날, 아빠와 언니는 프랑크푸르트 공항으로 가는 기차를 타고 한국으로 돌아갔다. 나는 함께 기차역으로 가서 그들을 배웅했다. 기차는 천천히 움직였고, 나란히 앉아 창밖으로 손을 흔드는 두 사람의 모습이 멀어지기 시작했다. 두 사람의 얼굴은 이내 내 시야를 벗어나 속도를 높이는 기차와 함께 멀리 나아갔다. 나는 플랫폼에 서서 기차의 뒷모습이 사라질 때까지 계속 바라보고 있었다. 배웅을 끝내고 집으로 돌아오는 길 내내 이상하게도 자꾸만 눈물이 났다. 그동안 타국에 살면서 여러 번의 끝인사를 나누고, 많은 이별을 경험했을 때에도 느껴 보지 못했던 마음의 동요였다. 즐거웠던 여행의 아쉬움과 다시 혼자가 되었다는 외로움의 눈물이 아니었다. 독일로 떠나올 때, 마음 깊이 외면하고 도망쳤던 내 가족과 과거가 결국엔 내가 돌아가야 할 자리, 나를 이해할 유일한 존재들이라는 사실을 깨닫는 데에서 오는 회한의 눈물이었다. 이 사실을 인정하기까지 오랜 시간과 많은 장소를 거쳐야만 했던 나 자신을 향한 자책과 원망의 눈물이었다. 그 시간을 지나온 나를 묵묵히 지지해 주던 두 사람에 대한 고마움의 눈물이었다. 플랫폼을 홀연히 떠나는 기차처럼 지난 세월이 나에게서 조용히 멀어지는 느낌이었다.

셋이서 함께한 지난 일주일이 없었다면, 나는 한국으로 귀국하는 일을 계속 유보했을까? 그랬더라도 나는 끝내 돌아오는 선택을 했을 것이다. 부유하고 회피하는 상태는 지속될 수 없다는 것. 완전한 정착이 아니더라도 한 번쯤은 마음에게 멈출 수 있는 휴식의 기회를 줘야 한다는 것. 시간이 걸리더라도 언젠가는 덮어 두고 외면했던 마음을 반드시 바라보고 돌봐야 한다는 것. 어쩌면 독일에서 지냈던 시간은 이 사실을 인정하기 위해 필요했던 것일지도 모르겠다.

2013년 날짜 없음

어제 4년 이상 나와 함께해 오던 그릇이 깨졌다. 4년 동안의 시간이 깨진 느낌이다. 그릇은 형체를 알아볼 수 없을 정도로 흩어졌고, 내 주위로 크고 작은 조각들과 가루가 퍼져 나갔다. 나는 눈에 보이는 크기의 조각과 보이지 않을 만큼 부스러져 버린 가루를 쓸어 담았다. 너무 작아서 쉽게 모이지 않는 가루라 할지라도, 눈에 보이지 않는다고 해서 존재하지 않는다고 말할 수 없었다.

눈에 보이지 않는 것들을 모은다. 그것들이 나에게 상처를 입히지는 않을까 조심스러워한다. 모으고 조심스러워하는 과정을 반복하면서 결국 내게 남는 것은 무엇일까? 깨지는 순간이 남은 것일까? 흩어진 조각들의 형상이 남은 것일까? 모으는 행동이 남은 것일까? 미세하게 존재하는 보이지 않는 가루만이 남은 것일까?

2013년 날짜 없음

시간의 흐름에 개의치 않고 시간을 묶어 두는 공간이 있고, 공간이 변화해도 절대로 변하지 않는 시간이 있다.

2014년 1월 6일

나는 언제 어디서든 행복할 것이다. 무조건이다. 이렇게라도 생각하지 않는다면 내 삶은 괴로움으로 가득해서 너무 힘들지 않은가? 아무리 힘들어도 죽은 엄마를 보았던 그때, 그 순간보다는 힘들지 않을 것이다. 이렇게 내 마음을 다잡고, 힘을 끌어올려서 하루를 열렬하게 살다가도 다시 무력하게 모든 것을 놓아 버리고 싶어진다. 나는 앞으로 이 두 상태를 계속 저울질하며 살아가게 될 것 같다. 행복만을 바라는 삶이 아니라 생의 의지를 장착하고 균형을 맞추려는 노력을 계속하는 삶도 그렇게 괴롭지만은 않을 것이다.

2014년 1월 13일

포기를 깨닫는 것, 그것이 성장이고 인생.

— 고레에다 히로카즈

엄마의 죽음을 인정하는 일. 엄마와의 과거를 기억하는 일. 남은 가족들과의 관계를 개선하는 일. 독일에서의 생활을 연장하는 일. 이 모든 것을 손에 쥐고서 나는 지쳐 갔다. 어느 하나 제대로 끝맺지 못하고, 쩔쩔매는 나 자신을 자책했다. 나는 줄곧 엄마의 죽음에 대해서 그녀가 자신의 인생을 포기했다고 생각했다. 그래서 나에게는 "포기"라는 단어가 무엇보다 혐오스러웠다. "포기"라는 말, "포기하겠다"는 말을 앞으로 내 인생에 절대로 들여놓지 말자고 굳게 다짐했다. 나는 나 자신과 내게 주어진 생을 절대로 포기하지 않겠다고 생각했다. 하지만 모든 것에 지쳐 갈수록 나는 "포기"에 가까워지고 있었고, 그런 나 자신이 미치도록 싫었다. 엄마의 죽음을 끝내 인정하고, 과거에 대해 기억하는 일을 그만두는 것. 독일에서의 학업과 생활을 포기하게 된다면, 나의 모든 것이 망할 것 같았다. 내 인생에서 실패자가 되는 것만 같았다. 시간이 지나면서 힘들게 버티다 못해 결국 포기하는 것들이 생겨났다. 망할 것만 같던 내 인생도 망하지 않고 계속되었다. 많은 것을 손에 쥐고 어쩔 줄 모르고 있었던 상태에서 하나둘 천천히 정리하다 보니 내 삶은 이전보다 조금씩 가벼워지고 있었다.

그토록 두려워하고 외면했던 "포기"라는 것이 내가 앞으로 나아
가는 데 중요한 부분을 차지하게 될 줄은 몰랐다. 포기와 실패는
좌절이 아니라 계속 살아가게 하는 계기가 되어 주었다.

2014년 5월 5일

인생에서 정말 중요한 것은 당신에게 실제로 벌어진 일이 아니
라 당신이 기억하고 있는 일과 그것을 기억하는 방식이다.

— 가브리엘 가르시아 마르케스

애도 방법 중에서 "시간이 지나면 모두 괜찮아진다"라는 말을 가
장 많이 들었다. 그 "시간"이라는 것이 많이 지났음에도 나에겐
여전히 부족했다. 얼마의 시간이 지나야 정말로 괜찮아지는 것일
까? 10년이라는 시간이 지나서야 나는 조금씩 괜찮아진다는 느
낌을 가질 수 있었다. 앞으로 또 10년이 지나면 지금보다는 조금
더 괜찮아질지도 모른다. 이렇게 오랜 시간이 걸린다는 것. 어쩌
면 애도는 평생이 걸릴지도 모른다는 것을 인정하고 받아들이는
삶. 이것을 다행이라 말할 수 있을까? 슬픔이라 말할 수 있을까?
처음에는 슬픔이라고 말할 수밖에 없었다. 당시의 내가 어른들의
결정으로 밀려나지 않고 엄마와의 첫 번째 애도 절차인 장례를
온전히 치를 수 있었다면, 의식다운 의식을 치르고 엄마를 정확

히 보내 줬더라면, 솔직한 감정들을 회피하지 않고 유가족을 위한 기관의 도움을 받았더라면, 엄마와 건강한 이별을 하고, 이토록 오랜 기간 혼란스럽고 괴롭지 않을 수 있었을까? 지난 시간은 내가 어떻게 해도 할 수 없는 일에 대한 후회와 회한으로 가득했다. 하지만 그런 시간을 거친 지금, 나는 조금이라도 다행이라고 말하고 싶다. 나는 나만의 속도로 나만의 애도 단계를 거쳐 가고 있다. 고통의 매듭이 꼬여 있을 때 알 수 없던 것들을 하나씩 천천히 풀어 나가다 보면, 그것이 아주 오래 걸리고 힘든 과정이더라도 미세하게 변화한다는 것을 알게 되었다.

허망함과 허무함으로 가득한 인생이지만, 허무함으로부터 감사함을 느끼는 것. 허무함을 넘어서 그만큼 더욱 잘 살겠다는 생각으로 전환하는 것. 엄마는 비록 짧은 생을 살았고, 아픈 죽음으로 세상과 이별했으나 사는 동안 나의 엄마로서 살 수 있었다는 것. 엄마의 생전에 분명 좋은 순간들도 많았다는 것. 엄마의 삶은 안타깝고 슬픈 것만이 아닌 고귀하고 소중했다는 것. 엄마의 죽음은 절망과 고통이 아닌 삶의 소중함을 알게 해 줬다는 것. 지금도 나는 더 오래 걸릴지 모르는 애도의 단계로 가는 중이다. 엄마는 떠났지만, 그럼에도 불구하고 나는 살아간다고. 엄마를 아름답게 기억하기 위해, 나의 남은 생을 단단하게 만들어 가기 위해 앞으로도 나의 애도는 계속될 것이다.

2014년 6월 9일

당신이 죽은 뒤 장례식을 치르지 못해, 내 삶이 장례식이 되었습니다. 당신들을 잃은 뒤, 우리들의 시간은 저녁이 되었습니다. 더 이상 어두워지지도 다시 밝아지지도 않는 저녁 속에서 우리들은 밥을 먹고, 걸음을 걷고 잠을 잡니다.

— 한강, 『소년이 온다』

책이 그리고 있는 1980년 5월의 광주의 이야기를 따라가다가, 이 문장을 읽자마자 나의 과거의 기억 속으로 옮겨졌다. 이 문장이 나를 아프게 찔렀고, 나의 경험을 완벽히 대변해 주고 있었다. 내 마음을 그대로 헤아려 주는 듯한 문장을 읽으면서, 말로 설명할 수 없는 큰 위로를 얻을 수 있었다.

나는 엄마의 장례 절차에서 완전히 배제되었다. 제대로 엄마를 떠나보내는 의식 없이 지금까지도 수없이 엄마의 장례식을 상상했다. 그때는 모든 것이 경황이 없었다. 내 생각을 제대로 꺼내 보지도 못했고, 어른들은 나의 의견을 물어보려는 시도조차 하지 못할 만큼 정신이 없었다. 제대로 장례 의식을 치르지 못했다는 것이 한 사람을 이렇게까지 힘들게 하리라고는 아무도 예견하지 못했다. 어른들의 결정으로 인해 장례식에서 배제되었다는 사실에 나는 오래도록 괴로웠다. 시간이 한참 지난 후에서야 비로소 나의 괴로움과 불만을 인식하게 되었다. 엄마를 떠나보내는 의식을 경험하지 못했다는 것이 떠난 사람을 오랜 기간 마음 속에서 붙잡고 놓아주지 못하는 이유가 될 줄은 몰랐다. 정확한 인사나 추억할 절차가 없었다. 마음껏 슬픔을 표현하거나 위로를 받아 보지도 못하고, 엄마와의 이별은 시작부터 어그러진 느낌이 었다. 엄마가 죽어 있던 충격적인 장면을 마지막 모습으로 기억 하며, 나는 그렇게 엄마와 이별했다. 44년 실재했던 한 인간의 존 재가 허상이 되어 버렸다. 가족의 일원이었음에도 철저히 배제되 었다는 느낌이 계속 나를 따라다녔다. 엄마를 제대로 보내드리지 못했다는 사실에 나는 늘 죄책감에 시달렸다. 그리고 그것이 내 의지가 아닌 타인들에 의해 결정되었다는 사실에 대한 분노. 뒤 늦게 자각한 분노를 표출할 대상도 상황도 없었다. 그저 내 안에 서 희석시키는 일뿐. 나는 알 수 없는 상황들에 얽혀서 살아가는 느낌을 지울 수 없었다. 남은 가족 내에서도 그 사건에 대해 이야 기하고 싶은 사람과 그렇지 않은 사람이 있다. 나는 다른 가족들 에 비해 이야기하고 싶은 마음은 많았지만, 정작 이야기할 상대 가 없었다. 장례식에 대한 상상이 집착으로 번져 갈 때는 가끔 언 니에게 그날의 상황에 대해 물어보곤 했다. 상상으로는 계속 답 답함이 더해질 뿐이었다. 당시 20대였던 언니에게도 장례를 치 르는 일이 큰 충격이고 아픔으로 남았다는 것, 장례를 치르지 못 한 사람 만큼이나 장례를 치른 사람도 아팠다는 사실을 나는 인 지하지 못했다. 언니에게도 과거를 떠올리는 일이 무척 괴롭다는 것을 알고 있었지만, 나는 이기적으로 물어볼 수밖에 없었다. 언니는 몹시 정신없었다는 느낌만 어렴풋이 생각난다고 했다. 그러나 모든 것이 정신없었음에도 가장 잊히지 않는 것은 장례식장에서의 외할머니와 외할아버지의 모습이라고 했다. 자식을 먼저 떠나보내고, 영정 사진을 멍하게 바라보고 계신 두 분의 뒷모습은 너무 처연하고 슬퍼 보였다고.

나에게 그날의 일을 떠올리게 하지 않기 위해서 다른 가족들은 일부러 더욱 엄마의 죽음에 대해서 이야기하지 않으려고 했다. 내가 느끼기에 그들은 나보다 상대적으로 빨리 과거의 아픔에서 회복하는 것 같았다. 감정의 표현도 자유로워 보였고, 흔들림 없이 자신의 인생으로 나아가는 것 같았다. 나만 혼자 계속 과거에 빠져 있는 것을 자각할 때마다 자괴감이 들었다. 왜 나는 아직도 괴로워하고 있을까? 왜 나는 아직도 그날, 죽음의 자리에 서 있는 것일까? 내가 장례식에 참여하지 않아서일까? 왜라는 의문이 끊이지 않고 계속됐다. 나는 혼자 생각하고, 질문하고 대답을 구할 수밖에 없었다. 어쩌면 나에게 그날의 일, 나의 감정에 대해서 자세히 물어봐 주는 단 한 사람이라도 있었다면, 나는 좀 더 빨리 회복의 과정으로 들어설 수 있지 않았을까? "많이 무서웠지. 얼마나 놀랐니. 감정이 굳어 버린 것 같았어?"라고 세심히 묻고 들어 주는 사람이 있었다면, 나는 조금은 나은 사람이 될 수 있었을까? 사람마다 성격이 다르고, 애도의 시기도 다르다는 것을 좀 더 일찍 알았더라면, 다른 사람들과 비교하며 나 자신을 자책하는 일을 좀 더 일찍 멈출 수 있었을까? 끊이지 않는 의문은 항상 허탈감과 아쉬움으로 끝이 났다.

2014년 6월 30일

스스로 괜찮아졌다고 생각하다가도 다시 원점으로 돌아간다. 발버둥 쳐도 다시 제자리인 느낌은 견디기 힘들다. 되풀이라는 말의 잔인함. 무기력하고 공허한 감정은 어떻게든 추스려도 다시 나를 찾아온다. 혼돈 속에서 제대로 길을 잃어버린 느낌이다. 근본적인 불안과 불신이 느껴진다. 어디서부터 어떻게 다시 시작해야 하는지 누군가 알려 줬으면 좋겠다. 죽어서 새로운 인생을 살 수만 있다면, 그럴 수만 있다면 나는 그렇게라도 하고 싶다. 도망치듯 살아간다. 회피는 내 삶의 일부분이 되었다. 나 자신조차 회피하고 있고, 회피는 내가 된다. 시간을 자주 본다. 날짜를 자주 본다. 나는 자주 두려워진다.

2014년 7월 11일

절망을 말해 보렴. 너의. 그럼 나의 절망을 말할 테니.

— 메리 올리버

4개월 동안 같이 살던 룸메이트 D는 독일에서 만난 독일인 중에서 유독 정이 깊은 친구였다. 짧은 기간 함께 살았지만, 서로를 깊게 알아 가는 느낌을 주는 친구였다. 나의 조깅 메이트가 되어 주었고, 모임이 있는 자리마다 항상 같이 가자는 말을 해 줬다. 그 친구 덕분에 몸을 함께 움직이며 주고받는 건강한 에너지가 생활에 활기를 불러일으킬 수 있다는 것을 알게 되었다. 공유 주방에서 요리와 식사를 할 때 사소한 부분까지 알려 주고, 먼저 대화를 건네는 친구였다. 그때 나는 이미 한국으로 돌아갈 준비를 하고 있었던 터라 그 친구와는 따뜻한 마음을 더 오래 나눌 수 없었다. 내가 그 집을 떠나기 며칠 전, 다른 룸메이트들은 각자의 일정으로 집을 비운 아침, 나는 D와 커피를 마셨다. 4개월 동안 서로에 대한 정보를 나누며 충분히 가까워졌다고 생각했지만, D는 갑자기 내 가족에 대한 질문을 꺼냈다. 짧은 기간을 함께하는 사이라 긴밀한 이야기까지 할 필요성을 느끼지 못했던 나는 그동안 가족에 대한 질문을 받아도 대충 넘기듯이 대답했다. 내가 그런 반응을 보일 때마다 D는 눈치를 채고 알아서 다른 주제로 넘어가기도 했다. 어쩌면 D는 내가 스스로 이야기하기까지 기다려 준 것 같았다. 그동안 D에게 쌓인 신뢰와 친분 때문이었는지 그날은 이상하게도 내 이야기가 자연스럽게 나오기 시작했다. 독일어로 그 사건에 대해서 말한 것은 처음이었다. 유가족 회복 프로그램에서 처음으로 내 이야기를 꺼냈던 경험 때문인지, 독일어를 구사하는 것이 예전보다 수월해진 덕분인지, 그녀와 함께 있는 공기가 유독 편안해서였는지, 독일어로 나의 과거에 대해서 이야기하는 일이 생각보다 힘들지 않았다. 독일어로 말할 때 조금 더 저음으로 말하는 경향이 있어서, 나는 평소보다 내가 더 담담하게 말한다고 느껴졌다. 내가 하는 이야기에 D 역시 놀라거나 억지로 위로하지 않고 가만히 들어 주었다. 나는 그 반응이 고마웠다. 다 듣고 난 후, D도 말을 꺼냈다. 직계 가족은 아니지만, D 역시도 유가족이라고 했다. D의 사촌은 일곱 살 아들을 남기고 스스로 세상을 떠났다고. 사촌에게서 남겨진 그 조카를 D와 D의 어머니께서 교대로 돌봐 준다고. 조카에게는 엄마의 죽음에 대해 잘 설명했고, 조카가 아직은 어려서 엄마가 갑자기 사라진 것을 느낌만으로 아는 것 같다고 했다. 씩씩한 아이로 자라도록 주변에서 주의를 기울일 거라고, 나중에 갑자기 혼란스러워지지 않도록 조카가 성장하는 동안 D와 다른 주변 어른들이 옆에서 최대한 도와줄 것이라고 했다. 나는 D의 이야기를 들으며 처음에는 놀랐다. 그리고 이어서 그 아이 곁에 D와 같은 어른이 있다는 사실이 너무 다행스럽게 느껴졌다. D와 독일어로 더듬더듬 대화했음에도 불구하고 진심을 다해 소통했다는 생각이 들었다. 유대감이라는 단어를 체감하는 순간이었다. 같은 경험을 한 사람이 하는 한마디가 다른 어떤 말보다 큰 위로가 된다는 것. 말하지 않아도 나를 이해해 줄 것이라는 믿음을 바탕으로 나누는 대화는 그 어느 때보다 따뜻한 위안이 된다는 것. 비록 아픔과 절망일지라도 나의 절망을 홀로 끌어안고 아파하는 것보다 그것을 나누고 이해받는 것이 치유의 시작이 될 수 있다는 것. 정성이 담긴 공감과 수용의 경험이 반복되고 쌓인다면, 치유를 넘어서 성장의 힘까지 얻게 되다는 것. 짧은 순간이었지만 잊지 못할 소중한 깨달음을 얻게 되었고, 진심 어린 소통의 경험을 알게 해 준 D에게 정말 고마웠다. 이 날의 경험은 처음으로 유가족 자조 모임에 대한 관심을 갖게 해 주었다.

2014년 7월 13일

야외 공원에서 독일과 아르헨티나의 월드컵 결승전 경기를 보았다. 독일의 승리가 확정되는 순간에 사방에서 폭죽이 터졌고, 폭죽 파편이 내 오른쪽 허벅지 뒤쪽에 튀었다. 뜨겁게 달아오른 폭죽 불꽃의 파편으로 인해 허벅지가 타들어 가는 것 같았다. 피가 나는지, 살갗에 구멍이 났는지 몸을 돌려 보아도 뒤쪽이라 정확히 볼 수 없었다. 손을 더듬거리며 부위를 만지면 뜨거움만 느껴졌다. 사방은 승리의 기쁨을 포효하는 사람들로 북새통이었다. 흥분한 사람들에 둘러싸인 나는 겁에 질려 아무 말도 할 수 없었다. 총에 맞으면 이런 기분일까? 허벅지에 화상을 입는 것은 아닐까? 응원가와 폭죽 소리가 뒤섞여 고조되는 분위기 속에서 나만 초조하게 침묵 속에 있는 것 같았다. 빨리 조치를 취해야 함에도 불구하고 나는 갑자기 멍해졌다. 이렇게 작은 불꽃 파편에도 무섭고, 불안하고, 걱정되는 게 사람인데, 엄마는 어떻게 자신을 저버릴 수 있었을까? 그건 엄마가 아니었을까? 내가 알던 엄마는 누구였을까? 어둑한 저녁 공기와 들뜬 사람들 사이에서 나 혼자 다른 세계에 존재하는 것 같았다. 순식간에 의문들이 쏟아졌다. 허벅지는 뜨거웠고, 머리는 차가웠다. 동행한 친구가 멍하게 있는 나를 건드리는 바람에 내 의문은 가까스로 멈췄고 근처 약국으로 가서 치료를 받을 수 있었다. 집으로 돌아오는 길에 나는 완전히 다른 사람이 된 것 같았다. 몇 시간 전 축구 경기를 보며 승리를 염원하는 함성을 지르고, 흥분의 도가니 속에 있던 내가 아니었다. 한 발의 불꽃으로 인해 나는 한순간에 엄마에게로 빠져들었고, 독일의 승리와는 관계없는 사람이 되어 버렸다.

2014년 11월 20일

난 지금 어디 있지? 기억은, 기록이 아닌 해석이다. 현재의 나를 알려면 기억이 필요하다. 기억나지 않는다고 무의미한 것은 아니야. 눈을 감아도 세상이 사라지지 않는 것처럼… 눈을 감고 있어도 세상은 존재한다는 걸 믿어야 된다. 존재하는가? 하는군…

—「메멘토」

기억나지 않는 과거를 기억하기 위해서 사진에 의지해 본다. 사진첩의 페이지를 넘길 때마다 손가락에는 오래된 먼지가 묻어

나온다. 흙더미 사이에서 유물을 발굴하는 현장처럼 나는 먼지를 헤집고, 손이 까매지도록 기억의 조각을 맞춘다. 새로운 유물을 발견하는 설렘을 안고, 파묻힌 유물이 훼손되지 않도록 최대한 조심스럽게 사진을 하나씩 눈에 담는다. 사진 속 배경을 통해서 당시의 상황을 유추해 본다. 사진 속 사물을 보면서 시간을 거슬러 그때의 나로 돌아간다. 가족 외식 자리에서 찍은 사진, 캐릭터가 그려진 옷을 입고 놀이터 철봉에 매달린 나의 모습, 방학 숙제 때문에 갔던 박물관 앞에서 엄마와 나. 사진 속 나의 과거가 낯설게 느껴졌다. 모든 것, 모든 순간이 내 것이 아닌 것만 같다. 사진은 과거의 순간을 포착하고 남기는 증거이지만, 나에게는 사진 속 모든 것들이 사라져 버린 듯하다. 네 명 모두 모여 있는 가족사진, 아빠와 둘이서 찍은 20대 엄마의 모습, 엄마와 내가 둘이서 찍은 사진. 엄마의 독사진. 사진 속 엄마는 낯설다. 엄마는 이제 과거의 사람이지만, 나에겐 아직도 생생히 존재하는 현재의 사람인 것 같다. 사진 속 나의 모습도 너무 낯설었다. 장난기 있는 표정으로 카메라 앞에 서 있는 사람이 내가 아닌 것처럼, 지금의 나는 표정이 사라져 버린 것 같다. 갑자기 2014년의 세상에 뚝 떨어져 버린 것처럼 나의 과거 서사는 너무 희미하다. 엄마가 내 어깨에 손을 올리고 찍은 사진을 보며 아무리 노력해도 엄마의 손길이 느껴지지 않았다. 어린 나를 안고 있는 사진 속 아빠는 너무 멀게만 느껴졌다. 아빠도 분명 나를 키우고 나의 성장을 지켜보는 사람이었다. 하지만 내가 기억하는 아빠의 모습은 엄마가 사라진 후에 더 많았다. 과거를 기억하기 위해서 사진을 찾아보지만, 더욱더 아득해진다. 몇몇 사진은 사진 속 모습이 현재처럼 느껴졌고, 현실에서의 지금 내 모습이 과거처럼 느껴지기도 했다. 현재의 내 모습은 나중에 어떻게 기억될 수 있을까? 허무와 두려움으로 가득한 지금의 나는 어떤 모습으로 포착될 수 있을까?

2014년 11월 27일

유가족 만찬회에 초대되었다. 나 이외에는 모두 자식과 배우자를 떠나보낸 어른들이었다. 그동안 몇 차례 참석했던 유가족 모임에서는 남성을 보는 일이 거의 없었다. 남성은 본인의 감정을 표현하는 데 어색해하며 힘든 일을 겪어도 표현하기보다는 오히려 일에 몰두하는 경향이 많다고 들었다. 모임에서 처음 보는 남성이라 신기하기도 했지만, 그분의 얼굴에 서린 강렬한 어둠 때문에 더욱 시선이 갔다. 그 어둠은 예전에 거의 죽은 사람의 얼굴을 하고 있던 아빠의 모습을 떠올리게 했다. 그분은 그보다 더 어두웠고, 금방이라도 죽을 것 같은 인상을 주었다. 고개는 푹 꺼져 있었고, 누구와도 눈을 마주치거나 대화하지 않았다. 자기 앞에 서빙되는 음식을 바라보고 있는 것인지, 테이블 너머 깊은 바닥 아래로 시선을 두는 것인지 알 수 없었다. 그는 앞에 놓인 음식을 포크로 찍어 입으로 가져가서 몇 번 씹고 삼키는 과정을 반복했지만 그 행동에는 영혼이나 의식 같은 것이 담겨 있지 않았다. 먹겠다는 의지가 있는 것인지, 먹어야 한다는 의무로 먹는 것인지 알 수 없었다. 그와는 한마디도 나누지 못했지만, 그를 보면서 줄곧 아빠를 생각했다. 다른 참석자에게서 그가 아내를 자살로 잃고, 어머니의 죽음에 괴로워하는 자식마저 연이어 자살로 잃었다고 전해 들었다. 듣자마자 나는 복합적인 감정에 혼란스러워졌다. 누구도 타인의 불행을 수치로 판단할 수 없음에도 불구하고, 우리 가족의 불행은 그의 불행에 비하면 나은 편이라고 생각했다. 그 비교 속에서 나는 위안을 받고 있었다. 그런 나 자신이 순간 끔찍하게 여겨졌다. 불행의 기준은 무엇인가? 나에게는 처음 본 그의 삶에 대해서 불행을 평가하고 결론 낼 자격이 절대로 없다. 나는 내 불행에만 사로잡혀 있었다. 위로가 필요한 내 입장에서 타인의 고통을 함부로 휘두르는 느낌마저 들었다. 내가 너무 수치스러웠다. 동시에 나 자신의 죽음을 수없이 생각하고, 염원했던 지난날들이 떠올랐다. 고통스러운 기억의 굴레에서 소진된 내 삶을 끝내 포기하고 싶었던 나날. 이토록 고통스러운 인생이 계속된다면 차라리 엄마처럼 사라졌으면 좋겠다고 생각했던 시간. 만약 내 염원이 현실이 되었다면, 아빠는 그 남성과 같은 얼굴을 하고 있을지도 모르겠다. 그를 마주한 이후부터, 또다시 내 인생을 포기하고 싶은 마음이 들 때마다 그분의 얼굴과 아빠의 얼굴이 겹쳐져 떠올랐다. 한 사람의 자살은 또 다른 죽음을 파생하기도 할 만큼 처참한 일이고, 그런 가운데에서도 남은 사람들은 어떻게든 살아가고 있었다.

자살 사건으로 인해 유족은 정서적으로 취약한 상황에 놓이
게 되고, 일반인보다 18.3배 더 우울한 것으로 조사되었다. 유족
은 자살 고위험군에 속하여 이들이 겪는 자살 충동은 일반인의
300배에 달하고, 그중에서도 자살 목격자가 겪는 자살 충동률은
300배 이상이라고 한다. 나는 때로 18.3과 300이라는 숫자와 끊
임없이 싸웠다. 그것은 비록 숫자에 불과했지만 나는 그 숫자 안
에 포함되지 않기 위해, 그 비율이 높아지는 데 일조하지 않기 위
해 부단히 애쓰며 살아가는 기분이었다. 마음속에서 치러지는 수
많은 전투에 비하면 단지 숫자와 싸운다는 생각은 슬프지 않았
다. 곧 죽을 것 같은 얼굴을 한 그가 만찬회에 참석하게 된 마음
은 무엇이었을까? 대화 한 번 없는 짧은 마주침이었지만, 나는 진
심으로 그의 안녕을 빌어 본다. 고급스러운 음식과 화려한 축하
공연으로 만찬회는 성대했다. 하지만 나에게는 오랫동안 한 사람
의 얼굴로 기억되는 날이었다.

2014년 날짜 없음

엄마가 죽던 날, 비가 왔다. 집으로 돌아오는 버스의 창밖에는 쉴
새 없이 빗방울이 맺혔고, 풍경은 흐릿해졌다. 빗방울은 그날 일
어날 일을 미리 알고 있었던 것일까? 내 시야를 흐릿하게 해서
내가 보고 있는 것이 모두 사실이 아니라고 착각하게 만든 것은
아니었을까? 빗방울은 버스가 달리는 속도 때문에 나를 뒤로하

고 멀어졌다. 흔들리며 밀려나는 빗방울이, 세상에 흩뿌려지는 빗방울이 마치 내 마음 같았다. 그날의 세상은 빗방울로 인해 한없이 일그러져 보였고, 내 마음도 이내 일그러졌다. 나는 울지 않았지만, 세상은 분명 울고 있었다.

2015년 1월 29일

일단 어떤 압도적인 경험을 하고 나면, 사람들은 그 경험이 압도적일수록 그것을 구체적인 문장으로 바꾸는 과정에서 알 수 없는 심한 무력감에 사로잡히는 게 아닐까 한다.

— 무라카미 하루키

더 많은 것을 기억하고, 기억해 낼 수 있었을 텐데 결국 이렇게 되고 말았다. 많은 것을 기억하지 못해 억울하고 슬프다는 것은 아니다. 아쉬움도 아니었다. 내가 기억하지 못하게 된 것을 서서히 인식하고, 이제 기록하는 일만 남았다. 기록이라는 행위가 차차 기억이라는 모습으로 변하게 될지 모르겠다. 기억하기 위해서 하는 기록과 기억을 지우기 위해서 하는 기록이 있다. 둘 다 현재 일어나는 행위들이지만, 과거를 중심축으로 한다. 나에게 과거와 현재라는 것은 무엇일까? 무엇으로 나눌 수 있을까?

나에겐 십 년이라는 시간의 차이가 존재한다. 과거가 과거였다고 느껴지기까지, 이해할 수 없는 이상한 반응이 트라우마였다는 것을 마주하기까지 십 년이 걸렸다. 지금의 현재를 과거라고 느끼기까지 어쩌면 또다시 십 년이라는 시간이 필요할지도 모르겠다. 이미 지나가 버린 나의 십 년이 방금 지나간 십 분으로 대체될 수 있다면 좋겠다. 그렇다면 즉시 십 분을 바치고 싶은 마음이지만, 그것은 불가능한 일이라는 것을 안다.

2015년 2월 3일

한국으로 귀국하기 전, 몇 개월 동안 독일 남부 검은 숲 근처에서 지냈다. 유난히 눈이 많이 내리던 그곳에서 나는 자주 고립되었다. 눈을 핑계 삼아 외부와 차단되어 독일에서의 마지막 시간을 보내기로 했다. 독일에서 외로웠던 시간을 통과하여, 지독한 고립의 끝자락을 보내고 있다고 생각하면 나름대로 견딜 만한 것이었다. 그럼에도 추위와 어둠 그리고 고독감은 나를 침잠하게 했다. 그 속에서 가만히 눈송이 하나, 눈 결정의 그림자마저 놓치지 않고 바라보고 있으면, 고립된 처지를 위로받을 수 있었다.

눈이 그치면 허벅지까지 눈이 쌓인 검은 숲길을 오래 걸었다. 아니, 깊게 걸었다. 한 걸음 내딛으면 눈에 무릎 밑이 잘리고, 나를 지탱해 줄 것이라 믿었던 눈에 차갑게 패이는 듯했다. 나무 위 눈덩이는 자신의 무게를 이기지 못하고 떨어졌다. 고요 속에서 눈은 잠시 존재감을 드러내고, 이내 숲의 침묵 속으로 사라졌다. 눈덩이가 떨어져 제멋대로 자취를 남기는 일은 이미 눈으로 두터운 길 위에서는 소용없는 행위였다. 나도 그렇게 떨어지는 눈처럼 말갛고 하얀 길을 지나갔다. 깊이 걸을수록 더 깊이 남을 거라는 생각으로 내딛는 걸음마다 걸음은 단단해졌다. 나무 높이처럼 곧게 뻗은 길을 마주하며 눈길에 발자국을 빚어 냈다.

끊어진 길 앞에서 아무것도 할 수 없는 나는 뒤를 돌아보지 않았다. 깊은 발자국이 나를 따르고 있었다. 숲속에서는 혼자라는 생각이 들지 않았다. 무언가 깊게 새겨 주는 느낌은 위안이 되었다. 관조하기 위해 뒷걸음질을 반복했지만, 그럴수록 눈의 풍경은 점점 더 멀어졌다. 나는 걷고 있다고 생각했다. 하지만 눈 위에 살며시 쌓여 가고 있었다. 독일에서의 버거웠던 어둠의 시간은 새하얗게 바래져 순수의 상태로 남겨지고 있었다. 한 시절에 대한 마지막 기억이 그렇게 눈길의 시간으로 채워졌다. 하얀 존재가 모습을 감출 때까지 나는 더 이상 다음 걸음을 내딛지 못했다. 하얀 존재는 사라지지 않을 수 있을까? 순수는 남겨질 수 있을까? 검은 숲은 이 모든 것을 기억해 줄까? 검은 숲은 나를 기억해 줄까?

2015년 2월 26일

한국으로 귀국하는 비행기 안에서 11시간 내내 잠을 잤다. 8년 동안의 잠을 한꺼번에 몰아서 자는 듯한 깊은 수면이었다. 하늘

위에 떠 있는 비행기처럼 독일에서 8년 동안 경험한 모든 것들이 부유하는 듯했다. 한국에 도착하자마자 펼쳐질 새로운 시간에 대한 기대와 불안으로 내 머리는 점점 팽창하는 것 같았다. 독일로 떠나올 때와 독일을 떠날 때의 나는 얼마나 달라졌을까?

독일이라는 새로운 환경으로 나를 옮겨 놓고, 나는 변화하고 싶었다. 엄마로부터 태어난 존재가 아닌, 새로운 세상에 스스로 탄생한 존재이길 원했으나 나를 둘러싼 모든 것이 새로워져도 결국 나만 과거에 머물며 엄마로부터 태어난 존재임을 더욱 확실히 알게 되었다. 그 사실을 부정하다가, 끝내 인정하며 괴로워 했던 시간으로 채워진 독일에서의 생활은 이렇게 끝이 난다. 독일에서의 8년 동안, 나에게는 무엇이 남았나? 고통과 혼란을 회피하며 배회하던 많은 도시가 남았을까? 무한한 시간과 자유 속에서 소진된 내 마음이, 혹은 어떻게 하려 해도 맘처럼 되지 않는 끈질긴 기억이 남았을까? 오랜 시간이 지난 후에도 독일에서의 생활을 떠올린다면 학업, 외국어, 다양한 인연들보다도 마지막에는 결국 엄마가 남을 것이다. 엄마의 기억을 잊기 위해 떠났지만, 나는 그것을 더욱 철저히 짊어진 채 돌아올 수밖에 없었다.

3

빛이 있는 쪽으로 한 걸음 더

●

한국으로 돌아와서 지속적인 치료 방법을 알아보았다. 상담을 받아 보기로 하고, 내가 스스로 해결할 수 있는 범위 내의 상담 비용이 책정된 상담 기관을 찾아보았다. 귀국 후 서둘러 직장을 구하고 경력을 쌓는 대신 치료에 집중하려는 나에게 주위에서는 걱정의 시선을 보냈지만, 무엇보다도 치료가 절실했다. 2013년에 5회기 회복 프로그램에 참여한 이후에도 다시 독일에 건너가 무기력과 허무함에 맞서 수없이 싸워야 했다. 변화하지 않는 나를 자책하며, 스스로에 대한 의문도 늘어 갔다. 마음 한편에서는 이대로 계속 살아가도 괜찮다고 생각했다.

2010년에 나는 한 차례 정신과 상담을 받았다. 그러나 20대 초반의 나이로는 감당하기 어려운 액수의 상담 비용과 의사의 약물 권유로 지레 겁을 먹고 상담에 대해 더는 생각하지 않게 되었다. 상담을 통해 나를 마주하는 것은 너무 두려운 일이라 많이 망설였다. 하지만 이번에도 그냥 넘기고 회피한다면, 나에 대해 또다시 덮어 두고 방치하는 일이 될 것이다.

모든 것이 불안하고, 불확실했다. 그렇다면 나는 내면의 불안이라도 잠재우고 싶었다. 불안을 무시하고 원망하던 지난날의 내가 아닌 불안을 보듬고 이해하려는 나를 믿어 보고 싶었다.

2015년 6월 15일

상담을 받는 첫날이다. 상담은 초기상담으로 시작되는데, 상담자와 처음 대면하면서 상담자와 내담자가 서로를 알아 가는 단계였다. 나의 마음에 대해서 이야기하고, 상담하는 과정 중에 느낀 점을 토대로 앞으로 같은 상담자와 상담을 지속할지 결정하는 것이다. 초기상담 때 내담자가 상담자와 맞지 않는다고 느낀다면, 다른 상담자에게 다시 초기상담을 받을 수 있다. 나의 상담자와는 처음부터 편안한 분위기로 시작되었고, 앞으로도 지속적인 상담이 가능하리라 판단하여 변경 없이 진행하기로 했다. 첫날이라 그동안 나에게 있었던 일들, 힘든 부분들을 조금씩 살펴보는 방식으로 이야기를 나눴다. 대부분 내가 이야기했고, 상담자는 가끔 질문을 던졌다. 상담이 거의 끝나 갈 때쯤, 상담자는 나에게 말했다. 내가 그동안 겪고 있던 것이 외상 후 스트레스 장애(PTSD)로 여겨진다고. 태어나서 처음 들어 보는 말. 내가 겪고 있는 것이 하나의 진단명으로 존재한다는 것. 나는 그 단어를 외상. 후. 스트레스. 장애라고 하나씩 뜯어서 속으로 되뇌었다.

누군가에게 얻어맞은 것처럼 얼이 빠진 모습으로 앉아 있는 나를 보며, 상담자는 외상 후 스트레스 장애를 설명해 주었다. 외상 후 스트레스란 심각한 사건을 경험하거나 목격한 후에 나타나는 불안장애이다. 그 사건에 대한 반복적인 경험으로 일상생활을 제대로 소화하기 어렵고, 사건의 장면들이 지속적으로 떠오르면서 심리적 고통을 느끼는 것이다. 외상 후 스트레스를 겪는 사람은 그 사건과 연관된 자극을 피하려 하고 무감각한 모습을 보인다. 긴장되고 예민해지고, 다시 위험한 일이 발생하지 않을까 늘 초조해한다. 상담자가 설명해 주는 모든 것이 그동안 내가 10년 넘게 겪고 있던 상태에 대한 정확한 묘사였다. 알 수 없는 심정들이 하나의 용어로, 하나의 진단으로 명시되어 있다는 사실에 먹먹해지는 한편 마음이 놓이기도 했다. 그동안 이해할 수 없고, 감당할 수도 없었던 나에 대한 증상들. 내가 이상한 사람이 아니라는 진단과 고쳐질 수도 있다는 사실이 순간 나를 안도하게 했다. 하지만 상담자의 이어진 설명에 안도감은 한탄으로 바뀌었다. 외상 후 스트레스 장애는 대부분 사건 이후 6개월에서 1년 안에 발생하여 빠르게 치료받기를 권장한다고. 치료를 받지 않는 경우 증상이 계속되고, 심하면 지속해서 증상을 겪는다고 했다. 경험한 사건의 충격이 클수록, 충격을 다룰 만한 정신적 여유가 부족할수록, 사건을 경험한 나이가 지나치게 어리거나 많을수록 예후가 좋지 않을 수 있다고 했다. 내가 외상 후 스트레스에 해당하는 증상들을 거의 10년 넘게 안고 있었다는 사실을 나는 이 자리에서 처음 깨달았다. 지난 시간 동안 나는 내가 아니었다. 나에겐 나의 일상이 없었으며, 내가 증상 그 자체인 것처럼 느껴졌다. 그 모든 게 사건 이후 바로 치료가 이루어지지 않아서였을까? 예후가 좋지 않은 모든 경우에 해당하기 때문이었을까? 상담 첫날부터 내 마음은 요동쳤다. 상담을 끝내고 집으로 오는 길에 몸에 힘이 다 빠져 버렸다. 하지만 이것조차 좋은 신호라고 여길 수밖에 없었다. 나는 오늘 겨우 첫걸음을 내디뎠고, 앞으로 나에 대해서 조금씩 더 알게 될 기회가 나를 기다리고 있으니까.

2015년 6월 22일

두 번째 상담에서는 가장 최근에 내가 느끼는 감정들에 대해 이야기했다. 계속되는 불안과 사라지는 것에 대한 슬픔을. 무언가 사라지는데, 왜 사라지는지 알 수 없고, 슬픈데 왜 슬픈지 알 수 없는 마음에 대해. 어쩌면 나는 망상에 사로잡혀 있는 것은 아닐까? 나는 무엇이 사라진다고 느끼는 걸까? 금방이라도 사라질 것만 같은 이 감정은 무엇인가? 내 곁에 존재하는 모든 것들이 한순간에 사라질까 봐 두렵고 불안한 것은 나만의 착각일까? 그런 감정은 아예 처음부터 없는 것은 아닐까? 나를 아프게 하는 건 사라짐일까, 끊이지 않는 불안감일까? 실재하지 않는 것들이 내가 비참해질 때까지 나를 조종하고 비웃는 것만 같다.

2015년 6월 29일

세 번째 상담에서는 엄마의 기억에 대해 이야기했다. 엄마에 대한 나의 기억은 엄마가 죽던 날로 고정되어 있어서 이전에 모든 다른 기억들이 삭제된 것처럼 잘 떠오르지 않았다. 기억할 것이 없다는 것이 얼마나 슬픈 일인지, 기억한다는 건 살아가는 존재에게 얼마나 중요한 일인지 마음 깊게 새기는 시간을 거쳐 왔다. 엄마에 대한 기억, 사라진 기억을 되살리는 것이 과연 가능한 일인가? 상담자는 내가 "기억나지 않는다"라는 말을 반복적으로 한다고 했다. "기억나지 않는다"라는 말이 나를 아무것도 기억하지 못하는 존재로 고정해 버리고, 기억하지 않는 습관을 만들어 버린 것일 수도 있었다. 아무리 기억하지 못하는 사람에게도 기억은 있다. 기억이 사라졌다고 생각하지만, 단 하나의 기억이라도 가지지 않은 존재는 없다. 지금의 나는 과거로부터 이어져 온 존재이기에 과거가 있다면, 분명 기억도 있을 것이다. 주의를 기울인다면, 작은 기억의 실마리라도 끄집어낼 수 있을 것이다. 나는 다음 상담까지 좋은 기억이든 나쁜 기억이든 아무 제약 없이 과거의 모습과 감정을 기억하는 데 집중해 보기로 했다. 그 기억이 나의 것이든 엄마의 것이든 상관없이 기억에 한 걸음 다가가 보는 일. 기억 속 과거의 나와 기억의 끈을 붙잡는 지금의 나를 만나게 하는 일. 상담자는 진짜 엄마를 기억하지 못하는 것인지, 엄마를 기억하고 싶지 않아서 회피하는 것인지 내 기억을 점검해 보라고 했다. 어쩌면 기억에 매달리는 마음 반대편에 엄마를 기억하고 싶지 않은, 기억에서 아예 지워 버리고 싶은 마음도 있다는 것을 천천히 깨닫게 되었다. 엄마를 떠올리면 엄마는 항상 그날의 죽어 있는 모습이었으므로, 매번 그 기억에서 도망치는 선택을 할 수밖에 없었다. 고통의 기억에서 빠져나와 나는 살아야 하니까, 내가 살기 위해서 나를 방어해야 했던 최선의 선택이었다. 지금에 와서 그 선택을 비난하거나 후회하지는 않는다. 그때는 그런 선택을 할 수밖에 없었던 나를 기억한다. 그때의 나와 기억의 선상에 서서 다시 살아 보려고 애쓰는 지금의 내가 있다.

나는 기억나지 않는다고 했지만, 노력해 보기로 한다. 아픈 단 하나의 기억을 벗어나 다른 기억들을 더듬어 본다. 많지 않더라도, 기억할 수 있는 것은 기억해 보기로 한다. 엄마가 죽었기 때문에 기억나지 않는다고 슬퍼할 필요는 없었다. 살아 있는 사람과의 기억도 기억나지 않을 수 있으니까. 기억에 관한 일이 나만의 문제라고 생각하지 않는 것이 중요했다.

사진을 보면서 과거로 거슬러 간다. 초등학교 이전의 시간은 기억에서 사라져 버렸다. 사진 속에 초등학생인 나는 부모님으로부터 보살핌을 많이 받는 위치에 놓여 있었지만, 이제는 그것이 실제였는지도 잘 모르겠다. 초등학교 시기에는 엄마가 운영하던 가게에서의 몇몇 장면들이 단편적으로 떠올랐다. 엄마는 동네에서 작은 화장품 가게를 운영했는데, 나는 매일 하굣길에 그곳에 들렀다. 가게 한편에 위치한 테이블에서 나는 숙제를 했고, 엄마는 화장품을 정리하거나 손님을 맞이하곤 했다. 엄마와 나는 간식으로 에이스 크래커와 믹스 커피를 자주 먹고 마셨다. 어린 나이에 커피를 마시면 안 될 것 같았지만, 엄마는 괜찮다며 능청스럽게 나를 부추겼다. 작은 종이컵에 에이스를 먼저 찍어 먹겠다고 서로의 손을 욱여넣던 모습. 바삭했던 크래커가 흐물거리다 커피 속으로 빠져 버리면 나를 나무라던 엄마의 잔소리. 그때 처음 마셔 본 쌉쌀했던 커피는 엄마와의 기억이 더해져 달콤하고 따뜻한 맛으로 남아 있다. 추운 겨울이 되면, 엄마는 귤껍질을 가스난로 위에 올려 두었다. 귤껍질이 딱딱하게 말라 가며 가게 전체에 향긋한 귤 향기가 퍼졌다. 소소한 미각과 후각의 기억이 나를 엄마의 가게로 데려간다. 나는 가게 한편에서 숙제를 하며 엄마가 일하는 모습을 가만히 바라보기도 했다. 가끔 손님에게 하대당하던 엄마의 모습이 안쓰러웠고, 때론 부끄러운 마음이 들었다. 다른 친구들의 엄마처럼 평범한 가정주부가 아닌 엄마의 모습을 보며 나는 어린 마음에 화가 났던 것 같다. 매일 나눠 먹던 간식과 부모가 아닌 한 사람으로서 엄마에게 안타까운 감정을 느꼈던 순간이 이제 다시는 누릴 수 없는 소중한 것이 되어 버렸다.

내가 중학생일 때, 생계를 위해 부모님이 지방에 거주하시던 시절, 몇 달에 한 번씩 음식을 챙겨 주려고 서울에 올라온 엄마는 오랫동안 갇혀 지내다 해방된 사람처럼 한껏 자유롭고 들떠 보였다. 엄마가 서울에 머무는 며칠 동안 좁은 침대에서 다 같이 자야 했지만 불편했던 그때가 이상하게도 좋은 기억으로 남아 있다. 엄마는 한동안 우리가 먹을 반찬을 만들고 국을 끓이고, 오래 두고 먹을 것들을 얼렸다. 냉장고는 엄마의 정성과 걱정으로 만들어진 음식들로 가득 찼다. 그것을 보고 있으면 음식이 아니라 몇 달치의 생존을 보장하는 연료처럼 느껴졌다.

　내가 고등학교에 진학할 때부터 우리 가족은 다시 함께 살게 되었고, 함께 산 지 3개월 만에 엄마는 사라졌다. 새로운 거처에서 엄마와 함께한 기억은 그리 많지 않았다. 유독 기억나는 것은 엄마와 함께 대형마트의 아르바이트 모집 장소에 간 날이었다. 예전부터 삶에 대해 활동적이었던 엄마는 새로 이사 간 동네에서 소일거리라도 하기 위해 열성이었다. 자신이 무기력해지는 것 같으면, 다시 일어나서 부지런함을 장착하던 엄마의 모습. 자신이 할 수 있는 일을 찾고, 어려운 일도 마다하지 않는 모습. 엄마는 그런 사람이었다. 엄마는 마트 사무실에서 몇 장의 서류를 작성하고, 나는 거리를 두고 앉아서 엄마의 일이 끝날 때까지 기다렸다. 엄마는 마트 담당자에게 언제쯤 합격 여부를 알 수 있는지, 합격하면 언제부터 일할 수 있는지에 대해서 연이어 질문을 쏟아 냈다. 담당자는 퉁명스럽고 형식적인 답변으로 자리를 빨리 벗어나고 싶어 하는 눈치였다. 나는 그런 엄마의 억척스러운 모습에서 삶에 대한 의지를 느끼기보다는 엄마가 또다시 밀려나고 있다는, 밀려나야 할 수밖에 없다는 이상한 불안감을 느꼈다. 부모의 삶이라는 것, 어른의 삶이라는 것은 한없이 밀려나는 일이었을까? 밀려나도 자식 때문에 참아야 하고, 밀려나도 자식을 위해 이겨 낼 수 있는 것일까? 어쩌면 그때 엄마는 남아 있는 모든 의지를 끌어모아 행동으로 옮겼던 것 같다. 죽음을 생각할 만큼 괴로웠고, 무기력했을 엄마에게 그런 행동은 정말 대단하고 숭고한 행위였다. 하지만 그때 나에게는 엄마의 그 억척스러움이 고마움이나 다행으로 느껴지기보다는 커다란 무력감으로 다가왔다. 이런 것이 어른의 삶이라면, 부모의 삶이라면, 내가 살아갈 어른의 인생은 너무 공허해 보였다. 희망이나 행복과는 거리가 멀어 보이는 삶이 어른의 삶이라면, 나는 앞으로 어떻게 살아가야 할지 막막했다. 어른이 되고 싶지 않았다.

기억에 한 발씩 다가가기 시작하면서, 내가 성장한 시기별로 몇 개의 기억이 되살아났다. 노력으로 얻어지는 기억도 분명 나의 기억이었지만, 그럼에도 너무 생소했다. 기억을 통해 내 과거의 조각들을 맞춘다면, 나를 조금 더 이해할 수 있을까? 붙잡아두지 못하는 것들. 나와 연결된 사람들. 지금이라는 시간. 예고도 없이 사라져 버리는 것들. 나를 거쳐 가는 모든 것들이 결국 사라진다. 기억은 사라지고, 기억을 위한 기억도 사라진다. 나에게서 사라지는 모든 것들은 슬픔이었다.

2015년 7월 6일

이번 상담에서는 아빠와의 관계를 이야기했다. 독일 생활이 막바지에 접어들 즈음, 아버지와의 물리적 그리고 심리적 거리는 건

잡을 수 없이 멀어져 있었다. 매일 엄마를 생각하는 대신, 나는 아빠에 대해서 소원해지고 있었다. 때론 살아 있는 것이 엄마인지, 아빠인지 헷갈렸다. 멀리 한국에 아빠가 있지만, 마치 이 세상에 없는 존재처럼 느껴지기도 했다. 타국에서의 생활 초반과는 달리 연락은 점점 뜸해지고, 나는 고작 몇 달에 한 번 하는 연락마저도 겨우 치러 내고 있었다. 드물게 성사된 연락은 의무와 형식이 더해진, 대부분이 침묵으로 일관된 대화로 끝이 났다. 안부를 묻고, 안부를 답하는 말에는 온기가 사라지고 있었다. 가족이라는 연결고리 안에서 그런 관계를 지속하는 것이 어떤 의미가 될 수 있을까? 삶이 어긋나는 기분이었다. 서로를 없는 사람 취급하며 살아가는 삶에 과연 만족할 수 있을까? 한국으로 귀국을 결정한 이유에는 내 심리적 안정과 더불어 남은 가족들과의 관계를 개선하고자 하는 마음도 있었다. 완벽히 미움으로 돌아서 버린 관계는 아니었지만, 물리적으로 떨어져 있는 시간이 길어질수록 서로에 대한 무지와 무관심은 커져 갔다. 서로를 회피하기보다는 싸우고 부딪치더라고 가까이에서 마주 보고 싶었다.

떨어져 지내던 시간이 길었던 만큼 아빠는 나를, 나는 아빠를 이해할 수 있는 부분이 적었다. 귀국 후의 상황을 어느 정도 예상했지만, 생각했던 것보다 더 자주 아빠와 부딪쳤다. 상담을 통해 아빠와 부딪쳤던 상황을 돌이켜 봤다. 그때의 상황과 감정에 대해 멀리 떨어져서 객관적으로 바라보려는 연습을 했다. 오래 굳어진 관계인 만큼 해결하는 데에도 더 오래 걸릴 수 있다는 것. 솔직한 속마음을 아빠에게 직접 이야기해야 한다는 것. 아빠를 단지 아빠가 아니라 한 명의 개인으로 이해하고 받아들여야 한다는 것. 아빠도 아빠라는 역할 이전에 다른 성향, 다른 성격을 지닌 다른 사람이라는 것. 아빠가 내 뜻대로 되었으면 하는 욕심이나 기대보다는 다름을 인정해야 한다는 것. 예전부터 내가 가졌던 아빠에 대한 부정적인 생각과 판단을 의심해 봐야 한다는 것. 거리를 두고 상황을 바라보는 일은 그동안의 내 편협한 생각을 인지하게 했다. 아빠이기 이전에 한 사람을 보는 일, 개인으로서 서로의 다름을 수용하는 일이었다.

나와 아빠 사이에 여러 기억이 존재했지만, 나에게 가장 강렬하게 남은 건 엄마가 죽던 날 경찰서에서 아빠의 모습이었다. 엄마를 떠올리면 죽음 이전의 엄마가 기억나지 않는 것처럼 나에게 아빠의 기억은 그날의 경찰서에서부터 다시 시작된 느낌이었다. 경찰서에서 나는 너무 무서웠지만, 표현할 수 없었다. 아빠는 옆에서 온몸으로 울고 있었고, 그렇게 무너지는 아빠의 모습에서 나는 실망감과 동시에 어떤 무력감을 느꼈다. 아빠는 나를 지켜 주지 못하는 사람. 아빠는 약한 사람이라는 단정이 그날 경찰서에서부터 나에게 깊이 각인되었다. 감정적으로 소용돌이치는 상태를 아빠 본인도 어떻게 할 수 없었겠지만, 고등학생이었던 그때의 나는 아빠를 한 개인으로서 이해할 만큼 성숙하지 못했다. 나를 지켜 줄 거라 믿었던 엄마 그리고 아빠의 다른 행동들이 큰 배신감과 원망으로 다가왔다. 그 누구도 나를 지켜 줄 수 없다는 사실은 공포 그 자체였다.

아빠의 현재는 그때와 다름에도 불구하고, 나는 상처받았던 기억에 갇혀서 아빠를 인식하고 있었을지도 모른다. 부모님이 지방에 거주하던 시기에 엄마는 가끔 서울로 방문했지만, 아빠와는 많은 시간을 공유하지 못했다. 함께하지 못하는 시간이 길수록 아빠에 대해서 나 혼자 생각하고 나 혼자 판단 내리는 것에 점점 더 익숙해졌다. 타국 생활을 시작하면서 서로 공유할 거리는 사라져 갔고, 아빠는 타인보다도 더 먼 존재가 되어 가고 있었다. 겉으로는 아닌 척했지만, 내적으로는 아빠에 대한 미움, 증오, 분노, 서운함, 불신, 걱정 등 복합적인 감정이 뒤섞였다. 대부분 부정적인 감정이었지만, 그것을 모두 솔직하게 표현하기 어려웠다. 관계 안에서 나는 다시 상처받기 싫었고, 나로 인해 아빠가 상처받는 것이 두려웠다. 상담자는 내가 그동안 아빠에 대해 혼자 생각하고 판단했던 틀을 깨고, 생각의 전환을 일으킬 수 있는 질문을 제시했다. 왜 아빠에 대한 감정이 대부분 부정적인가? 어쩌면 엄마에게 쏟아 내고 싶었던 미움, 증오, 분노, 원망, 배신감, 서운함, 무서움 등의 부정적인 감정의 화살이 모두 아빠에게 향하고 있는 것은 아닌가? 정작 감정을 쏟아붓고 싶은 대상인 엄마는 사라졌다. 갑자기 사라진 엄마에게 분명 부정적인 감정이 들지만, 죽음에 대한 안타까움과 연민의 감정이 앞서기 때문에 부정적인 감정을 제대로 표현할 수 없었던 것은 아니었을까? 정확하게는 엄마에게 향해야 하는 감정의 경로가 아빠에게로 틀어졌고, 아빠는 내 모든 미움과 불신의 대상이 되어 버렸다. 상담자의 말을 들으며, 내 마음을 더듬거렸다. 여전히 엄마에 대해서는 이해할 수 없는 감정으로 가득했다. 그중에서도 죽음을 선택할 수밖에 없을 정도로 힘들었을 엄마에 대한 안쓰럽고 애처로운 감정이 많았다. 내가 엄마를 향해 증오, 분노, 미움 등을 가졌을 것이라고 한 번도 생각하지 못했다. 부정적인 감정이 생겼다 하더라도 엄마는 아주 힘들었던 사람, 고달팠던 사람이라 함부로 내 감정을 표현해 볼 엄두가 나지 않았다.

그때의 나는 어렸기 때문에 아빠를 이해하려는 마음이 부족했지만, 어른이 된 지금의 나에겐 아빠를 한 개인으로 바라보고, 아빠의 입장에서 생각해 보는 일이 필요했다. 아빠의 불행과 슬픔을 헤아리지 못한 채, 이해한다고 말할 수 있을까? 한 개인으로서 아빠에게도 그 상황이 얼마나 막막하고 힘들었을지 나는 알 수 없었고, 알려고 하지도 않았다. 연고도 없는 지방으로 떠나야만 했던 심정, 부인이 떠나고 자식들과 남은 삶을 헤쳐 가야 하는 상황, 딸들로부터 철저하게 외면당한 시간. 내 고통과 아픔에 매몰되어 그동안 그가 겪었을 입장을 전혀 배려하지 못했다는 데에 생각이 이르자 극도의 수치심이 몰려왔다. 미안함과 고마운 마음이 들었고, 또한 아빠가 한없이 애처로웠다.

상담자는 나에게 아빠에 대한 부정적인 생각이 올라올 때마다 빠르게 생각을 전환하는 노력을 해 보라고 권유했다. 아빠를 있는 그대로 여기는 것. 부모의 입장이나 아빠의 역할로서가 아니라 한 개인으로 바라보는 것. 힘든 상황 속에서도 꿋꿋하게 잘 버텨 주고 있는 모습에 감사함을 느끼는 것. 지난 시간이 안타깝고 힘들었지만, 그로 인해 버틸 수 있었음에 고마운 마음을 가지는 것. 아빠가 이해되지 않을 때도 최대한 아빠의 입장에서 생각하려고 노력하는 것. 아빠를 향한 고정된 감정을 한순간에 전환하는 것은 어려운 일이지만, 이제라도 알게 되어서 다행이라고 생각했다. 상담을 통해 생각의 틈을 내어 보고, 객관적인 시각을 가져 보는 노력을 하면서 오랫동안 내가 혼자서 인지하지 못했던 부분들을 조금씩 깨달을 수 있었다.

2015년 7월 8일

상담 이외에 시도해 볼 수 있는 다른 치료 방법을 알아보던 중에 나는 미술치료를 받아 보기로 했다. 상담센터에서는 본격적인 치료 전에 먼저 상담자와 이야기를 나눴다. 상담자는 왜 미술치료를 신청했는지, 힘든 부분이 무엇인지에 대해서 질문했다. 나는 스스로 많이 괜찮아졌다고 여겼기에, 아무렇지 않게 이야기할 수 있을거라 생각했다. 하지만 여전히 과거에 대해 말할 때는 생각처럼 되지 않았다. 이번에도 엄마의 '엄'자를 발음하면서부터 얼굴의 근육이 제멋대로 뒤틀리듯이 진동했고, 마음이 무너졌다. 2013년에 처음 내 이야기를 했던 이후, 2년이라는 시간이 지났지만 여전히 '엄마'와 '자살'이라는 단어가 아프게 마음을 짓눌러 말을 잇기가 힘들었다. 가까스로 내 이야기를 끝내고, 미술 도구가 가득한 공간으로 옮겨 치료를 시작했다. 상담자는 내가 나무라면 어떤 나무일지 그려 보라고 했다. 처음에는 어떻게 그려야할지 고민했지만, 최대한 내가 느끼는 솔직한 감정을 담아 그리기 시작했다. 내가 그린 나무는 뿌리와 가지가 없이 허공에 떠 있는 나무였다. 넓적한 형태의 통나무 같은 나무판자가 흐르는 물 위에 부유하는 형상. 뿌리가 없어 보호받지 못하고, 영양분을 받을 수도 없었다. 뻗어 나간 가지가 하나도 없는, 전혀 성장하지 못한 나무였다. 큰 나무토막에서 떨어져 나와서, 뿌리와 가지가 꺾인 판자처럼 보이기도 했다. 나무이지만 나무 같지 않은, 슬프고 슬퍼 보이는 나무였다. 수직선을 반복해서 나뭇결무늬를 그려 넣었다. 그 무늬는 마치 스스로 착한 역할을 부여하고, 삐뚤어지면 안 될 것 같았던 지난 나의 삶을 나타내는 것처럼 보였다. 수직적 이미지는 한 방향으로만 판단하고 단정 지어 버린 내 생각들처럼 보이기도 했다.

상담자는 내가 그린 나무에 대해 몇 가지 질문을 하다가 갑자기 세로로 놓였던 그림을 가로로 돌렸다. 세로로 봤을 때 물 위에 떠 있는 듯한 나무가 가로의 프레임 안에서는 신기하게도 다르게 보였다. 배경이 더 넓은 범위로 확장되어 보였다. 나무는 망망대해 위에 아슬아슬하게 떠 있어서 한순간에 빠질 듯한 모습이었다. 한편으로는 배경의 물이 잔잔하지 않고, 시원하게 흐르는 것처럼 보이기도 했다. 물의 흐름에 따라 자유롭게 흘러가는 나무의 움직임이 느껴졌다. 나무의 겉은 많이 상해서 거칠지만, 겉모습과는 달리 실제로는 어리고 순한 나무처럼 보였다. 표면에 그려 놓은 옹이들이 나무가 견뎌 온 상처들, 세월의 흔적, 시간의 축적을 나타내는 것 같았다. 상담자는 그림에 추가하거나 덜어 낼 색이 있는지 물었고, 나는 흰색이 좋겠다고 했다. 파란 배경에 흰 여백을 추가하여 공기를 불어 넣고, 더 유유히 흐르게 하고 싶었다. 흰 공간이 많아지면 나무에도 더욱 고요의 느낌을 줄 수 있을 것 같았다.

세로로 볼 때 느꼈던 슬픔과는 달리 나무를 가로로 보자 전혀 다른 느낌이었다. 뿌리와 가지가 없어 슬퍼 보였던 나무는 어디든 뿌리내리고, 어디든 가지칠 수 있는 자유로운 모습으로 바뀌어 있었다. 생각의 전환에 대해 상담자는 이야기를 더했다. "인도에서는 나무를 두고 뿌리와 가지가 두 개라고 한다. 땅이 하늘이 되고, 하늘이 땅이 될 수도 있다고 한다. 보는 시각과 생각하는 방향에 따라 마음이 달라진다." 그렇기 때문에 내가 그린 나무는 뿌리와 가지가 없어도 충분히 괜찮았다. 아픔의 시간, 세월의 흔적을 딛고 유영한 나무는 더욱 자유로울 수 있는 것이다.

처음 미술치료를 하게 된 건 단순한 호기심에서였지만 치료 시간 동안 미술 표현 기법을 통해 은유적이고 추상적으로 내 마음을 표현함으로써 무의식에 조심스럽게 다가가는 경험을 할 수 있었다. 그리는 순간에 집중하다 보면, 자연스럽게 과거와 마주하면서 안전하게 상처를 드러낼 수 있었다. 순수한 표현의 즐거움은 몇 년 동안 가졌던 치료에 대한 회피를 긍정적인 방향으로 전환할 수 있는 계기가 되었다. 내 아픔에만 빠져서 불가능하게 느껴졌던 생각의 전환이 나에게도 가능한 일이라는 사실만으로 소중하게 느껴졌다. 상담, 미술치료, 마음을 기록하는 일도 결국은 내가 마음을 움직여 조금씩 변화하고, 시도하는 데에서 비롯된 일이었다. 누구도 해 줄 수 없는 나의 몫이었다.

2015년 7월 13일

이번 상담에서는 엄마와 관계없이 평소 나를 힘들게 하는 것에 대해 이야기했다. 지루함. 지루하다는 것이 주는 불안. 눈을 뜨고, 밥을 먹고, 다시 눈을 감는 하루의 반복이 지겹게만 느껴진다는 것. 살아가는 시간이 견디는 일로만 여겨지는 것. 삶이 공허하게만 느껴지는 것. 스스로 원하지 않았는데 이렇게 무력하고 허무한 삶의 태도를 가질 수밖에 없었다는 것에 대한 억울함으로 가득했다. 알 수 없는 초조함, 불안감, 자괴감이 밀려왔다. 나는 원래 이런 사람이 아니었을 텐데, 어찌하여 이렇게 될 수밖에 없었나? 억울함은 허탈감으로 번져 간다. 앞으로 30대, 40대, 50대를 이런 식으로 보낸다면, 참고 버티고 견디는 삶에 신물이 날 것이다. 더 이상 버틸 수 있을까? 지겹도록 견디는 삶에 잠식될지도 모른다. 삶에서 지루한 감정 외에 다른 다양한 감정을 느낄 수 없었다. 감정을 억누른 세월에 익숙해져서 감정 없는 모습을 원래의 나라고 착각하게 된다. 대부분 우울했다. 늘 어딘가가 막혀 있는 기분이었다. 나 자신은 없었고, 삶의 순간마다 묵은 숙제를 치러 내듯 불편했다.

엄마의 장례식에서 내가 배제된 것이 어른들의 결정이었다는 사실이 어른에 대한 불신을 자라나게 했다. 나는 어린 사람의 입장을 고려하지 않고, 마음대로 처리하는 어른들이 싫었다. 내가 표출하는 증오심을 너그럽게 받아 줄 어른도 없었다. 시간이 지나면서 내가 믿고 신뢰할 어른을 만나기는 점점 더 어려웠고, 나 역시도 언젠가 내가 싫어하는 어른의 존재가 되어 간다는 사실이 너무 무서웠다. 하지만 결국 어른의 나이가 되었고, 어른인 척 행동해야만 했다. 그럴수록 나는 혐오에 불안감까지 더해진 어른의 모습을 하고 있었다. 자신의 순수한 생각과 감정이 무엇인지 알 수 없는, 위장에 위장을 더한 어른 아이였다. 나는 내가 어색했다. 나에게 서툰 내가 싫었고, 그런 나를 무시하기에 바빴다. 나를 이렇게 만든 부모를 탓하기도 했다. 나는 잘못된 사람인 것 같았다. 첫 단추를 잘못 채운 옷을 입은 것처럼 나는 내가 불편했다. 과거의 경험이 버거웠고, 내 삶과 나 자신이 거북했다. 잘못 입은 옷은 단추를 풀어서 첫 단추부터 다시 제대로 끼우면 그만이지만, 인생은 어디서부터 풀어서 어떻게 다시 끼워야 할지 너무 막막했다.

풀어 나가는 일이 어렵게 느껴질수록, 조금씩 내 감정, 내 생각을 표현하는 것부터 시작해 보기로 했다. 감정을 억누르던 시간이 길었던 만큼 나 자신을 들여다보는 일이 오래 걸릴 것이고, 더욱 진실되어야 했다. 계속 반복되는 괴로움에 대해서 더 이상 엄마의 죽음을 탓하기보다는 나 자신을 만나는 노력을 통하여 그것을 건강하게 극복하는 일이 필요했다. 내가 스스로를 조금 더 편하게 느끼기를 바라며, 내면의 내가 중심이 되어 자신을 돌보는 것이 무엇보다 중요했다.

2015년 7월 15일

나는 과연 사랑, 기쁨이라는 감정을 알고 있을까? 앞으로 알게 되는 날이 올까? 만약 온다고 해도, 먼저 의심과 불신이 앞서 긍정의 감정을 무시해 버리는 것은 아닐까? 내 안에 부정적인 감정이 존재하고, 나는 그것을 느낀다. 내 삶은 슬픔으로부터 기쁨을 찾는 시간으로 채워진 것 같다. 그 시간이 길고 고통스럽다고 해도, 슬픔에 익숙해지고, 슬픔에 면역되는 일은 그렇게 슬프지만은 않았다. 이것이 나의 길이자 나의 삶이라는 것을 이제는 안다.

2015년 7월 16일

윌리엄 스토너가 나에게 질문을 던진다. '나는 과연 내 인생에서 무엇을 기대했나? 앞으로 무엇을 기대하고 있나?' 모든 사람이 결국에 하나의 질문을 풀기 위한 여정을 거치고 있다는 것은 분명하다. 나는 하루, 일주일, 한 달, 일 년 그리고 십 년을 살아 내고 있다. 나의 시간은 어떤 인생을 위해 존재하는가? 나는 무엇을 기대하고 있나? 이 질문에 바로 떠오르는 대답은 항상 같았다. 과거에서 벗어나서 마음의 평안을 얻는 것. 어쩌면 평생을 걸쳐 내가 바라고, 이루기 위해 노력해야 하는지도 모른다.

윌리엄 스토너의 인생처럼 타인의 시선으로는 불행해 보이는 인생이라도, 당사자에게는 만족스럽고 화려했으며 영웅의 삶처럼 느껴질 수 있다. 타인이 보기에 내 인생도 그렇게 느껴지지 않을까? 부모에게 기댈 나이임에도 불구하고, 철저히 혼자가 되어 보려고 했던 재미 없는 사람. 내 감정을 숨긴 채 타인에게 맞추려는 사람. 힘들게 떠난 타국에서조차 내 인생을 챙기지 못한 어리석은 사람. 나는 표면적으로 항상 뒤로 물러나 있으며, 극도로 조심스러워하는 사람이다. 진취적이고 적극적인 사람을 매력적인 사람이라 여기는 일반적인 범주에서 벗어나 있는 사람이다. 하지만 어느 누군가에게는 그리고 나 자신에게는 충분히 소중하고, 매력적인 사람이 될 수도 있을 것이다.

그 누구도 한 사람의 인생을 함부로 판단할 수 없다. 한 사람의 인생을 마음대로 정의하고 규정지으려 하는 것은 인간에 대한 가장 기본적인 예의에 어긋난다. 나에게 내 인생이 소중하듯이 타인의 인생도 소중하다. 내가 엄마의 인생, 다른 가족들의 인생을 추측하고 정의하려고 해도 그것은 결론적으로 불가능하다. 우리의 인생은 모두 다르다. 그렇다면 『스토너』의 작가 존 윌리

엄스처럼 한 사람의 인생을 영웅적으로 생각하는 자세가 필요한 것은 아닐까? 극심한 좌절로 힘든 삶에서도 좋은 면을 볼 수 있는 눈. 모든 삶이 가치 있는 삶이라고 생각하는 자세. 모두가 인생의 주인이자 영웅이 될 수 있는 사람이라는 신념. 자신의 인생을 영웅적으로 여기는 자세만 있다면, 그 어떤 절망의 시간에도 굴복하지 않고 앞으로 나아갈 수 있을 것이다. 나는 그동안 과거에 매여서 내 인생을 고정된 시선으로만 바라보고 있었다. 암흑같이 어두운 인생을 견디다 못해 패배하고 마는 것이 내 인생인 줄로만 알았다. 스스로 내 인생을 틀에 가둔다고 인식할 때마다 나는 나에게 질문을 던지게 될 것 같다. '나는 과연 내 인생에서 무엇을 기대하는가?' 주어진 이 인생에서, 무엇을 기대하기 이전에 어떤 자세를 취해야 하는가?

2015년 7월 17일

부모를 향한 나의 절망과 분노, 긍정과는 거리가 먼 감정들에 대해서 나를 이해할 수 있는 사람은 드물다고 생각했다. 내가 가진 어두운 면을 드러내 내 주변 사람들까지 어둡게 만들고 싶지 않아, 말을 하기보다는 듣는 입장이 되어 상대방의 눈치를 살피는 게 차라리 편했다. 나는 공유할 주제가 없었고, 자주 할 말을 잃었다. 많은 사람들 앞에서 이야기할 때마다 엄마의 사건 이후 인사하러 갔던 교실의 풍경이, 학급 친구들의 눈빛이 떠올랐고, 빨리 도망치기 위해 무슨 말이라도 꺼내야 했던 순간들이 내 앞에 펼쳐졌다. 어떤 입모양으로 단어를 만들고 발음을 해야 한다는 것을 머리로 알고 있었으나 실제로는 윗니와 아랫니가 덜덜 떨렸고, 달그락거리는 입안을 상대에게 보이지 않기 위해 굳게 입을 닫고 있을 수밖에 없었다. 이가 부딪치며 떨리는 듯하다가도 위아래가 떨어질 수 없게 딱 붙어 버려 더 이상 아무 말도 할 수 없게 되어 버린 느낌이었다. 내가 한마디 꺼내었을 때 상대방의 표정이 미묘하게라도 바뀌는 것이 감지되면, 금세 상대방의 얼굴에서 엄마의 죽음을 조사받았을 때의 경찰들의 얼굴이 겹쳐졌다. 나를 쏘아보지 않았음에도 상대방의 눈빛은 그날의 나를 의심쩍어하던 형사들의 날카로운 눈매를 떠올리게 했다. 내가 던진 말한마디가 대화의 흐름을 완전히 뒤바꿔 놓았던 그날의 상황으로 돌아가 생각을 언어로 바꾸는 기관이 한순간에 굳어 버리고, 말이 나오는 통로가 차단되는 느낌이었다. 방금 전 내가 했던 말이 잊히고, 다음에 해야 할 말이 전혀 떠오르지 않았다. 더는 아무 말도 할 수 없었다.

모두가 말하는 내 장점이자 강점은 잘 들어 준다는 것이었다. 경청의 자세는 내가 원해서 생긴 것은 아니었다. 나는 생각과 감정의 표출보다는 은폐를 먼저 배웠고, 은폐 안에서 그나마 안정을 느꼈다. 시간의 지나면서 듣는 역할에 익숙해졌다. 처음부터 내 의지가 아니라 외부 환경에 의해서 만들어진 장점이어서인지 스스로 자랑스럽게 여길 만큼 대단하거나 만족스럽지 않았

다. 모두가 나의 좋은 점이라고 말하는 부분에 대한 의심과 혼란
은 오히려 나 자신을 허물어 갔다. 내 마음 깊은 곳까지 드러낼
수 있는 기회는 별로 없었다. 그래서 상담의 도움을 받아 내가 나
에게 마음을 들여다볼 수 있는 자리를 마련해 주고 싶었다. 상담
을 받기까지 내적인 갈등도 있었다. 내 마음은 왜 이렇게까지 훈
련하고, 연습하는 일을 계속해야 하는가? 괜찮아지려는 노력을
그만두고, 아무렇지 않게 살아갈 수 없을까? 나는 일반적이고 평
범하게 살 수 없는 것일까? 평범하다는 것이 무엇일까? 이런 물
음이 떠오르면, 나도 모르게 억울함이 온몸에 퍼졌다. 울렁거리
는 억울함에 빠져 질식할 것 같았다. 계속되는 분노와 억울함을
지닌 채 살아갈 수는 없었다. 상담을 받을 용기를 어렵게 내기까
지 많은 고민의 시간이 있었다. 안 해 보는 것보다 해 보는 것이
후회가 적을 것 같다는 생각이 들었기 때문에, 상담을 통해 분명
변화되는 지점이 있을 것이라는 작은 희망을 품고 매주 상담실
의 문을 두드렸다.

2015년 7월 18일

예상치 못한 일들과 모순적인 생각이 하루에도 몇 번씩 생겨나
고, 그것에 마구 흔들리는 내가 있다. 사람들 앞에 놓인 나는 원래
의 내가 아닌 '보이는 나', '연계된 나'로 둔갑하여 원래의 나로서
행동하지 못하게 된다. 생각으로 나를 제어하지 못한다면, 신체

적으로 내가 나를 조절하려고 한다. 하지만 그마저도 어려운 순간을 맞게 되고, 큰 실패를 접하는 것처럼 절망에 빠진다. 나는 나로서 살아갈 수 있는 몸으로 재정비하고, 몇 번이고 흐트러진 마음을 다시 붙들어야 한다.

성인이 되면 사람은 잘 변하지 않는다고 한다. 특히나 큰 충격과 상처를 받은 사람이라면, 더욱 변화에 민감해진다. 사람은 원래 이기적인 동물이고, 큰 사건을 겪은 이들은 자신을 스스로 방어하려는 본능이 강해진다. 살아가기 위해 이기적으로 행동하게 될 때마다 나는 관계에 대한 무책임과 이기심 그리고 자기애 사이에서 갈피를 잡지 못한다. 나는 온전한 자기 자신으로 살아갈 수 있을까? 엄마는 온전한 자기 자신으로 살아간 적이 있었을까? 결혼과 출산 후 모든 것을 감내하고, 자신을 희생하며 끝내 자신을 지워 버렸던 것은 아니었을까?

영화 「종이달」의 주인공 리카는 자신의 욕망을 참지 않는 여자, 파멸을 알면서도 파멸의 길로 상쾌하게 나아가는 여자였다. 리카는 참는 게 익숙한 사람을 이해할 수 있었을까? 리카 같은 사람이 엄마를 설득했더라면, 엄마는 극단적 선택까지 가지 않을 수 있었을까? 리카는 참지 않았다. 벼랑 끝까지 내몰리고 계속 도망치다가도 끝까지 자신의 신념을 지켰고, 불안한 눈동자 속에는 굳건함이 보였다. 받는 것보다 주는 것의 행복을 위해서라면 죄를 지어서까지 실행하는 순수함을 가졌다. 훔친 돈으로 만든 행복은 진짜처럼 보여도 진짜가 아니었다. 처음부터 모든 게 가짜

였으므로 파멸해도 상관없다고 생각할 만큼 그녀는 순간의 행복을 갈구하던 사람이었다. 온전한 자신으로서 느끼는 행복을 유지하며 자기 생각을 끝까지 굽히지 않는 여자였다. 리카가 고객의 손자와 맺는 관계는 어쩌면 어린 시절 그녀가 자신의 신념대로 행동하면서 느꼈던 만족감을 나타내는 것처럼 보인다. 주어진 많은 돈과 기회가 가짜라고 할지라도, 자신의 길은 오직 그것뿐이라고 믿으면서 살아가는 것. 그렇기에 다른 선택을 할 수 없고 오직 자신이 한 선택만을 믿어 버리는 것. 리카는 그렇게 달리고, 달려서 자신의 길로 나아간다. 영화의 끝에서 창문을 부수고 아래로 추락하는 것처럼 느껴지는 장면이 나오지만, 그것은 끝이 아니었다. 그 장면은 이윽고 리카가 달리는 장면으로 이어졌고, 리카는 그렇게 달려 번잡한 태국의 한 시장에 서 있다. 그곳에서 떨어진 구아바를 절실한 표정으로 먹으며 묵묵히 걸어간다. 상쾌하게 파멸할지, 한 번의 파멸 후 속죄하며 살아갈지 의문을 남기는 뒷모습으로 그녀는 걸어간다.

「종이달」의 리카를 보면서 나는 어린 시절의 기억이 큰 사건의 발단을 초래하는 계기가 될 수 있다는 것, 다른 방도 없이 자신의 길을 그저 믿고 나아가는 신념에 대해서 생각했다. 파멸과 괴로움의 순간에도 온전한 자신으로서 행복을 바라는 인간의 이기심이란 무엇일까? 참는 것에 익숙한 나는 리카처럼 자기 자신으로서 살아가는 진정한 충만감을 가질 수 있게 될까? 과연 나의 엄마가 그녀 본인의 인생에서 그토록 원한 것은 무엇이었을까?

2015년 7월 18일

가끔 꿈을 꾸는 날이면, 항상 엄마의 죽음과 관련된 꿈을 꾸었다. 사건 당일의 장면이 영화처럼 펼쳐지기도 하고, 때론 장면이 조각처럼 편집되어 나타나기도 한다. 꿈에서조차 나는 도망치고 있다. 내 감정을 무시하고, 두려움을 잊으려 애쓰고 있다. 한 사건과 한 존재. 과거와 현실. 사건에 대한 회피와 나로부터의 회피. 사전을 찾아보면 '회피'란 '몸을 피하여 만나지 아니함', '책임을 지지 않고 꾀를 부림', '일하기를 꺼리어 선뜻 나서지 아니함'으로 정의되어 있다. 나의 회피는 어디에 해당하는 것인가? 한참을 두고 생각해 봐도 알 수 없었다.

무섭고, 괴롭고, 슬프다. 피한다. 피하니 괴롭고 슬퍼서 또 피한다. 피하니 더 괴롭고, 슬프다. 피하는 것이 습관처럼 굳어진 것일까? 계속 피할 수 있을까? 더 이상 피할 수 있게 될까? 그럼에도 불구하고, 살아야지. 회피를 회피하면서 회피를 회피하지 않으면서 살아야 하겠지.

2015년 7월 23일

어젯밤에도 같은 꿈을 꿨다. 어제 꾼 꿈은 길었고, 자세했다. 생생했던 꿈이었는데, 일어나서 다른 일상적인 일을 하다 보니 금세 잊혔다. 하룻밤 꿈, 어제의 일, 일 년 전 일이라도 그렇게 잊히게 되는 것. 몇 시간 전의 일을 기억하지 못하는 내가 어리석게 느껴지다가도, 한편으로 잊어버릴 수 있다는 것에 자신을 위로하기도 한다.

자주 잊어버리는 타인에게 "어떻게 그렇게 쉽게 잊어버릴 수 있어?"라고 다그치는 나조차도 자주 잊어버린다. 중요한 사람과의 기억과 생생한 꿈도 모두 잊어버린다. 가끔 나에게 그 질문을 던져 본다. "넌 어떻게 그렇게 잊어버릴 수 있는 거니?" 다그치는 내가 있고, 다그침을 듣는 내가 있다. "기억하지 못할 수 있어. 잊어버릴 수 있어." 위로하는 내가 있고, 위로받는 내가 있다. 다그침과 위로 중 어느 것이 맞는지, 나는 무엇에 맞게 살아가야 하는지 모르겠다. 둘 중 어느 것이 나와 맞는지, 어떤 것이 나를 더 살아 있게 만드는지도 알 수 없다. 어떻게든 살아가고 있다. "그럼에도 불구하고, 살아가고 있다"라는 말에 애정이 실린다. 내 생각을 대변해 주는 문장이 나를 살리고 있다.

2015년 7월 25일

어떤 모습으로 어디까지 자랄지 알 수 없고, 그 자리에서 늘 푸른 존재감을 드러내는 식물들. 생생하게 살아 있으면 살아 있는 대로, 시들면 시들어 가는 대로 생명의 자연스러운 이치를 받아들인다. 아무런 목적과 기대도 없이 조금씩 자라나고, 조금씩 시들어 간다. 식물로부터 더욱 자연스러운 생의 방식을 배운다. 있는 그대로 조금씩 변화하고, 조금씩 사라지고. 나와 타인의 관계에도 식물의 이치를 대입해 본다.

작은 씨앗은 발아하여 어두운 흙 사이로 고개를 들고 마침내 싹을 낸다. 연약한 이파리와 줄기가 흙의 무게를 이겨 내고 세상에 오롯이 피어난다. 그 작은 존재도 생을 내고, 성장을 위한 조건에 맞게 영양을 흡수하는 모든 과정은 그 자체로 경이롭다. 작은 잎이 시간이 지나면 조금 커져 있고, 잎의 연푸른빛 색깔은 점점 더 짙어진다. 그들은 알아서 뿌리를 내리고, 수분을 흡수하고, 빛을 받으며 미세하게 변화한다. 자연이 자생하는 과정은 정신적 고요와 평안을 안겨 주고, 생명력의 소중함마저 일깨운다.

아프고 괴로웠던 순간마다 나는 자연으로부터 큰 위안을 얻었다. 엄마가 죽은 다음 날, 이모네 정원에 있는 그네에 앉아서 한참 동안 바라보던 하늘, 독일의 보덴 호수와 검은 숲, 기숙사 가까이 위치했던 공원과 수목원의 풍경, 새벽안개 속 어슴푸레 보이던 여러 종류의 나무들. 자연은 때로 나를 포근하게 안아 주기도 했고, 비현실적인 환상 속에 웅장함을 드러내며 인간이라는 나의 작은 존재를 인식하게도 해 주었다.

자연은 늘 같은 자리에서 나를 보듬고, 지켜 주는 것 같았다. 정원에 있는 그네에 앉아서 하늘을 바라보는 시간이 없었다면, 그때 나의 마음은 어떻게 되었을까? 하늘을 바라보던 시간은 한없이 빠르게 흐르다가도 매우 천천히 흘렀고, 하늘이 시간을 조정하듯이 가만히 신비로웠다. 새벽에 홀로 수목원을 산책할 때마다 나는 종종 그 신비감에 젖어 들었다. 새벽안개가 걷히며 여러 형태의 나무들 사이로 걸었을 때 보았던 풍경은 현실이 아닌 것 같았다. 시간은 공기 중 작은 안개 입자가 되어 나와 함께 떠다니는 듯했고, 시간이 매우 빠르게 흐르다가 곧 정지할 듯 느려졌다.

사람은 때로 비현실처럼 느껴지는 순간을 경험한다. 예상치 못한 장면이 펼쳐질 때, 기쁨으로 감당할 수 없을 때, 그것이 너무 아름다워서 혹은 충격적이어서 비현실적인 감각을 느낀다. 나는 내가 경험한 충격과 비현실적인 감각을 자연이 주는 비현실적인 감각을 통해 순화시키고 싶었는지도 모르겠다. 슬픔을 동반하는 나의 비현실적 감각을 자연의 아름다움이 주는 그것으로 잠시 대체해 보는 것이다. 충격으로 인한 그 감각이 자연스러운 이치에 따라 변화할 수 있을까? 언젠가 나의 비현실적 감각이 나에게 위로가 될 수 있을까?

2015년 8월 3, 10, 17, 24일

상담을 시작한 지 두 달이 되었다. 그동안 상담자가 하는 질문에 나도 모르게 무의식적인 회피의 태도가 묻어나고 있음을 느끼고 있었다. 아마 상담자도 느끼고 있는 듯했다. 감정의 동요가 일어날 것 같은 질문에는 "모르겠다"라는 대답이 먼저 자동적으로 나왔고, 상담이 이어질수록 그런 나 자신이 스스로 답답했다. 상담을 받으러 가는 길에 반복해서 물었다. 나는 진심으로 그 사건을 다시 마주하고 싶은 것일까? 아니면 내 마음은 아직도 그 사건을 마주할 자신이 없는 것일까? 그 정도로 두렵다면 마주하지 않고 평생 외면하고 지우면서 살아가도 괜찮지 않을까? 그러나 내가 외면하고 피할수록 그 사건은 기승을 부리고 있었다. 그 사건을 직면하고 다스려야 했다. 얼어붙은 것을 녹여낼 필요가 있었다. 자의가 아니라고 해도 운명적으로 내 앞에 펼쳐진 사건이기에 절대로 없었던 일이라고 할 수 없었다. 모두 다 내가 안고 가야 했다. 내가 느끼는 모든 것을 더 이상 피하지 않고 충분히 드러내서 받아들이는 것이 중요했다. 생을 포기하고 무책임했던 건 엄마의 몫이었고, 내가 아니었다. 엄마와 나의 삶을 분리해야만, 비로소 앞으로 나아갈 수 있었다.

충격적인 사건이었던 만큼 상담 초반에 상담자는 나와 심리적으로 가까워지는 시기를 마련하는 것 같았다. 조심스럽고 천천히 나에게 다가왔다. 지난 두 달에 걸친 상담에서는 생전의 엄마와의 기억, 아빠와의 관계, 일상에서의 힘든 감정 등에 대해 다루었다. 상담자는 이제 때가 되었다고 판단한 듯 보였다. 힘들 수도 있겠지만, 8월부터는 그날의 사건에 대해 집중적으로 이야기해보자고 제안했다. 나는 많이 두려웠지만, 용기를 끌어모아 그 제안에 동의했다.

나는 눈을 감고, 상담자의 안내에 따라 엄마의 사건 당일로 돌아갔다. 13년 전이지만, 방금 전 일처럼 너무 생생했다. 생생한 기억, 생생한 감각. "생생하다"는 말은 13년의 세월을 무력하게 만든다. 나는 교복을 입은 학생이고, 죽음의 자리에 서 있다. 기억의 동선에 따라 이동하면서 이젠 기억이 되어 버린 과거 속 죽은 엄마를 다시 본다. 고통이 느껴질 수 없을 정도의 충격과 슬픔이라는 말로는 모자란 비통함이 온몸에 퍼지기 시작한다. 충격으로 굳었던 감정과 갑작스런 무서움에 억눌렸던 감정이 쏟아져 나온다. 심장은 죄어 오고, 머리는 차가워진다. 숨이 잘 쉬어지지 않는다. 소리 내어 울고 싶지만, 가빠진 숨에 눈물은 나오지 않는다. 혼란스러운 감정으로 목이 메인다. 내면 깊은 곳에서부터 솟아오르는 서러움은 밖으로 표출되지 않고, 소리 없는 흐느낌으로 온몸이 떨린다. 눈을 더욱 세게 감는 것으로 인정하고 싶지 않은 현실을 대신해 본다. 세게 감은 눈꺼풀 사이로 눈물이 새어 나오고, 길고 길었던 절망의 시간이 고작 눈물로 표현되는 순간, 깊은 무력감에 휩싸인다. 감정이 격해지려고 할 때, 상담자는 눈을 뜨라고 안내하며 나를 현재로 돌아오게 했다. 상담실에 있는 사물 중의 하나를 정하고 집중해서 바라보라고 했다. 나는 옆에 놓인 휴지 상자의 무늬를 바라보았고, 크기, 색깔, 촉감 등을 자세히 묘사했다. 묘사하는 순간 자체에 몰두하면서 과거의 감정을 환기시키고, 나를 현재로 돌려놓는 것이다. 이렇게 눈을 감고 과거의 사건을 떠올렸다가 다시 현재로 돌아오는 연습을 몇 번 반복했다. 두 번째, 세 번째 눈을 감고 과거를 떠올렸을 때에는 첫 번째보다 감정의 격동이 조금 잦아진 것을 느꼈다. 눈을 뜨고 현재의 사물로 시선을 돌렸을 때, 현재로 돌아오는 감각이 조금씩 빨라지는 것 같았다. 13년을 거슬러 간 과거는 아직도 어제의 일처럼 느껴졌다. 60분의 상담 시간에 13년 동안 압축된 감정이 쏟아지는 느낌은 너무 기이했다. 상담을 마치고, 상담실을 걸어 나오면서부터 온몸에 힘이 빠져 제대로 걸을 수가 없었다. 표출된 묵은 감정들이 내 신체를 압도하는 느낌이었다. 나는 건물 앞에 주저앉아 한동안 멍하니 보도블록을 바라보았다. 눈앞의 보도블록이 조각조각 분리되어 솟구치더니 뾰족한 형태로 둔갑하여 나를 겨누는 것 같았다. 수많은 촉이 나를 통과하여 지나가는 듯했다. 나는 겨우 몸을 일으켜 세우고, 버스 정류장으로 갔다. 내가 타야 할 버스를 몇 대나 지나쳐 보낸 채, 정류장 의자에 가만히 앉아 있었다. 어떤 판단이나 움직임을 실행할 수 없을 정도로 기력이 바닥난 것 같았다. 이후 몇 차례의 상담에 걸쳐 과거의 사건을 마주했다가 다시 현실로 돌아오는 연습을 반복했다. 이 상담 기법을 처음으로 경험했던 날, 상담 후에 느꼈던 무력감 때문에 다음 상담 날이 다가오는 게 두려워졌다. 하지만 나는 견뎌 보기로 했다. 다음번에도 상담을 마치고 나면, 역시나 심적으로 고갈된 상태가 되었다. 무언가 분별할 여력이 없던 나는 버스 정류장에서 아무 버스나 올라타고, 처음 가 보는 정류장까지 가서 하차하기도 했다. 버스 안에서 바라본 바깥세상은 빨랐고, 사람들은 바쁘게 움직였다. 내가 어디로 가든 상관없이 그저 흘러가고 있다는 사실에 안도하며 나는 하염없이 창밖을 바라보았다. 상담을 마치고 집으로 돌아오면 아무것도 하고 싶지 않았고, 그대로 쓰러져서 잠에 빠져들었다. 기억을 기억하는 일에는 심적으로 많은 에너지가 필요했다. 이 모든 것을 감내하면서 나는 매주 상담실에 갔다. 엄마가 죽던 날을 떠올리면서 나의 솔직한 감정들과 마주했다. 13년 동안 제대로 자각하지 못했던 슬픔이 내 심장을 터트릴 것처럼 아프게 했다. 눈물로 눈이 짓물렀지만, 묵은 감정을 마주했다는 반가움, 감정을 표출한 후의 시원함이 그 고통을 감수하게 했다. 고통 속에서 위로를 받을 수 있다는 것, 슬픔 속에서 희망을 만날 수 있다는 것을 집중적으로 경험한 시간이었다.

2015년 8월 25일

엄마는 어릴 때 어떤 사람이었을까? 학창 시절에는 어떤 학생이었을까? 20대의 모습은 어땠을까? 활기찬 젊음의 기운으로 미래에 닥칠 불안과 어두움을 전혀 예상하지 못했을 것이다. 아빠를 만나고, 여자이자 아내로서 어떤 삶을 살았을까? 자식이 태어난 후에 엄마로서의 삶은 어땠을까? 가족이라는 울타리 안에서 함께라는 이유만으로 만족했을까? 엄마의 꿈은 무엇이었을까? 딸, 언니, 아내, 엄마, 여자가 아닌 한 인간으로서 엄마는 누구였을까? 엄마의 내면에 지니고 있던 순수한 꿈은 무엇이었을까? 분명 꿈은 존재했을 것이다. 그러나 차가운 현실과 무거운 책임감이 다가오리라고 미처 알지 못했을 것이다. 시간이 흐르고 여러 가지 역할을 수행하면서 꿈은 사라지고 엄마 자신마저도 잃어버리게 되었던 것은 아니었을까? 어느 순간부터 엄마는 자신의 여러 역할 중 일부를 수행하기에도 버거워 보였다. 때론 모든 역할을 포기한 사람처럼 느껴지기도 했다. 오랫동안 자신을 잃어버려서 어떻게 다시 찾아야 하는지 모른 채로 지쳐 가는 모습이었다.

엄마가 길지 않은 인생을 살았다고 해서 그저 안타깝기만 한 것일까? 죽는 순간이 비극적이라고 해서 인생 전체가 비극적이라고 말할 수 있을까? 여전히 엄마의 삶과 죽음에 대한 의문들로 가득하다. 하지만 한 사람에게는 그 인생의 길이와 시간에 걸맞은 행복의 양이 주어질 것이고, 그 안에서 엄마는 충분히 행복했다고 생각하고 싶어졌다. 어떤 역할이나 상관없이 엄마가 한 인간으로서 본인의 삶에 충실했다고 믿고 싶어졌다. 최소한 나 한 사람이라도 그렇게 믿음으로써 엄마의 인생은 결코 비극으로 끝날 수 없는 것이었다.

2015년 12월 22일

반년이라는 시간, 일주일에 한 번씩, 24회 동안 내 아픈 이야기를 꺼내고, 질문과 조언을 받으러 상담실을 찾았다. 상담자는 내가 너무 듣고 싶었던 위로의 말을 해 주었고, 슬픔에 허덕이는 나에게 친절한 길잡이가 되어 주었다. 때론 강하고 냉정한 권유로 순간적으로 나를 비참하게 만들었지만, 따끔한 조언이 고통에 빠져서 편협한 생각을 하고 있는 나를 일깨워 주었다. 그런 시간이 쌓여 마지막 상담 날을 맞게 되었다. 미리 약속하지 않아도, 상담자와 나는 우리가 상담을 마무리할 단계에 다다랐음을 알 수 있었다. 나는 처음 상담실을 찾았을 때보다 조금 가벼워졌다. 상담자도 나에게 남은 어려움을 스스로 해결해 갈 수 있을 만큼의 심리적 여유가 생겼다고 판단한 것 같았다. 그동안 상담을 받으러 오는 길과 받고 나서 돌아가는 길에 수많은 생각이 나를 거쳐 갔다. 받으러 가는 길에 마음이 바위같이 무거웠던 적도, 상담 후에 어떻게 귀가했는지 알 수 없을 정도로 마음이 휘청거린 적도 있었다. 그런 수고스러움에도 불구하고, 나는 매주 상담실로 향했다. 가끔은 내 마음에 극적인 변화를 기대하거나, 상담자와의 약속을 이행한다는 의무감으로 참석하기도 했다. 어떤 이유에서든 나는 오래전부터 원했던 지속적인 상담을 받았고, 상담 결과와 관계없이 만족했다고 말할 수 있었다. 내가 풀어 가야 할 문제들은 어쩌면 더 오랜 기간 다뤄져야 할지도 모르고, 상담자는 그것은 도와줄 수는 있어도 해결해 줄 수 없다는 것을 우리는 알고 있었다. 상담이 만병통치약처럼 모든 아픔을 낫게 하지는 못한다는 것. 그 사건을 말끔히 도려내 사건이 일어나기 전으로 돌아갈 수 없다는 것. 앞으로도 내 마음 어딘가에 계속 남아 있는 아픔에 새살이 돋을 때까지 조심스럽게 어루만지고 달래야 한다는 것. 부딪치고, 좌절하고, 다시 일어나서 부딪치는 그 모든 과정은 결국 나의 몫이라는 것. 상담을 마치며 다시 한 번 나는 이 사실을 깨달았고, 아쉽고 고마운 마음을 담아 마지막 인사를 전하며 상담실을 나왔다.

2017년 2월 24일

내가 과연 제대로 삶을 살아갈 수 있을까? 한 번뿐인 인생, 엄마
가 다 살아 내지 못한 인생을 위해서라도, 나는 떳떳하게 살아갈
수 있을까? 기쁜 삶의 결실로서 나를 이 세상에 태어나게 해 준,
떠난 엄마와 남은 아빠에게 보답할 수 있을까? 마음의 평안이 유
지되는 삶을 나는 살게 될 수 있을까?

4

겨우 열여덟 살이 되다

●

지난 15년 동안 나는 엄마의 죽음 앞에 서 있는 열일곱 살이었다. 나에게 열여덟 살이 되는 일은 결코 쉬운 일이 아니었다.

2017년 3월 11일

2002년 엄마를 납골당에 안치한 후 15년이 흘렀다. 납골당에서는 장기간 안치된 사람을 대상으로 안치 기간을 연장하거나 다른 곳으로 이전하는 것에 대해 안내했다. 아빠는 오래전부터 이에 대해 고민을 하고 있었고, 혼자 이것저것 알아보는 듯했다. 아빠의 제안에 따라 절에 위패를 안치하는 것으로 뜻을 모았다. 이전하는 날 아침부터 이상하게도 나는 마음이 편하지 않았다. 납골당으로 향하는 길에서부터 15년 동안 담아 두었던 엄마에 대한 마음이 무겁게 나를 짓누르는 것 같았다. 다른 가족과 친척들은 바로 절에서 만나기로 하고, 나와 아빠만 납골당으로 향했다. 납골당 일대의 풍경은 개발로 인해 많이 바뀌었지만, 호수만

은 그대로였다. 오늘로써 마지막으로 보게 될 호수에게도 그동
안 엄마에게 인사하러 가는 길마다 나를 위로해 줘서 고마웠다
고 전했다. 납골당에서 담당자의 안내에 따라 나는 엄마의 유골
함을 받아 들었다. 15년 만에 처음으로 받아 보는 엄마의 유골함
은 생각만큼 차가웠고, 생각보다 더 무거웠다. 납골당 외부에 위
치한 제사상에 유골함을 올려놓고, 납골당에서의 마지막 인사를
했다. 그 순간, 지난 15년 동안 엄마에게 인사하러 오면서 한 번
도 제대로 나오지 않던 눈물이 갑자기 터져 나왔다. 유골함을 실
제로 직접 보았기 때문일까? 절하는 행위가 주는 숭고함 때문일
까? 15년 전 나는 엄마가 납골당에 어떻게 안치되었는지 자세히
알지 못했다. 죽어 있던 엄마, 천에 싸여 있던 엄마는 일주일 후에
납골당 한편에 자리 잡았다. 상상할 수 없는 모습으로 내 눈앞에
존재했던 엄마. 결국 존재는 사라지고, 엄마에게 허락된 작은 사
각 공간 안에서 이름과 사진만이 남게 되었다. 그런 모습을 하고
있는 엄마에게 인사하는 일에 나는 쉽게 적응하지 못했다. 갑자
기 바뀌어 버린 엄마의 존재가 낯설어서 어떻게 인사해야 하는
지, 어떤 감정을 가져야 하는지 알 수 없었다. 형식적인 인사로 대
신하는 날도 많았다. 엄마가 떠난 지 얼마 되지 않았을 때, 인사하
러 가는 길이 너무 무서웠다. 차가운 납골당 안에 있는 엄마는 추
울 것 같았고, 외로워 보였다. 그리고 엄마가 불쌍했다. 안치된 자
리에 박힌 엄마의 이름 세 글자를 한참 동안 바라보고 있으면, 한
사람의 인생에서 남는 건 결국 이름 세 글자뿐이라는 사실이 주

체할 수 없는 허망함으로 다가왔다. 이 사람이 나의 엄마가 맞는지, 나를 낳고 키운 사람과 동일한 인물인지 아무리 쳐다봐도 익숙해지지 않았다. 때론 일부러 다른 가족 앞에서 엄마에게 농담 섞인 인사를 건네기도 했다. 그럴 때면 농담을 말하는 입, 표정을 내보이는 얼굴과 내 마음의 상태가 모두 어긋나 제각기 분리되는 기분이었다. 무엇이 나를 연기하게 하는지 알 수 없었지만, 나는 계속 괜찮아 보이려 했고 그 사실을 뒤늦게 자각하면 심한 무력감에 빠졌다. 엄마에게 다녀온 직후 한동안 지속되는 허탈감이 싫어서 인사하러 가는 것이 내키지 않을 때도 있었다. 죽은 이에게 인사하는 것의 의미를 나 자신에게 아무리 물어봐도 정확한 답을 찾지 못했다. 잘 살아 보겠다는 인사를 자주 했지만, 그것이 대체 무슨 마음에서 나온 것인지 알 수 없었다. "잘 살고 싶은데, 어떻게 사는 게 '잘'인지 모르겠다"라는 푸념과 "잘 살겠다"라는 다짐이 나 자신을 억누르는 것은 아닐지 의심이 더해진 인사였다. 유독 힘든 시기에 인사하러 가는 날이면, 엄마 유골함 주변에 내가 안치되는 상상을 했다. 엄마의 자리처럼 이름 세 글자만 남기고, 내 존재가 사라지는 상상을 했다. 긴 세월 동안 인사하러 다녀오며 엄마는 없다는 사실을 재차 확인했지만, 마음으로는 확실하게 인정하지 못하는 나를 발견하곤 했다. 납골당을 떠나며 15년 동안 엄마에게 인사하러 왔던 날들이, 애석하고 시린 지난날들이 파노라마처럼 스쳐 지나갔다. 익숙하게 방문했던 납골당의 마지막 풍경은 생경했다. 실제로 처음 보는 엄마의 유골함을 내 두 손으로 들고 있으니 끝내 15년 전에 엄마를 제대로 보내주지 못했다는 죄책감이 사그라지는 느낌이 들었다. 15년의 세월이 흘렀고, 그 시간을 나와 우리 가족이 잘 지나왔다는 사실에 고마움과 설움이 밀려왔다. 그렇게 질기고 고단했던 지난 시간과 이별을 했다.

나는 엄마의 유골함을 안고 차에 탔다. 내가 안고 있는 것은 무엇일까? 힘껏 끌어안고 있었지만, 그것이 엄마인지, 우리의 세월인지, 슬픔의 덩어리인지 알 수 없었다. 엄마도, 그 어떤 상징도 아니었다. 절로 향하는 동안 분주하게 자신의 목적지를 향해 달리는 창밖의 차들을 바라보면서 엄마가 죽던 날 조사를 마치고 나온 경찰서 앞을 아빠와 둘이 걷던 일이 떠올랐다. 그때와 다르게 차 안에 있는 상황이었지만, 그날의 차가운 공기, 거친 바람, 매정한 자동차의 속도감이 그대로 내 몸을 통과하는 느낌에 가슴이 먹먹해졌다.

절에는 지방에 거주하는 외가 친척들도 도착해 있었다. 나는 이미 납골당에서 터진 눈물 때문에 마음이 가라앉아 있었고, 오랜만에 만나는 친척들에게 먼저 다가가 인사를 건넬 수 없었다. 우리는 수목장을 통해 엄마의 유골을 안치한 후에 위패를 모시기로 했다. 나무가 있는 곳으로 향하면서부터 긴 세월 동안 나를 둘러싼 울분과 서러움, 슬픔과 그리움, 분노와 원망, 죄책감과 미안함이 한꺼번에 밀려왔다. 걷는 걸음마다 복잡한 감정의 소용돌이가 일어났다. 감정들이 한 걸음씩 나를 딛고 앞으로 나아가고 있었다. 한 걸음씩 나락으로 떨어지면서 땅 아래로 점점 깊숙이 파묻혀 들어가는 기분이었다. 분명 앞으로 나아가고 있지만, 지면에 발을 붙이고 있는 내 존재는 지하를 향해 가는 기분. 한 걸음에 몸 아래 발밑까지 끌어내린 어둠의 감정이 심장까지 튀어오르다, 다음 걸음에 한순간 목까지 솟아올라 들썩였다. 어둠의 감정이 주체할 수 없이 몸 곳곳에서 너울대고 두근거려 걸음을 멈춰야 하나 싶었지만, 그렇게 할 수 없었다. 걷고 있는 나라는 사람이 분실되는 것 같았다. 상담에서 엄마가 죽은 날을 묘사할 때와는 또 다른 감정의 표출이었다. 주체할 수 없는 많은 감정들이 복받쳐서 감당할 수 없었다. 유골을 안치할 나무 앞에 서서 묵념을 드릴 때부터 나는 목놓아 울기 시작했다. 나무 사이와 산 너머로 내 울음소리는 퍼져 나갔다. 15년 만에 처음으로 나는 다른 사람들 앞에서 짐승같이 흐느끼며 울분을 터트렸다. 울고 있는 내 얼굴이 형체를 알아볼 수 없을 정도로 눈물에 뭉개졌으면 좋겠다고 생각했다. 한없이 울고 있는 상태 그대로 슬퍼하는 나를 마주하고 싶지 않았다. 울음을 멈추고 다시 원래의 얼굴을 가진 나로 돌아오고 싶지 않았다. 쏟아지는 분노와 서러움에 나도 모르게 입에서는 씩씩거리는 거친 숨이 새어 나왔고, 내 몸은 들썩거렸다. 무엇이 나를 그렇게 분노하게 했을까? 지난날에 대한 분노였을까? 엄마에 대한 분노였을까? 그 사건에 대한 분노였을까? 회피했던 내 인생에 대한 분노였을까? 나조차 버렸던 나 자신에 대한 분노였을까? 원통함으로 인해 심장 주변이 뻐근했고, 통곡

으로 목이 절단되는 것 같았다. 눈이 아닌 온몸에서 눈물이 뿜어
져 나오는 느낌이었다. 눈물이 슬픔의 증거라고 하기에는, 나의
눈물은 너무 많은 것을 담고 있었다. 15년 전에 흘렸어야 하는 눈
물이 마음속 깊이 고여 있다가 15년치의 슬픔으로 한순간에 분
출되는 것 같았다. 회한과 한탄, 비통함과 체념, 감정의 해소로 인
한 후련함이 뒤섞인 눈물이었다. 눈물은 액체였지만, 따갑게 나
를 찌르는 듯했고, 내 존재가 엄마와 같이 가루가 되어 공기 중으
로 흩어지거나 엄마와 함께 땅으로 흡수되는 듯했다. 15년 전에
가루가 되어 버린 엄마는 15년 동안 공기 중에 떠다니며 나를 압
박하는 것처럼 느껴졌다. 고통스러웠던 모든 감정을 엄마의 유
골과 함께 땅에 묻어 버린 후, 나는 모든 기력을 소진했다. 내 육
체가 감정을 견디지 못해 부서져 버린 것 같았다. 압축된 슬픔을
표출하고 드디어 의식다운 의식을 치렀다는 사실이 시원하면서
도 한편으로는 극심한 무력감으로 다가왔다. 그리고 이상하게도
엄마가 죽은 바로 다음 날이 계속 떠올랐다. 어떤 혼란과 슬픔도
느끼고 싶지 않아 감정을 철저히 마비시키고 있는 나를 내가 인
식했던 그 순간, 나라는 인간과 앞으로 남은 길고 긴 생을 어떻게
살아갈지 막막했던 그때처럼. 아픔의 감정을 다 쏟아붓고나자 앞
으로 내 안에 다른 감정이 생성될 수 있을지 의심이 솟구쳤다. 새
로운 감정이 일어나고 자리를 잡을 만한 감정의 기반이 더 이상
남아 있는 것 같지 않았다. 나는 닳아 버린 마음의 소유자인 나라
는 인간과 남은 생을 어떻게 보낼 수 있을지 막막했다. 예전에 느

껐던 막막함은 소멸하고, 또 다른 막막함의 시간이 시작된 느낌이었다. 막막함과 무력감의 굴레. 나는 이 굴레를 극복해야 하는지, 참아야 하는지, 체념해야 하는지 여전히 알 수 없었다. 지난번보다 이번에는 막막함을 잘 다룰 수 있겠다고, 이 막막함을 17년보다는 빠르게 사라지게 할 수 있겠다고 자신 있게 말할 수 없을 것 같다. 인생에서는 내가 어떻게 노력해도 할 수 없는 부분이 존재한다는 것을 이전보다는 더 빨리 인지하는 동시에 나의 무력감이 조금 더 깊고 더 넓어졌음만이 느껴질 뿐이었다.

엄마의 유골을 직접 눈으로 보고 손으로 만지면서, 나는 이제서야 가루가 된 엄마를 인식했다. 44년의 인생은 한 줌의 재가 되어 버리고, 그 이후 17년 동안 내 마음속에 붙잡혀 있던 엄마는 한 그루의 나무를 벗 삼아 그 옆에 영원히 묻혔다. 빽빽하게 심어진 나무들 수만큼 얼마나 많은 망자들이 이곳에 있을지 생각했다. 나무들은 저마다 그 곁에 묻혀 있는 망자들의 수호신처럼 위엄 있어 보였다. 나무들 사이로 바람이 불었고, 흩날리는 나뭇잎 소리는 망자들을 위로하는 말처럼 들렸다. 지난 생에서의 고단함을 그저 바람에 맡기고 이제는 편안해지라고. 바람이 불면 부는 대로 자유롭게 떠나라고. 자연의 품으로 돌아가기 위한 험난한 여정이 비로소 막을 내렸고, 나무와 바람이 보내는 위로가 나에게도 와닿은 것 같았다. 머리가 아닌 마음으로 마침내 엄마가 없음을 인정하고 나니, 엄마의 가루가 공기 중에서 나를 압박하는 것이 아니라 앞으로는 공존하는 것처럼 느낄 수 있을 것 같았다.

제대로 처리하지 못하고 참았던 슬픔을 뒤늦게 치르는 대가는 생각보다 너무 아팠다. 떠나보내지 못했던 엄마와 끝내 하게 된 이별. 마음으로 이별의 첫걸음을 뗀 것이었다. 동시에 15년 동안 절망과 회환으로 힘들었던 과거의 나에게 이별을 고했다. 엄마가 죽었을 때처럼, 이번에도 나는 다시 한 번 죽어 버린 느낌이었다. 오랜 기간 혼자 수도 없이 상상했던 엄마의 장례를 겪어 냈고, 나만의 이별의식을 치른 셈이었다. 혹독하지만 필요했던 이별의식은 엄마의 기일 다음으로 나에게 중요한 날, 내 인생에서 절대로 잊히지 않는 날이 될 것이다.

2018년 1월 10일

독일에서 나는 항상 기차역과 가까운 곳에 살았다. 일부러 기차역 근처에 집을 구한 것은 아니었지만, 서울과 비교하면 독일의 대도시는 30분 이내로 이동 가능한 거리에 필요한 모든 것이 존재할 만큼 규모가 작았다. 기분이 울적하거나 나를 둘러싼 공간이 너무 작게 느껴질 때, 실내에 있기에 아까울 정도로 맑은 날씨일 때, 나는 무작정 집을 나서서 기차역으로 향했다. 기차역에 있는 기차표 판매기에서 아무 알파벳이나 누르면, 그 알파벳으로 시작되는 도시 이름이 자동 검색되어 나열되었다. 리스트에 있는 도시 중에 하나를 선택해 핸드폰으로 검색했다. 하루에 다녀올 수 있는 거리에 있는 도시라면 무작정 표를 끊어 기차에 몸을 실었다. 독일에 살면서 누릴 수 있었던 나의 작은 즐거움이자 우울을 해소하는 방법 중의 하나였다. 나는 이름 모를 기차역에서 몇 번 갈아타 도착한 이름 모를 소도시에서 이름 모를 서점에 들러 이름 모를 책을 사고 이름 모를 카페에 앉아 이름 모를 메뉴를 시켜 먹었다. 왜 나는 거기에 가게 되었을까? 내가 찾아간 것인지, 흘러 들어간 것인지 알 수 없었다. 내가 본 것은 무엇이었고, 내가 먹은 것은 무엇이었나? 기차는 나를 어딘가로 옮겨 주었고, 나는 발길이 닿는 대로 걸었다. 이름 모를 정거장을 지나서 내 이름과 내 존재를 모두 잊고 싶었다. 내가 나에게서 벗어난 것 같았고, 내가 나에게 흘러 들어간 것 같기도 했다. 내가 나를 거쳐 다른 나로 나아가고 싶었다. 이름 모르는 새로운 상황 속에 나를 놓아두고 싶었다. 이해되지 않는 행동을 하는 사람과 이해되지 않는 이별을 하는 것이 당연한 것처럼. 나는 나를 이해할 수 없었고, 나와 이해되지 않는 이별을 해야 했다. 나 혼자 떠났고, 나 혼자 돌아왔다. 이름 모를 도시에서의 하루는 나 혼자라는 이름 외에는 모두 무의 상태와 가까웠고, 결국 이름 모를 기억으로 남아 버렸다.

2018년 4월 8일

내리는 비를 하염없이 맞았던 적이 언제였나? 우산을 챙기지 않은 것을 후회하지 않고, 소지한 물건이 비에 젖을 걱정 없이 마음껏 비를 맞았던 적이 언제였을까? 비가 오는 날이면 엄마가 죽던 날이 떠올랐고, 비를 생각하면 마음이 내려앉았다. 비가 오는 세상이 반갑고, 촉촉한 풍경이 아름답게 느껴진 적이 있었나? 빗방울 소리가 흥겹게 들린 적이 나에게 있었을까? 그날 이후로 비에 대한 좋은 기억을 심는 일이란 도무지 쉽지 않았다. 비 오는 날이 두려워진 것에 내리는 비 탓을 할 수도 없었다. '비는 그저 하늘에서 내리는 수많은 물방울이다', '일정한 형태를 가지지 않고 끊임없이 낙하할 뿐이다'라고 혼자 말할 수밖에 없었다.

2018년 8월 7일

영화 「어느 가족」을 보고 집으로 돌아오는 길이었다. 한 남성이 지하철 계단에 쓰러진 듯이 앉아 있었다. 그 남성을 지나쳐 급하게 올라탄 지하철 안에서는 한 여성이 통화 중에 울부짖으며 자리에 주저앉았다. 순간적으로 마주한 두 개의 장면 속에 나는 그저 타인으로서 수많은 다른 타인들과 함께 놓여 있었다. 그 두 사람의 사연은 무엇이었을까? 어떤 일로 인해 그 남성은 몸을 일으켜 세울 수 없이 바닥에 늘어져 있었을까? 그 여성은 핸드폰 너머로 어떤 내용을 전해 들었길래 많은 사람들 가운데 울부짖었을까? 그날, 우리 가족도 그런 모습을 하고 있었을까? 그들의 사연이 궁금한 것이 먼저였지만, 곧바로 그들을 도와주거나 그 상황을 해결하려는 행동으로 이어지지는 않았다. 대신, 과거를 떠올리는 것으로 직행했다. 타인의 고통스러운 모습 앞에서 나는 내 문제에만 정신을 쏟고 있었다. 내가 과연 타인의 입장을 배려하고, 타인과 교감할 수 있는 사람인지 의심스러웠다. 몇 시간 전만 해도 한 가족이 길 위에 홀로 남겨진 소녀를 데려와 보살피고 함께 생활하며 가족을 뛰어넘는 유대감을 그려 낸 영화를 관람했음에도 불구하고, 현실의 나는 위태로워 보이는 타인을 외면하고 있었다. 갑작스러운 위험으로부터 무의식적으로 도망치는 선택을 했다. 그들이 걱정되는 마음은 있었지만, 또다시 나를 위태로운 순간에 놓이게 할 수는 없었다.

어려움에 처한 사람을 완전히 도와준다는 것이 가능할까? 완벽한 치유가 가능할까? 한 사람의 불행을 누군가와 나눈다는 것은 고통을 진정시키고, 치유의 시작이 될 수 있었다. 그러나 때론 그런 행위가 일시적인 위안만을 안겨 주고, 궁극적으로는 어떤 뾰족한 해답이나 명쾌한 결론에 다다를 수 없다는 사실을 나는 누구보다 잘 알고 있었다. 불행을 나눈다는 건 어쩌면 함께 나락으로 들어가 보지 않겠냐고 상대를 부추기는 뻔뻔하고 무모한 용기에서부터 시작되는 것일지도 모른다. 불행과 절망의 영역에서 결국 혼자 이겨 내려는 개인의 의지가 중요하다는 생각이 내 안의 요새를 만들고 있었다. 위태로워 보이는 타인을 마주한 순간, 나는 무엇을 외면한 것일까? 내 과거를 외면했을까? 내 가족을 외면한 걸까? 위태로운 상황 자체를 외면했을까? 나는 무엇으로부터 계속 돌아서야만 했던 것일까?

2018년 10월 23일

엄마가 죽은 지 15년 그리고 16년이 지나간다. 어제 꿈에도 그날의 장면이 나왔다. 꿈에서 깨어난 아침에는 엄마의 마지막 모습이 더욱 선명하게 떠올랐다. 또 같은 꿈. 엄마의 마지막은 왜 그렇게 선명했을까? 생생하다는 느낌보다 선명함에 가까웠다. 그 죽음이 내 안에 깊게 뿌리내려 각인된 느낌은 '선명'이라는 단어를 제일 먼저 생각하게 했다. 반복되는 꿈이 나에게 확실하게 말해 주는 것 같다. 그 죽음은 현실이었다는 것. 상실은 실체였다는 것. 나에게 존재했던 과거라는 것. 내가 겪어 내고, 겪어 내야 할 생의 일부라는 것.

2018년 10월 26일

지난 2년 동안 나는 중학교 자유 학기제 수업을 진행하는 강사로 지냈다. 강사 생활 초반에는 개인적 트라우마를 마주해야 한다는 부담감에 시달렸다. 나를 쳐다보는 학생들의 수많은 눈동자가 엄마의 죽음 이후 마지막 인사를 했던 학급 친구들의 시선과 겹쳐졌다. 수업하러 가는 길에 나는 자주 도망치고 싶었다. 학생들 앞에 서 있으면 열일곱 살로 돌아가 목이 막히는 듯했고, 안면 근육이 떨리기 시작해서 쉽게 고개를 들 수 없었다. 매번 도망치고 싶었지만, 나는 그 상황에 부딪쳤다. 학생들 앞에서 수치심이 몰려왔지만, 수치스러움을 느끼는 나를 받아들이려고 노력했다. 시간이 지나면서 피하고 싶었던 학생들의 눈빛도 조금씩 바라볼 수 있게 되었고, 점차 학생들의 이름을 부르며 질문도 던질 수 있을 정도가 되었다. 트라우마를 지닌 사람에게는 보통의 일이 얼마나 어려운 일일 수 있는지, 작디작은 변화를 끌어내기까지 얼마나 많은 고민과 시도가 필요한지를 경험해 본 사람은 분명히 알 수 있다. 2년의 강사 생활을 돌이켜 보면 수업도 중요했지만, 현재 의 나 자신을 알아 가면서 트라우마를 극복하는 시간을 가질 수 있었다는 점이 개인적으로 의미 있었다.

학생들의 입장에서 마음이 무거워지는 순간들을 자주 마주 하기도 했다. 수업에서 만난 중학교 1학년 학생들은 "얘! 내일 자살할 거래요", "얘, 자살하고 싶대요", "얘랑 같이 자살하려고 요", "…하면, 자살하죠. 뭐", "이거 완전 자살각이에요"라고 자 살에 대해 거침없이 표현했다. 엄마의 죽음 이후 오랜 시간이 지 나 스스로 자살에 관해 많이 괜찮아졌다고 생각했지만, 그런 표 현을 접할 때마다 심장은 여전히 저릿했다. 갓 초등학교를 졸업 하여 아직은 앳된 모습을 하고 있는 중학생들 사이에서 자살이 아무렇지 않은 주제로 다뤄지는 상황에 적응하는 데에는 시간이 필요했다. 그동안 자살에 대해서 아무렇지 않게 말하는 사람들을 많이 만나 왔음에도 불구하고, 중학교 1학년 학생들의 입에서 흘 러나오는 자살에 대한 말들은 나를 더욱 얼어붙게 했다. 그런 순 간을 접할 때마다 멍해졌고, 자살 표현을 너무 가볍게 하는 학생 들에게 어떠한 대처도 하지 못한 채 황급히 자리를 피해 버렸다.

나는 다시 도망친 것이었다. 그렇게 수업을 마치고 집으로 돌아오는 길에 나는 급격히 우울해졌다. 여전히 과거에 머물러 있는 내가 억울했고, 그런 말을 한 학생들 앞에서 바보같이 굳어 버린 내가 한심했다. 어쩌면 그런 말을 무방비하게 듣고 있을 다른 학생 중에는 나처럼 심장이 저릿해지는 학생이 있을지도 모를 일이었다. 어린 나이에 받는 마음의 상처는 한 사람을 오래도록 지겹게 따라다닌다는 것을 나는 너무 잘 알고 있었다. 그래서인지 서슴없이 자살에 대해서 말하는 학생들에게 화가 났다. 나는 그 순간에 무슨 말을 할 수 있었을까?

자살에 대한 학생들의 표현을 접했던 순간과 거리를 두고 생각해 보면서, 나는 내 입장만이 아니라 점차 학생들이 보이기 시작했다. 학생들은 어떻게 그런 표현을 일말의 망설임 없이, 더구나 신나는 말투로 할 수 있게 되었을까? 어쩌면 그들의 잘못이 아닐지도 모른다. 엄마의 사건을 경험한 당시에 고등학생이었던 나는 학교생활을 하는 3년 내내 다른 학우 입에서 자살에 관련된 표현을 듣고 상처를 입었던 기억이 별로 없었다. 친구와 대화하면서 스스로 내 이야기를 하게 될까 봐 혼자 예민했던 적은 있었지만, 다른 친구들을 통해서 자살에 관련된 이야기를 듣는 일은 매우 드물었다. 엄마의 죽음 이후 지난 15년 동안, 우리 사회는 얼마나 달라진 것일까? 학생들이 처한 현실은 어떻게 달라졌나? 해가 갈수록 자살하는 사람의 숫자는 상상할 수 없을 만큼 증가하고 있고, 유명인의 자살과 더불어 주변에서 자살 관련 이

슈를 더 쉽게 접할 수 있다. 오늘날 미디어는 청소년들에게도 당연한 삶의 일부가 되었다. 그만큼 청소년들은 미디어에 쉽게 노출되고, 그들이 그것을 분별력 있게 수용하기 전에 이미 너무 빠르고 자극적으로 변화하고 있다. 시설적인 면에서 학교는 분명 과거보다 나아졌고 쾌적한 환경을 자랑했지만, 내가 만난 학생들의 마음은 어느 때보다 공허하고, 빈곤하게 느껴졌다. 학급 내에서 이혼 가정의 학생들도 쉽게 만날 수 있었다. 그런 학생들은 자신의 부모가 어떻게 이혼했는지, 이복형제, 자매에 대해서 아무렇지 않게 이야기했다. 일부러 큰소리로 말하는 그 학생은 강해 보이고 싶었겠지만, 눈에는 불안함이 보였다. 내면의 혼란을 감추기에 그는 너무 어렸고, 그의 상처는 분명 상처로 표현되지 못하는 것처럼 느껴졌다. 혼란을 혼란으로 표현하지 못하는 것. 절망에 대해 전혀 고통스럽지 않게 말해 버린다는 것. 슬픔을 슬픔이라고 말할 수 없는 것. 자신의 말 한마디로 인해 누군가는 지울 수 없는 상처를 받을 수도 있다는 사실을 자각하지 못하는 것. 타인의 상처를 배려할 필요성을 느끼지 못하는 것. 그동안 어른들은 이전 세대에게 무엇을 알려 준 것일까? 물질적인 풍요에 비해 학생들은 마음을 진솔하게 표현하고 나누는 기본적인 인간애로부터 점점 멀어지고 있는 것은 아닐까? 청소년기에서부터 이런 분위기가 형성된다면, 이 학생들이 성장해서 일구는 사회는 어떻게 될 것인가? 조만간 공감, 위로, 배려라는 단어가 사라지는 것은 아닐까? 이런 현실 속에서 나는 어떤 어른의 모습으로 학생들에게 다가가야 할까? 앞으로 우리 사회는 다음 세대에게 어떤 현실을 제공해 줄 수 있을 것인가?

2018년 11월 25일

이번 자조 모임이 끝나고 집에 돌아오는 어두운 골목길에서 갑자기 눈물이 났다. 나는 무엇이 그렇게 서러웠던 걸까? 함께 공감해 주는 그들에게 너무 고마워서였을까? 유가족이 발생하는 현실이 원망스러웠을까? 그들도 나처럼 삶이 힘에 부치고, 겨우 다시 살아갈 용기를 내야 한다는 사실이 안타까웠을까? 마음을 나누는 시간이 평소의 일상과 달리 너무 따뜻해서, 다시 차가운 현실을 마주해야 한다는 사실이 두려웠을까? 이상하게도 평소 울고 난 뒤의 느낌과 전혀 다른 소진 상태였다. 식욕이 없어지고, 아무 생각이 들지 않았다. 눈물의 감정과 슬픔의 감정 사이에서 길을 잃은 것 같았다. 아예 '마음'이란 게 없어진 느낌이었다.

2018년 11월 25일

언니의 출장 일정이 있을 때마다 나는 조카를 돌봐 주었다. 한번은 유치원 등원 길에 조카가 하늘을 바라보며 나에게 물었다. "이모, 할머니는 정확히 하늘 어디에 있어?" 나는 조카에게 왜 그런 질문을 하는지 되물었고, 조카는 해맑게 대답했다. "나한테 정확히 손가락을 짚어서 알려 주면, 거기를 바라보고 매일매일 인사하려고 그러지."

　조카가 탄 유치원 버스가 눈에 보이지 않을 때까지 나는 힘껏 손을 흔들었다. 돌아가는 길에 눈물이 쏟아졌다. 버스를 타기 전까지 내 손을 잡고 있던 조카의 손은 작고 따뜻했다. 그 손이 얼마 전까지만 해도 우울에 허우적대며 죽음을 바라고 있던 나를 부끄럽게 했다. 이모라는 존재 자체로 나에게 애정을 품고, 의지하는 이 작은 손을 어떻게 저버릴 수 있을까? 순수한 마음에 평생 남을 상처를 책임지지도 못할 거면서, 나는 과연 사라질 수 있을까? 눈물의 정확한 의미는 알 수 없었다. 조카의 순수한 마음에 감동받았는지, 네 살짜리 아이에게 죽음을 알려 준 엄마가 원망스러웠는지, 겨우 4년을 산 아이가 깨달은 것을 나는 왜 지난 15년 동안 생각하지 못했는지, 감동, 원망, 수치심, 자책이 복잡하게 얽혀 있었다. 한편으로는 엄마에 대한 생각이 가벼워지는 것을 느꼈다. 엄마는 정확하게 어디에 있는 것이 아니라, 하늘을 올려다보면 항상 어딘가에 나와 함께 있다는 것, 엄마에게 인사하고 싶으면, 언제 어디서든 하늘을 향해 인사하면 된다는 것을 조카의 마음이 나에게 알려 주었다. 책에 나오는 어려운 심리학적 설명보다도 때론 이런 순간이 더 큰 울림으로 다가와 생각의 전환을 일으켰다. 그 어떤 치유 방법보다 마음에 와닿는 깨달음이었다. 그동안 이런 순간이 절실했다. 일상 속에서 이런 순간들이 쌓이다 보면, 엄마를 추억하는 나의 마음이 조금씩 성숙해지지 않을까? 작지만 소중한 기대를 해 보며, 하늘을 바라봤다.

2014년에 조카가 태어나면서부터 나는 조금씩 죽음보다는 삶의 방향으로 향할 수 있었다. 조카가 접하는 세상의 모든 것은 처음이었고, 그런 새로움의 감각을 일깨워 나도 나의 생에게 다가가려고 했다. 여전히 기쁨과 슬픔, 좋음과 싫음의 감정이 불분명하고, 나를 둘러싼 모든 것이 무의미하게 느껴졌지만, 서른 살에 다시 태어난 아이의 시각이 되어 세상을 바라보려 했다. 조카는 나의 사소한 행동 하나하나에 대해 칭찬을 아끼지 않았다. 그에게는 풀숲에서 함께 개미를 찾아 주는 일과 색종이의 모서리를 맞춰 접을 수 있는 나의 손놀림까지 모든 것이 대단하게 보였으리라. 자주 받아 보지 못한 인정과 칭찬이었다. 나는 오랫동안 우울에 빠진 내가 못마땅했고, 과거에 매여 있는 나를 다그치고, 몰아세우는 것에 익숙했다. 조카를 따라 나 자신에게 너그러워져 보기로 했고, 아무것도 아닌 듯 보이는 작은 행동들마저도 의미를 두었다. 대수롭지 않게 여겼던 조카의 칭찬을 진심으로 믿었다. 작은 행동마다 나 자신에게 칭찬하려는 노력을 계속했다. 처음에는 이렇게까지 해야 하나 싶었지만, 일부러라도 계속 노력하다 보니 정말 조금씩 좋아질 수 있었다.

오랫동안 지닌 우울과 죽음의 충동을 빠르게 해결하려고 집착하면 할수록 해결과 멀어졌다. 우울을 저항과 집착이라는 부정적인 기운으로 지우려고 하면 더욱 우울해질 뿐이었다. 마음이 점차 회복되면서부터 우울을 수용하고, 우울이 자리한 기간이 오래된 만큼 완벽히 제거하기란 어렵다는 것은 인정하게 되었다. 회복되는 마음은 불가능하게만 느껴졌던 우울과의 거리 두기가 자연스럽게 이루어질 수 있다는 것을, 그리고 그것이 오랜 시간이 걸리더라도 다른 무엇보다 효과적이라는 것을 알려 주었다.

2018년 12월 24일

저녁 산책 도중 어둠 속 낙엽을 개나리가 핀 것으로 착각한다. 겨울이 아직 다 저물지 않았는데, 봄이 왔다고 믿고 싶었다. 또다시 옆구리에 칼이 꽂히는 것처럼 서늘한 느낌이 들었고, 나는 일부러 방향을 틀어 걷는다. 어떻게 죽을지 계속 생각하는 여자가 떠올랐다. 그 여잔 엄마였을까? 나였을까? 내 경험을 쓰지 않으려고 도망치는 시간, 15년이 흘렀다. 회피는 변명이 될 수 있을까? 두려움이 이유가 될 수 있을까? 망각은 원인이 될 수 있을까?

어둠 속을 걷다 보면 엄마가 있는 산속으로 가서 엄마의 유골이 뿌려진 나무 옆에 누워 버리고 싶다는 생각을 했다. 추위와 어둠과 상관없이 그냥 곁에 누워 보고 싶었다. 끝없이 걷다가 어둠 속으로 사라지고 싶다는 생각이 스친다. 달이 너무 밝아 가짜 달처럼 보였다. 가짜 달, 가짜 어둠, 가짜 삶. 연출된 어둠과 현실이 아닌 삶. 비현실 같은 하루를 넘기고, 비현실과 현실 사이에서 다시 새로운 하루를 맞는다. 15년 동안 결코 평범해질 수 없었던 삶이었다. 15년간 잘 버텼으니 이제는 죽어도 괜찮을 것 같은 생각이 들었다. 이제는 살아도 괜찮을 것 같은 생각이 들었다.

2019년 1월 1일

독일에서는 12월 31일에서 1월 1일로 넘어가는 12시에 폭죽을 터트리며 새해를 맞는다. 언제부터 이런 의식이 시작되었는지 모르겠지만, 하나의 중요한 연례행사처럼 여겨져서 지정된 행사장뿐만 아니라 동네 곳곳 어디서든지 폭죽 소리를 들을 수 있다. 독일에 머물렀던 2015년까지 매년 1월 1일을 맞이하면서 들었던 폭죽 소리는 한국으로 귀국한 후 더 이상 들을 수 없게 되었다. 폭죽과 함께 새해를 맞지 않은 지 4년째가 되어 간다. 처음에는 유치하고 위험하다고 생각했던 폭죽 의식이 해가 갈수록 익숙해졌다. 나중에는 폭죽 소리에 환호성을 질러 가며 신나게 새로운 한 해를 맞이했던 적도 있었다. 그때와 달리 지금의 나는 최대한 조용하게 새해를 맞고 있다. 요란하게 울리던 폭죽 소리는 이미 귓가에서 멀어졌다. 반복되는 새해를 맞이하는 행위가 설레는 감각을 둔화시키는 것일 수도 있었다. 어쩌면 나이 드는 일은 항상 고요하게 진행되는 것일지도 모른다.

새해를 맞는 감각을 점검하듯, 나는 독일에서 기록한 폭죽 영상을 찾아보았다. 어둠 속에서 터지는 불꽃과 소리. 분명 내가 촬영한 영상이고, 그 속에 있는 사람은 나일 텐데 지금 영상을 보는 나와 너무 멀리 있었다. 그때의 나는 너무 흐릿하다. 현존하는 자아가 너무 강력하여 그때의 자아가 경험한 일들이 대수롭지 않게 느껴지는 것 같았다. 과거의 나는 불꽃과 함께 어두운 하늘 위로 터져 버린다. 한순간 화려한 빛으로 밝아졌다가, 공기 중으로 연기와 함께 사라진다.

폭죽 영상을 보고 나니 이상하게도 엄마의 사진을 정리하고 싶어졌다. 사진에서 행복해 보이는 엄마를 찾기는 쉽지 않았다. 존재하지 않는 사람의 사진을 정리했던 일이 매우 오래전이기 때문일까? 현재에서 과거의 시간순으로, 엄마와 같이 찍은 사람별로 분류한 앨범을 들춰 봐도 행복해 보이는 엄마의 사진은 한 장 찾기도 어려웠다. 겨우 찾은 사진 속 웃고 있는 엄마를 보고 슬퍼졌지만, 사진은 너무 낯설었고 슬픔은 금세 메말랐다. 사진 속 웃고 있는 엄마는 죽음에 다다른 마지막 모습과 너무 이질적이었다. 결국 사진은 사진일 뿐이었을까? 거기에서 아무런 의미도 느껴지지 않았다.

2015년에 6개월 동안 상담을 받으면서, 나는 매주 내가 이야기한 내용을 녹취했다. 녹취한 파일을 다음 상담 날까지 일주일 동안 반복해서 들었다. 많은 사람들로 혼잡한 지하철역을 통과하며 들었고, 한적한 공원을 산책하면서 또 들었다. 그 경험을 한 나와 경험을 말하는 나를 객관적으로 인식하고 싶었다. 엄마의 죽음을 말하는 내 목소리를 통해 나의 과거를 확실히 인정하고 싶었다. 그동안 스스로 회피했던 시간만큼 나는 내가 하는 말에 귀를 기울여야만 한다고 생각했다. 내 목소리를 처음으로 들었을 때, 너무 낯설어서 내가 다른 사람처럼 느껴졌다. 내가 한 경험이, 나의 아픔이, 나의 상처가 더욱 비현실적으로 들렸다. 하지만 상담이 진행되면서 나의 목소리에 익숙해질수록 나는 나의 경험을 받아들이고, 그 사건과 거리를 둘 수 있었다. 상담이 끝난 이후에도 가끔 녹취 파일을 들었다. 내가 어떤 마음을 가지고 있었는지 그리고 그 마음을 내가 어떻게 생각했는지 듣고 있으면 이상하게 위안이 되었다. '그때의 나와 지금의 나는 달라졌구나. 나는 조금 나아졌구나'라고 변화를 인지하면 안도감이 느껴졌다. 모든 걸 겪어 내고, 극복한 사람도 결국 나 자신이라는 것을 확인하면 다시 살아갈 힘이 생겼다.

새해가 되어 컴퓨터 파일을 정리하면서 녹취한 음성 파일들이 소실되었다는 것을 알게 되었다. 모든 폴더를 샅샅이 살펴도 매주 기록한 20개가 넘는 파일이 보이지 않았다. 내가 파일을 지운 기억도 없는데, 행방을 전혀 알 수 없었다. 나는 왜 그토록 소중했던 상담 기록을 제대로 관리하지 못했을까? 내가 했던 이야기들, 그때의 내 상태는 모두 어디로 사라진 것일까? 그때의 내 감정은 어떻게 된 것일까? 기록하고자 했던 절박함과 기록을 소중히 여기던 열정도 지금의 나에게는 남아 있지 않았다. 다시 예전의 목소리를 되돌릴 방법은 없고, 그때의 나는 증발해 버린 것 같았다. 파일이 사라진 것을 알게 된 순간 많이 허탈했지만, 한편으로는 생이란 잘 기억하고 잘 지우기 위해 주어진 것일지도 모르겠다는 생각이 들었다. 녹취록은 사라졌지만 6개월 동안의 상담은 내 몸과 마음에 분명 남아 있을 것이었다. 나는 남은 생을 어떻게 기억하고, 어떻게 지우며 살아가면 좋을까? 허망함으로 가득한 삶, 결국 죽음으로 끝나는 삶일지라도 잘 기억하고, 잘 지우고 싶었다.

너무 강력한 경험은 한 사람을 오래 괴롭혀 끝을 생각하게 하지만, 반대로 끝까지 살아가게 하는 아이러니에 놓이게도 한다. 내가 왜 그런 비극과 아이러니의 중심에 놓여야 했는지, 한없이 원망으로 가득했던 시간이 있었다. 엄마가 왜 그런 선택을 했는지 더는 묻지 않겠다고 다짐하지만, 만약 단 한 번만 다시 엄마를 만날 수 있다면, 나는 엄마가 왜 그런 선택을 할 수밖에 없었는지, 왜 하필 내가 엄마를 발견하게 되었는지, 왜 나였는지 물어보고 싶다. 건강하게 애도를 거친 사람은 떠난 대상에게 마지막으로 그리움의 감정만이 남는다고 한다. 엄마에게 그리움보다 원망 섞인 질문을 하고 싶은 마음이 앞선다는 것은 내가 아직도 애도의 과정 중에 있다는 증거였다. 애도를 시작하지 못한 단계에 머물며 허무함이 가득한 새해를 맞이했던 시기도 있었다. 하지만 올해는 녹취한 파일의 소실을 확인하면서 조금은 가볍게 한 해를 시작할 수 있었던 것 같다. 허무함을 견디면서 남은 생에 대한 의지가 생겨났고, 애도의 과정 중에 놓여 있다는 감각만이 나를 위로하고 있다. 더 이상 폭죽 소리는 들리지 않았지만, 나의 내면에서는 작은 희망의 폭죽이 터지고 있었다.

2019년 1월 1일

조카는 갑자기 나에게 하늘나라에 가지 말라고 했다. 시간이 많이 지나서 나중에 가거나, 아예 가지 않았으면 좋겠다고 말했다. 나는 얼마 전까지만 해도 최대한 빨리 죽음에 이르고 싶었다. 계속 과거의 아픔에 묶여 살 바에는 차라리 죽음의 길을 택하는 것이 나을 것 같았다. 내가 하늘나라에 일찍 가게 된다면 조카는 어떤 마음을 가지게 될까? 이 맑고 순수한 생명은 어떤 마음으로 살아가게 될까? 하늘나라에 간다는 의미를 더 자주, 더 많이 생각하게 될까? 하늘나라에 간다는 것. 그것은 대체 어떤 의미일까?

조카는 나에게 하늘나라에 가면 다시 돌아올 수 있는지 물었다. 나는 다시 돌아올 수 없다고 단호하게 말할 수 없었다. 아이가 받을 상처나 체념 때문만은 아니었다. 그렇게 대답하는 내 마음 한구석이 하늘나라에 간 사람의 귀환을 간절히 바라고 있었던 것 같다.

횡단보도 앞에 서서 눈은 신호등의 빛을 바라보고 있었지만, 마음 한편에서는 갑자기 무슨 일이 벌어질 것만 같은 불안한 느낌이 들었다. 누군가가 뒤에서 흉기로 나를 찌를 것 같은 느낌. 어디선가 큰 형체가 내 뒤로 날아와 나를 덮칠 것만 같은 느낌. 달리는 차가 나에게 돌진할 것만 같은 느낌. 그날, 그 순간 내가 느꼈던 둔탁하고 무거운 고통, 심장이 뚫린 느낌이 몸 어딘가에 남아 있다. 마음뿐만 아니라 몸도 충격에 반응해서 여전히 영향을 끼친다. 이런 느낌이 나에게 닥칠지도 모르는 불행에 대한 예지

나 방어일지도 모르겠다. 불행이 발생하는 순간을 내 몸은 아직도 기억하고 있는 것일까? 이것은 불행 망상일까? 불행은 항상 평온하다고 생각되었던 일상 속에 예고 없이 파고든다. 그 속에서 나는 찔리고 내려앉고 덮쳐지고 파고들 것만 같다. 신호등이 파란불로 바뀌는 순간, 나는 불행 망상을 멈추고 길을 건넌다.

2019년 1월 3일

죽기 전 엄마는 어떤 생각을 하고 있었을까? 조금이라도 살아 보겠다고 생각했을까? 배고픔을 느끼고, 끼니를 챙겨 먹을 정신이 있었을까? 규칙적인 생활에 대한 욕구가 있었을까? 자신을 만족시키고 싶었을까? 내일은 좀 더 나은 사람이 되고 싶은 열망이 있었을까? 새로운 것에 대한 호기심이 들었을까? 자신의 장점을 발견하려는 의지가 있었을까? 스스로를 회복해야겠다는 경각심을 가졌을까? 아니면 절망과 우울에 지배당해 다른 생각을 할 수 없었을까? 아예 생각이라는 것을 할 수 없을 정도로 무념의 상태였을까?

2019년 1월 7일

나는 관계를 끊어 내는 사람이 되고 싶지 않았다. 함께했던 순간에는 친했고, 계속 친할 것 같았던 사람들은 나를 스쳐 갔다. 독일에서는 떠나온 사람들, 떠나가는 사람들, 떠나갈 사람들이 관계 안에 흘러들어 왔다가 이내 흘러 나갔다. 나에게 그런 잦은 헤어짐의 흐름은 좋지 않았다. 당연시되는 이별 앞에서 아쉬움을 느끼지 않으려고 점점 더 무감각해졌다. 나를 스쳐 간 사람마다 그들과의 기억에 남는 순간들이 있었다. 지금은 끊어진 관계라고 해도, 나는 그들에게 미안함을 느낀 적이 있었고, 관계를 지속할 의지라는 것도 내 보았다. 공통점을 발견하고, 불안을 나누기도 했다. 누군가와 동행을 했고, 앞날의 행복을 빌어 주기도 했다. 여러 관계들은 어스름한 새벽녘처럼 환해지지 못하고, 정거장처럼 나를 스쳐 지나갔을 뿐이었다. 결국엔 끊어지고, 함께 나눈 길고 긴 이야기들은 증발해 버렸다. 관계를 끊어 내는 사람이 되고 싶지 않았지만, 어느새 나는 관계의 단절이 당연한 사람이 되어 가고 있었다. 관계의 단절은 다소 불행한 일이었지만, 슬프지는 않았다. 반복되는 단절에 내성이 생겼다. 나는 모든 관계의 끝에는 이별이 존재한다는 사실을 너무 일찍 알아 버린 사람이었다.

2019년 1월 16일

더는 이렇게 살고 싶지 않았다. 엄마, 나는 어떻게 살아가야 할까요? 엄마가 적은 좌우명대로 성실하고 부지런하게 살고 싶었는데, 무엇을 위해 성실하고 무엇에 부지런해야 하는지 모르겠어요. 엄마가 살아 있더라면, 삶의 의미를 알 수 있었을까요? 엄마는 무엇이든 부지런하면 된다면서 부지런함을 부지런하게 실천하라고 했었죠. 지금까지 나는 원망하고 자책하고 미안해하고 후회하고 슬퍼하고 그리워하는 일에 무척이나 부지런했네요. 이제 나는 다른 어떤 일로 내가 부지런할 수 있을지 정말 모르겠어요.

2019년 1월 22일

엄마의 필적이 있는 수첩을 보았다. 그 안에는 생각나는 대로 여기저기 대충 적혀 있는 연락처와 때때로 기록한 명언들, 구매할 물품과 해야 할 일에 대한 목록이 있었다. 죽기 전 엄마에게도 할 일을 체크해 가며 착실하게 살려고 노력한 흔적이 있었다. 그것은 살고자 하는 의지였을까? 살아야 한다는 의무였을까? 엄마의 살려는 의지는 어쩌면 살려 달라는 의미였는지도 모르겠다. 목록에서 할 일이 하나씩 지워질 때마다 생의 의미도 더해질 것이라 기대했지만, 실은 목록을 하나둘 지우면서 엄마는 자기 자신도 조금씩 지워 갔던 것은 아니었을까? 오늘의 할 일이 있고, 일을 마친 후에 그 목록을 지우는 간단명료한 행위. 아주 사소한 일이더라도 내일의 할 일이 있고, 일하기 위해서 내일을 맞이하는 너무나 당연한 반복. 그 일에 대해서 조금 더 생각할 수 있었더라면, 엄마에게도 다음날이 존재할 수 있었을까?

　나에게도 죽음을 생각하는 순간이 많았다. 엄마를 따라가고 싶은 마음이 자주 엄습했다. 그때마다 나는 오늘의 할 일 그리고 내일 해야 할 일에 대해 생각해 보기로 했다. 아주 사소하고 하찮게 여겨지는 일이라도 내가 죽음의 순간에서 벗어날 수 있었던 것은 그 할 일에 대한 생각들 덕분이었다. 내가 해야 할 일이 있다는 것 그리고 내가 그것을 한다는 것. 그것을 하는 내가 있다는 것. 오늘 그리고 내일. 그것만을 생각하면 쉽게 포기할 수 없는 나의 하루, 끝낼 수 없는 나의 생이었다.

2019년 1월 23일

내일은 죽어야지. 어떻게 끝낼 수 있을까? 내일은 살아야지. 어떻게 보낼 수 있을까? 죽거나 산다고 생각하지 않는 것. 살고 싶다는 것일까? 죽고 싶다는 것일까? 입 밖으로 나오지 못하고 응어리진 울분이 발끝부터 어리기 시작하여 심장까지 치솟다가 크게 내쉬는 숨에 다시 발끝으로 떨어진다. 우울감이 올라올 때마다 깊게 숨을 한번 들이켜고 내쉬었다. 그것만으로도 우울감은 잦아들었고, 순간의 안정을 찾을 수 있었다.

2019년 1월 24일

지난 가을, 20년 동안 기르던 강아지가 죽었다. 부모님께서 지방에 거주하던 시기에 처음 만나 청소년기의 나의 불안감을 달래주고, 엄마가 죽던 날 무서움에 굳어 버린 나에게 따뜻한 온기를 전해 주었던 유일한 생명체였다. 많은 위로와 기쁨을 주었던 강아지가 죽은 후, 나는 이상하게도 아무렇지 않게 잘 지내고 있다. 마치 그가 죽기만을 기다리다가 끝내 죽음의 순간을 환영하기라도 한 것처럼. 노화한 강아지가 아파하는 과정을 몇 개월 동안 옆에서 지켜보며, 후회가 남지 않을 만큼 그를 보살피고 함께할 수 있었기 때문일까? 예상했던 죽음이 실제로 벌어졌을 때, 이상하게도 나는 침착했고, 죽음에 대한 인정은 생각보다 빠르게 이루어졌다. 아파한 대상이 비로소 편안해지는 모습을 눈으로 확인하면서부터 진심으로 그의 명복을 빌어 줄 수 있었다. 그동안 함께했던 시간이 아름다운 기억이 되어 마음 한쪽을 따뜻하게 채워 주었다. 상대를 마음 깊이 보듬어 주다가 편안하게 보내 주는 일. 가볍고 아름다운 이별. 마음을 건강하게 정리하는 일. 이렇게 쉽고 자연스러운 일을 나는 왜 예전에는 하지 못했을까? 예상한 죽음과 예상하지 못한 죽음은, 죽음을 마주한 순간부터 이별 방식까지 너무 다르다는 것을 미리 알았다면, 누군가 나에게 가르쳐 줬더라면, 나는 좀 더 일찍 엄마의 죽음으로부터 자유로워질 수 있었을까?

2019년 5월 8일

머릿속에는 수많은 생각이 떠다니고, 나는 그것을 느낀다. 혼란을 잠재우기 위해서 내가 숨 쉬고 있는 현재 눈앞에 보이는 것만을 그저 바라보기로 했다.

허공에 날리는 꽃가루를 보았다. 가루와 함께 나도 떠다니고, 흘러 다니는 것 같다. 다른 풍경 너머로 날아가고 싶었지만, 시각적인 한계와 불가능에 맞서서 포기하게 되는 순간은 여전히 존재했다. 풀숲 안에 쓰러져 있는 한 사람의 뒷모습을 보았다. 옆에는 소주병이 널브러져 있었다. 죽었을지도 모른다는 생각이 들었다. 그의 얼굴에서 엄마를 보게 될까 봐 차마 다가가지 못했다. 그런 자세로 풀숲 안에 누울 수밖에 없었을 그를 생각해 본다. 그는 잠을 자고 있던 걸까? 아니면 이미 깨어나지 못한 상태가 되었던 걸까? 내가 지나친 그는 어떻게 되었을까?

폐지를 줍는 노인을 마주했다. 구부정한 허리와 폐지를 찾는 눈빛. 수많은 일 중에서 마침내 자신이 할 수 있는 일을 찾았다는 것에 그는 진정 만족했을까? 어쩌면 할 수 있는 일이 있다는 사실에 매달려 줍는 행위를 하고 있을지도 모른다. 풀숲 안에 눕는 선택과 폐지를 줍는 선택을 하는 사람 중에 어떤 선택이 삶에 대한 의지가 더 강하다고 말할 수 있을까? 풀숲 안에 있는 사람은 생의 끝을 향해 가고 있는 것처럼 보였다. 노인은 바쁘게 움직이며 폐지를 찾고, 모으고, 수레를 끌며 이동한다. 이 모든 분주한 행동들이 풀숲에 누운 사람보다 생산적으로 보일지 모르겠지만, 나에게는 노인이 자신을 잃어버린 채, 본인의 의지와는 상관없이 그저 열심히 움직이고 있는 것처럼 보였다.

그동안 자살자와 자살 유가족에 대해서, 엄마의 삶과 내 삶에 대해서 함부로 판단하는 외부의 의견을 들으며 나는 삶을 향한 비평적인 시각과 타인의 삶을 평가할 수 있는 자격에 대해 생각했다. 자살자에 대해 편협한 추측이나 비판으로 일괄해 버리는 경향은 자살자뿐만 아니라 자살 유가족에게도 치욕스러운 일이 된다. 자살 유가족은 자살이라는 공통분모를 가지고 있으나, 자살 경험 이전과 이후에도 다른 삶의 방식과 성향을 가진 주체이다. 편협한 시각으로 자살자와 유가족의 삶을 판단 또는 비판하는 행위는 이차적인 정신적 피해를 가져온다. 때론 이차적인 피해가 더욱 고통스럽게 작용하기도 한다. 주어진 삶을 살아 내는 일에는 얼마나 많은 요소가 작용하는지 쉽게 가늠할 수 없다. 수많은 삶의 갈래와 다양한 상황을 분류하고, 삶의 양상을 범주화할 수 있을까? 분주해야 한다는 강박을 성실함으로 포장하고, 아무것도 하지 않겠다는 용기를 잘못되었다고 쉽게 말할 수 있을까? 자신의 기준 안에서 적절한 태도를 취하고, 책임을 질 수 있다면, 모두의 삶은 그 누구의 비난이나 비교의 대상이 아닌 고귀한 것이 될 수 있지 않을까?

2019년 5월 16일

2015년 첫 상담을 받은 이후 4년 만에 나는 다시 상담을 받게 되었다. 두 번째 상담을 받는 것에 대해 고민하며 어떻게든 혼자 힘으로 해결하려 했지만, 2019년 연초부터 내가 서서히 다시 위태로워지는 게 느껴졌다. 2011~2012년에 특히 강력했던 우울감이 다시 나를 찾아왔다. 존재가 흔들리고 있다는 감각과 죽음을 향한 생각이 내 안에서 점점 확장되고 있었다.

지난 시간 동안 가장 나를 괴롭혔던 건 이해할 수 없는 것을 이해하려는 행위였다. 이해할 수 없는 불안과 분노가 내면에서 부글거렸다. 이해할 수 없는 상황과 이해할 수 없는 죽음, 그리고 이해할 수 없는 부서진 내면은 절망과 참혹이라는 단어만을 생각하게 했다. 내가 아무리 노력한다고 해도 끝까지 이해할 수 없기 때문에 혼자서 삭히고, 혼자서 처리해서 살아가야 한다는 사실. 그 사실을 인정해야 하고 받아들여야 한다는 것이 자주 힘에 부쳤다. 닳아 버린 마음을 고쳐서 써야 하는지, 완전히 새로 만들어야 하는지 나는 알 수 없었다. 회복하려고 해도 계속 무너지고 부서지는 마음의 형상만이 자꾸 떠올랐다. 20대에는 10대 때의 혼란에서 벗어나 뭔가 다를 거라 기대했지만, 20대가 되자 어느새 '30대, 40대에는 괜찮겠지'라고 생각하고 있었다. 정작 30대를 지나고 있는 이 시점에도, 나는 현재에 집중하지 못했다. 이해할 수 없는 절망과 고통에서 절대로 벗어날 수 없다는 생각 때문에 죽음에 대한 망상을 끊어 내지 못했다. 어떻게든 출근을 해 일을 하고 돈을 벌었지만, 출퇴근길에 떠오른 죽음에 대한 생각의 밀도가 훨씬 강했으므로 업무 집중도는 높지 않았다. 업무상 힘든 점에 대해 토로하면 주변 사람들은 내가 늘 그랬듯이 잘 참고 견딘다고 말했지만, 실은 견딘 것이 아니었다. 삶에 대한 권태에 잠식당해 저항하거나 변화할 기력 없이 그저 머물러 있었을 뿐이었다. 그리고 그러한 업무 시간이 곧 하루의 대부분을 차지했으므로 스스로가 제대로 생활하는 사람처럼 느껴지지 않았고, 계속 잘못되어 간다는 느낌을 받았다. 하루를 살아 내고, 일주일과 한 달을 버텼지만, 삶의 의미는 점점 희박해졌다. 참고 견디고 억척스러움으로 삶의 의지를 어떻게든 끌어내리려고 했던 엄마의 죽기 몇 달 전 모습이 자주 떠올랐다. 억지스러움을 억척스러움으로 무마시켜 보지만, 계속 현실과 삶에서 밀려나고 있는 나에게서 자꾸만 엄마가 투영되었다.

한강 다리를 지나는 출근길의 버스 안에서 나는 한강으로 떨어져 내리고 싶다는 생각을 자주 했다. 마음속으로는 타고 있는 버스가 전복되는 사고가 일어나기를 바랐다. 버스 정류장에서 아무 버스를 잡아타서 모르는 도시로 도망치고 싶은 생각으로 간절했다. 버스 정류장에서 내려 근무지로 향하는 발걸음의 수를 세고, 그렇게 걷고 있는 내 발을 바라보고 있으면 그것은 틀림없이 현실이었으나, 나는 현실에 살고 있지 않았다. 그런 생각을 가지고 출근한 후에는 속마음을 철저히 감추고 아무렇지 않은 척했다. 스스로에게 선보이는 연기를 마치고 퇴근하는 버스에서 다시 어둠의 생각들이 떠올랐다. 버스 창밖 너머로 보이는 어두운 북한산 깊은 곳으로 들어가서 내일을 맞이하지 않는 상상을 했다. 버스 정류장부터 집까지 걸어가는 길에 눈물이 차올라 제대로 걸을 수 없는 날이 많았다. 겨우 집에 도착해서 현관문을 열자마자 눈물이 터졌고, 신발을 벗지도 못한 채 현관 앞에 엎드려 한참을 울었다. 우울함에 처절하게 굴복하여 몸을 일으킬 힘조차 남아 있지 않은 나는 살아 있는 것 같지 않았다. 하지만 아이러니하게도 우울에 빠져 있는 진짜 나로 돌아오는 저녁 시간, 더 이상 연기하지 않아도 되는 그 시간 동안에는 오히려 우울한 동시에 이상한 편안함을 느꼈다. 그렇게 하루를 끝내고, 다음 날이 되어도 내 상태는 크게 다르지 않았다. 2011년에 엄마의 상실에 대해 느꼈던 우울감과는 또 다른 강력한 우울감이었다. 전공한 예술이 지겨웠고, 돈을 버는 일이 지겨웠다. 삶의 회복이며 목표 따위가 지겨웠다. 아무렇지 않은 척 연기하는 내가 지겨웠고, 숨을 쉬는 내가 지겨웠다. 모든 것이 지긋지긋했다. 해가 갈수록 나아지지 않는 현실에 나는 죽음을 구체적으로 생각하고 있었다. 이런 나 자신이 너무 무서웠다. 하루의 시작은 무기력했고, 하루의 끝은 우울감에 비틀거렸다. 내일은 다르겠지 싶었지만, 죽음에 대한 생각과 눈물로 귀가하는 날들이 반복되었다. 아무도 나를 발견하지 못하도록 모르는 곳에 가서 사라져 버리고 싶었다. 다른 가족들이 나를 발견할 수 없는 장소를 구체적으로 떠올리기도 했다. 점차 본연의 삶을 살아가는 다른 가족들에 비해 나는 반대를 향하고 있었다. 엄마의 죽음을 극복하고 살아가는 그들에게 내가 없어져도 지금처럼 충분히 잘 이겨 내고 살아갈 수 있으리라 여겼다. 어리석은 생각이 어리석게 느껴지지 않을 정도로 나는 삶의 끝자락에 서 있었다. 충동적인 선택에 대한 두려움 때문에 행여 죽음을 실행할 수 있는 도구를 최대한 가까이하지 않으려고 했다. 죽음을 향한 마음과 죽음을 제지하는 마음이 충돌했다. 죽어 있던 엄마의 모습이 자주 내 모습으로 보였다. 검은 형상의 죽은 엄마에게서 내가 태어나는 망상을 하기도 했다. 죽은 몸에서 태어나는 나 역시도 검은 형상을 하고 있었고, 태어나자마자 죽은 듯했다. 내가 하는 이 생각이 망상인지 상상인지 악몽인지 그 경계가 희미해지고, 과거의 어둠과 현실의 어둠 사이에서 어둠을 망각하는 것인지, 시간을 망각하는 것인지, 감정을 망각하는 것인지 알 수 없었다. 우울이 그런 생각을 일으키는 것인지 그런 생각이 우울을 불러일으키는지 선후가 불분명했다. 어떤 어둠이 다른 어둠을 일으키는지 그 순서를 정확히 말할 수 없었다. 나는 그런 어둠에 동행하다 동화되는 존재처럼 느껴졌다. 잠을 청하기 위해 누워 있으면 심장과 머리가 검은 심연 속으로 흡수되어 순식간에 빠져드는 것 같았다. 어둠 속에서 빈 허공을 바라보면 죽기 전 몇 달 동안 침대에 늘어져 있던 엄마의 몸이, 피가 통하고 있을 것 같지 않은 핏줄이 울퉁불퉁하게 드러난 하얀 손등이 떠올랐다. 마른 가지처럼 금방이라도 부러질 것 같은, 생기 없는 팔목이 생각났다. 그런 그녀의 모습이 나에게서 겹쳐져 보였고, 그럴 때마다 내 손등과 팔목과 핏줄을 자주 살폈다. 망상을 잊기 위해 잠을 청할라치면 꿈에 힘없이 누워 있던 엄마가 나올까 봐 잠드는 것이 두려웠다. '17년이 지나도 왜 이런 망상이 계속되는가? 2년 전 나만의 이별의식을 치렀음에도 왜 망상이 아직도 따라다니는 것일까?' 어두운 생각이 연속적으로 피어나 빈 허공을 채우고, 금방이라도 나를 압박할 것 같았다. 어떻게 살아 있는지 의심스러울 정도로 나는 우울감을 꾹꾹 눌러 참아 내고 있었다. 점점 오늘 하루를 견디기도, 내일이 반갑지도 않은 상태로 시간 속에 머물러 있었다. 계절의 변화와 함께 나의 우울감은 극도로 심해졌다. 나는 다시 죽어 가고 있었고, 생의 의지와 의미마저 잃어갔다. 내가 엄마와 같은 선택을 하게 될까 봐 불안이 거듭되었다. 어떻게든 나를 살리는 방법을 마련해야 했다. 다행히 예전보다 스스로의 위태로움을 자각하는 속도가 빨라졌고, 조치를 취해야 한다는 결단도 비교적 빠르게 내릴 수 있었다. 우울감을 이겨 내지 못하는 나약한 인간이라는 생각을 끝까지 인정하고 싶지 않았기에 두 번째 상담이 꼭 필요한지에 대해 확신이 서지 않았다. 다시 상담을 받기까지 많이 주저했지만, 만약 그때 내가 도움을 청하지 않았다면 나는 다음 계절로 넘어가기 전에 더욱 심각한 상태가 되었을 것이다.

2019년 5월 23일

두 번째 상담의 이유이자 목표는 더 이상 엄마와 죽음과 과거가 아닌 내 인생과 나 자신 그리고 현재에 초점 맞추는 것이었다. 그렇다고 상담에서 엄마에 대한 이야기를 전혀 다루지 않겠다는 건 아니었다. 나는 15년 넘게 엄마와 죽음에 대해서 생각했다. 이런 생활이 내 삶의 전부라 여기며 살았기 때문에, 그것을 한순간에 잘라 낼 수는 없었다. 첫 번째 상담을 통해 엄마에 대한 마음을 많이 풀어냈고, 그로부터 몇 년이 지난 현재의 나를 점검해 보기로 했다. 나는 현재 겪고 있는 힘든 일들의 원인을 무의식적으로 과거와 결부시켜 생각하고 있었다. 과거의 시점으로 생각하는 습관이 현재의 나를 더욱더 괴롭게 만든다는 것을 인지하지 못했다.

새로운 상담자를 만나 엄마의 사건에 대해 처음부터 다시 이야기하는 일은 반복하고 싶지 않았기에 나는 이전 상담자에게 다시 상담을 받기로 했다. 첫 번째 상담 시에 내가 트라우마를 어떤 태도와 감정으로 풀어냈는지 가장 가까이에서 지켜본 사람이므로 이번에도 나를 잘 이해하고 세심하게 이끌어 주리라 생각했다. 2015년 상담 이후 어떻게 지냈는지, 주로 느꼈던 감정들과 현재 나를 가장 힘들게 하는 부분에 대해서 상담자와 공유하기 시작했다. 내 이야기를 다 듣고 나서 상담자는 나에게 물었다. "왜 그렇게 자신을 미워하나요? 자신의 무엇이 그렇게 만족스럽지 않나요? 나는 나에게 왜 그토록 부족한 사람인가요?" 나는 내가 스스로를 그렇게 여긴다는 사실을 알지 못했다. 오랜 시간 나에게는 나를 불만스럽게 대하는 것이 너무 당연했다. 그동안 과거의 경험에서 벗어나지 못하는 나, 아픔을 극복하지 못하는 나 자신을 벼랑 끝까지 몰아세웠다. 치유되고 변화해야 한다고 스스로를 다그쳤다. 엄마의 죽음에 매여 있는 자신을 어리석고 부끄러운 존재로 생각했을 뿐, 진심으로 괜찮다고 나를 다독인 적이 없었다. 힘든 경험을 했다면 당연히 딛고 일어서는 데 그만큼의 시간이 필요한 거라고 나 자신을 위로해 준 적이 한 번도 없었다. 상담 첫 시간부터 자기혐오와 바닥난 나의 자존감을 들킨 것 같았다. 나에게서 외면받아 왔던 내가 너무 불쌍하고, 그런 내게 미안한 마음이 들어 순간 울컥하며 눈물이 쏟아질 것 같았다. 엄마가 아니라 나로 인해 울어 본 적이 별로 없어서 왜 순간적으로 감정의 동요가 일었는지 정확히 표현하기가 어려웠다. 상담 끝 무렵에 상담자는 명상을 권유했다. 마음챙김 명상에 대해 설명하며 호흡에 집중하면서 명상할 때 떠오르는 생각이나 감정을 기록해 보라고 했다. 그리고 앞으로의 상담에서는 현재 나의 부족함보다는 있는 그대로의 모습, 잘해 왔던 것, 잘하는 것을 위주로 바라보는 연습을 해 보자고 했다. 그동안 내가 느낀 감정에 대해 천천히 알아 가는 것, 더는 엄마가 아닌 나 자신을 위해 살아가는 연습을 중점적으로 할 수 있는 시간이 될 수 있기를 바라며 두 번째 상담이 시작되었다.

2019년 6월 5일

더 이상 과거를 탓하지 않는 일. 엄마와 부모를 탓하지 않는 일. 삶의 고비마다 억울하다는 이유를 대지 않는 일. 애도하며 가졌던 부정적인 감정이 습관으로 굳어진 점을 나는 인정해야 한다.

이제는 엄마의 문제가 아닌 내 문제다. 엄마 인생이 아닌 내 인생이다.

2019년 6월, 그리고~

명상을 시작할 때 큰 기대는 없었다. 극도로 높았던 초조함과 불안감을 잠재우기 위해 무엇이라도 필요했다. 상담자가 알려 준 명상의 규칙은 세 가지였다. 명상하다가 떠오르는 생각에 이름 붙이기, 여러 가지 생각들이 떠올라도 마지막에는 호흡으로 돌아와서 현재를 인식하기, 가능하면 매일 명상하기.

명상을 시작한 초반에는 아무 생각이 들지 않았고, 호흡도 딱히 의식하지 않았다. 가만히 앉아 있으면, 시계의 초침 소리나 외부의 미세한 소리가 유독 크게 들렸다. 소리를 따라가다 보면, 내가 명상을 하고 있다는 생각이 들지 않았다. 호흡하는 순간을 느끼고, 숨을 통해 현재 존재하고 있는 자신을 인식하는 것이 중요했다. 하루, 일주일, 한달 동안 꾸준히 명상에 빠져들면서 한 번의 들숨과 날숨에도 차이를 느낄 수 있게 되었고, 차이를 만들어 내는 나의 몸과 마음에도 집중하게 되었다. 명상 중에 과거의 아픈 기억이 떠오르면, 호흡이 답답해졌다. 숨이 편안하게 내 몸으로 들어오는 것 같지 않고, 잔 숨이 남아서 몸속에 계속 걸려 있는 느낌이었다. 마음이 피곤할 때 명상을 하면 들숨에 무언가가 나를 무겁게 아래로 끌어내리는 것처럼 느껴졌고, 날숨과 함께 내 모든 피로를 내보내고 싶었다. 때론 생각이 꼬리를 물고 끝없이 이어져서 호흡으로 돌아오는 것을 잊어버리기도 했다.

명상 중에 떠오르는 생각에 이름을 붙여 보니, 대부분 부정적인 내용으로 가득했다. 나에 대한 비난, 다그침, 단정, 불안, 의심이었고, 그에 따라 계획, 다짐, 각오, 당위가 이어졌다. 무언가해야 한다는 압박이 늘 나를 따라다녔다. 하지 않거나 하지 못했을 때 스스로에 대한 실망감이 뒤따랐다. 자신에 대한 책망과 연민 그리고 혐오의 감정이 반복되었다. 생각에 이름을 붙이기 전에는 내가 나 자신을 그렇게 부정적으로 여긴다고 인식하지 못했다. 상담자의 제안대로 나만의 비난 주머니와 당위 주머니를 만들어서 그런 생각이 들 때마다 그것을 인식하고, 인식 후에는 주머니 안으로 넣는 연습을 해 보았다. 부정적인 생각이 다시는 반복되지 않도록 생각을 끊어 내는 연습을 했다. 명상하면서 차츰 알게 되었다. 나는 희망, 의지, 믿음, 감사, 안심에 대한 생각을 거의 하고 있지 않았고, 그런 생각은 마치 나에게 허락된 단어가 아닌 것처럼 멀리 치워 두고서 안절부절못했다. 갑자기 긍정적인 생각들이 내 안에서 피어나거나, 부정이 긍정으로 탈바꿈하기를 바라지 않았다. 내가 지니고 있는 부정적인 생각의 기운을 먼저 지워 내는 것이 더 중요했고, 긍정적인 생각을 의도적으로 끌어들이는 연습이 필요했다. 저녁 명상으로 하루를 마무리하면서, 나는 아주 사소하더라도 하루 동안 감사했던 일 서너 가지를 떠올려 기록하기 시작했다. 거창하지 않아도 나의 마음을 풍성하게 만들어 주는 일에 대해서 나만의 감사 의식을 치렀다.

명상을 통해 알게 된 사실 중 하나는 내가 예전보다 엄마에 대한 생각을 적게 하고 있다는 것이었다. 명상의 대부분이 나 자신에게 맞춰져 있었고, 가끔 명상 중에 엄마가 떠오르면 사건 당일에 대한 무서움과 분노, 끝내 표현하지 못하고 쌓여 있는 감정의 잔재들이 뒤따랐다. 사건 이후 매여 있었던 억울함이나 슬픔에 대한 농도는 옅어진 듯했다. 한편 가만히 눈을 감고 고요 속에 놓여 있으면, 감정의 본질에 다가가는 것처럼 감정의 기질이 더욱 살아났다. 때론 명상 중에 감은 눈 사이로 흘러나오는 눈물을 주체할 수 없었고, 숨이 넘어갈 듯이 소리 내어 울음을 토해 내기도 했다.

나아지기 위해 명상까지 하며 노력하는 나 자신이 불쌍하게 느껴졌다. 내가 나를 위해 무언가 해야 한다는 의무감으로 명상을 한 날은 마음이 더 무거워졌다. 명상을 시작한 지 6개월이 지나면서, 명상을 꾸준히 했다고 생각했는데도 변화가 보이지 않는 나 자신에게 실망감이 차올랐다. 기대 없이 시작했다고 여겼던 마음속에도 명상을 통해 어떤 결과를 바라는 마음이 포함되어 있었다. 여전히 변화에 대한 욕구가 생긴다는 것은 내가 아직도 나 자신을 있는 그대로 바라보지 않는다는 의미였다. 명상에 대한 생각이 다양한 결로 드러나면서, 그것을 통해 변화하겠다는 마음을 내려놓게 되었다. 변화에 치중하기보다는 과거로부터 마음을 정화하고, 현재에 깨어 있으려는 노력을 하기로 했다. 자기 연민, 자기 혐오, 불신, 두려움 등 모든 감정을 있는 그대로 인식하고, 내 감정을 스스로 수용하면서 평안한 마음을 가지는 것이 무엇보다 중요했다. 내 마음은 다 알 것처럼 익숙하다가도 금방 모습을 바꾸며 낯설어졌다. 마음의 형태, 온도, 깊이는 정확히 정의할 수 없기에 계속 마음을 챙기고 수련하는 명상을 통해 그것에 가까워지고 싶었다. 나는 내 마음을 알아야 했고, 알고 싶었다.

2019년 7월 25일

내게 인생은 토사물을 삼키는 것처럼 곤혹스러울 때가 많았고, 토사물 같은 삶을 머금고만 있을 것인가, 뱉어 버릴 것인가 계속 생각했다. 배고픔에 토사물까지 섞어 삼켜야만 한다면, 그런 삶의 허기란 너무 처절한 것이었다. 토사물을 소화시킬 수 있을까? 나는 그런 사람이 될 수 있을까? 아픈 경험으로부터 삶을 겪어내는 인간의 내면에는 대체 무엇이 있을까? 내면에는 수없이 나를 죽음으로 내몰고 있는 내가 있었고, 한편으로는 숨을 쉬고 밥을 먹고 잠을 자며 살아가게 하는 나도 있었다. 인간의 무엇이 자신을 파괴하고 죽음에 이르게 하는가? 무엇이 대체 삶을 지속하게 하는가? 물음표로 가득했던 지난날, 물음표의 잔재들은 또 다른 물음표를 만들었고 나는 물음표의 세계에서 불확실과 가까워질 수 밖에 없었다.

마음속으로 유서를 몇 번이고 썼다 지우기를 반복하고, 찢어

버리다가 다시 펼치는 일을 반복했다. 나에게 미안해할 필요가 없다고, 그리워하던 엄마에게로 가는 것이니까 너무 슬퍼하거나 안타까워할 필요는 없다고, 나를 편안하게 보내 주면 그것으로 충분하다고 알려 주고 싶었다. 인생의 목표나 의지가 불확실해지고 그런 불확실이 불안하거나 걱정스럽지조차 않을 때면 인생에 최후의 지점에 다다른 기분이었다. 나의 삶을 게임이나 영화 속 장면이라고 믿어 버리고 나면, 죽음은 전혀 두렵지 않았다. 그렇게 아쉽거나 슬프지도 않았다. 최후의 흔들림까지 동참할 수 있었다. 한 편의 영화처럼 한 편의 인생을 살다가 끝을 맞이하는 당연한 일처럼 느껴졌다.

2019년 8월 19일

자동 생성되지 않는 단어를 만들어 본다. 존재하지 않고, 생성할 수 없는 자음과 모음의 조합을 떠올린다. 표현할 수 없는 감정이라는 것이 존재할 수 있을까? 감정 단어로 표현된 감정은 그 감정에 얼마나 닿아 있는 것일까? 내가 그동안 느끼고, 거부하고, 받아들인 감정은 무엇이었을까? 감정을 표현하기 위해서 어떤 단어를 수집하여 어떻게 나열해야 하는지 모르겠다. 차라리 존재하지 않는 단어를 떠올리는 것이 나을 것 같았다.

타인의 자살을 대하는 나의 태도는 어떠한가? 자살을 논하는 타인을 대하는 나의 태도는 예전과 얼마나 달라졌을까? 나는 더 이상 자살이라는 주제로 상처받지 않는다고 말할 수 있을까? 여전히 상처를 받지만, 상처에 무뎌질 뿐이다. 내가 나를 지키기 위해 상처에 파고들지 않고, 오히려 더 담담하게 아무렇지 않은 척한다. 타인의 자살을 접한 사람들이, 자살이 본인에게는 절대 일어나지 않을 일이라고 생각하며 무례하게 이야기하는 태도에 대해서도 이제는 면역이 생긴 것 같다.

자살은 겪어 보기 전까지 절대로 알 수 없는 일. 자살은 절대로 타인의 인생, 타인의 생각, 타인의 존재에 대해서 함부로 말할 수 없게 되는 일. 자살은 침묵에 침묵을 더하게 되는 일. 자살은 그런 것이다. 나의 삶도 자살이라는 말과 상관없던 때가 있었다. 하지만 엄마의 죽음 이후 '자살'이라는 단어는 나를 아프게 찌르는 내 삶의 전부가 되어 버렸다. 그렇게 나에게도 남의 사건처럼 여겨져 오던 일이 실제로 일어났다. 비현실적 현실을 마주했다. 내가 죽을 때까지 절대로 잊지 못할 장면이 펼쳐졌다. 평생 혼자 간직하고, 싸워 내야 하는 사건이 벌어졌다. 자살은 그런 것이었다. 나에게 일어난 일이었다. 일어났다고 인정하고 인정해야만 하는 시간이 내 삶이 되어 버리는 것이었다. 이제는 그 사건에 대해 글로 쓰고 말할 수 있게 되었지만, 그럼에도 불구하고 여전히 나의 삶에 이해할 수 없는 사건이 일어났다고 느껴진다. 그럴 때 내가 할 수 있는 일은 존재하지 않는 표현을 위해 단어를 찾고, 문장을 만들고, 글을 적는 일이었다. 겨우 그것뿐이었지만, 결국 그것뿐이었다.

2019년 9월 13일

계약직으로 근무하며 내 삶을 안정시키려 노력했지만, 계약이 만료되어 다음 근무지를 찾아야 하는 상황이 반복되었다. 면접 때마다 나는 어떤 사람이고, 지금까지 무엇을 했는지 알려야 하는 상황에 자꾸 놓이게 되었다. 하지만 나는 내가 어떤 20대를 보냈는지 솔직하게 말할 수 없었다. "당신은 지금까지 무엇을 했나요?" 매번 이 질문 앞에 놓일 때마다 나는 속으로 끊임없이 외치고 있었다. 그동안 나는 철저히 아파했다고, 죽을 만큼 힘들었고, 충분히 아파할 시간이 필요했다고 말하고 싶었다. 내가 사는 사회는 생각보다 한 사람의 아픔과 상처를 깊이 있게 존중해 주는 곳이 아니었다. 정해진 시기에 무언가를 하지 않는 사람은 이상한 사람으로 취급되고, 이해하려는 노력보다는 실패자라고 여기며 처음부터 무시당하는 일이 빈번한 곳이었다. 하지만 어느 사회나 나와 같은 사람은 존재한다. 감당할 수 없는 트라우마로 인해 자신의 인생에 집중할 수 없는, 온전히 자기 자신으로 살 수 없었던 사람이 분명 존재한다. 제대로 아파하고, 충분히 치유받기를 권하지 않는 사회에서 나는 아무렇지 않게 이겨 내는 척, 소화되지 못하는 삶을 거듭 살아 내야 했다.

안타까운 사건이 일어나지 않는 사회가 있다면 가장 이상적이겠지만, 사건 사고가 전혀 발생하지 않는 사회는 없을 것이다. 세상은 점점 더 복잡해지고, 한 치 앞도 쉽게 예상할 수 없을 정도로 모든 것은 불확실하다. 불확실과 불안이 고조되고, 개인주

의가 당연시되는 분위기 속에서도 작은 연대의 끈을 놓지 않는 사회가 되기를 희망한다. 더 나아가 내 조카의 세대가 살아가는 사회는 심적인 고통을 가진 사람에게 지금보다 더 안전하고 희망을 기대할 수 있는 사회가 되기를 바란다. 슬픔을 건강하게 표현하고, 아픔을 솔직하게 아파할 수 있는 사회. 트라우마를 가진 사람들이 어둠의 쳇바퀴 속에서 계속 헛발질을 하지 않도록 배려하고 도와줄 수 있는 사회가 되기를 진심으로 기원한다.

2019년 9월 24일

나는 행복해지고 싶었다. 나의 불행과 절망이 행복으로 바뀌는 순간을 원했다. 행복한 삶을 꿈꿨다. 절망과 고통 속에서 오랫동안 허덕이는 삶으로부터 구조되어 무조건 행복해져야만 했다. 내가 꿈꾸는 행복이라는 것이 대체 무엇일까? 어떤 것이 행복이며, 내가 행복하다고 느끼는 순간을 과연 정확히 표현할 수 있을까? 어느 순간부터 행복은 나에게 당위와 조건이 되었고, 하나의 과제처럼 느껴졌다. 행복하다는 개념, 행복해져야 한다는 다짐이 서서히 나를 짓누르고 압박했다. 행복이 될 수 있는 내용은 존재하지 않고 당위성만이 남아 나를 따라다녔다. 그럴수록 나는 더욱 공허해졌다.

　비어 있다는 느낌도 감정이 될 수 있을까? 비어 있기에 감정이 없는 것인가? 무감정의 상태가 공허를 부르는가? 비어 있다고 단정 짓고, 그 개념 안에 나를 가두고 있는 것은 아닐까? 나는 무엇으로 채워져 있나? 무엇을 채우며 살아가야 할까? 이러한 의문을 계속 따라가다 보면, 나도 모르게 깊은 생각의 늪으로 빠져들고 있었다.

2019년 10월 22일

충격적인 기억과 싸우는 인생은 어떤 가치를 가지는가? 두려운 마음에서 벗어나기 위해 애쓰는 인생도 살아갈 의미가 있는가? 나의 억울함은 '모든 삶은 소중하다'라는 이념에 계속 반기를 들고 싶어지려 한다.

나는 한 명의 자유로운 인간이다. 누구도 나를 압박하고 강요하지 않았다. 나를 얽매고 옥죄는 느낌은 분명한데, 그것이 무엇인지 정확히 알 수 없었다. 내면에 이유 없는 불안이 깊이 자리하고 있었다. 분명 엄마의 사건으로부터 영향받았다고 할 수 있겠지만, 모두 그 때문만은 아니었다. 엄마를 탓하거나, 엄마의 사건을 내 모든 어려움의 원인으로 돌리는 습관을 끊어 내야 했다.

우리는 모두 불안에 괴로워하고 그것을 극복하면서 살아간다. 이 사실을 인식하고, 불안이 내게만 큰 문제가 아니라고 생각하는 것이 중요했다. 불안은 나만의 것이 아니라 모든 인간에게 해당되는 당연한 느낌이다. 나는 '나 혼자만', '왜 나만'이라는 생각의 굴레에서 벗어나야 했다. 나에게로 향하는 화살의 방향을 바꾸기만 해도 불안한 마음이 조금씩 진정되기 시작했다.

2019년 10월 27일

숨이 끊어지는 모습을 상상한다. 얼마나 강한 압박이 있어야 사람의 의식과 기억, 숨통까지 끊어지게 되는 것일까? 숨 쉬는 횟수를 정확히 세어 가며, 나는 내 몸에 공기를 들이고 내보낸다. 횟수를 세면서 내 의식은 점점 또렷해지고, 내 숨결이 나에게 느껴진다. 숨을 멈추려는 행위가 오히려 나의 의식을 깨우게 될지도 모른다. 숨의 횟수를 세다가 삶에 대한 의지를 되찾거나, 숨 막히는 느낌의 불편함을 해소하고 싶어질지도 모른다. 죽는 행위란 어쩌면 이성을 잃은 상태에서 다른 의식이 작용하는, 인간 아닌 존재로부터 이루어지는 것일지도 모르겠다. 상상 속에서 숨이 끊어지는 장면은 행위 하나하나가 너무 생생했다. '생생하다'는 의미는 생의 이미지와 더 가깝다고, 죽음의 이미지와는 어울리지 않는다고 믿고 싶었다.

죽음을 통해 불행을 증명하고, 절망을 인정받을 수 있을까? 증명과 인정을 위한 죽음에의 의지가 결국 실현될 수 있을지는 확실하지 않다. 이것은 생을 포기한다기보다는 불행을 표명하려는 의지가 더 크게 작용하는 것일지도 모른다. 나의 삶은 삶을 향하고 있나? 죽음을 향하고 있나? 아니면 삶과 죽음 가운데 절망을 향하고 있는가?

2019년 10월 30일

10년이 넘는 시간 동안 나는 애도와 치유를 위해 살았다. 4년 전 외상 후 스트레스 장애를 처음 알게 되면서부터 나의 상태와 내가 가졌던 증상에 대해 정의된 용어로 인지하게 되었다. 상담과 자조 모임을 통해서 나는 내 인생이 변할 수 있길 기대했다. 하지만 그 후로 시간이 지나 나는 또다시 내게서 변화를 감지할 수 없었다. 아마도 그건 내가 가진 증상이 내 삶 자체가 되어 버렸기 때문인지도 모르겠다. 일정 기간이 지났음에도 불구하고 애도가 계속되는 현상에 대해 알게 된 것은 최근이었다. '만성적 애도 증후군'과 '지속적 복합 애도 장애'의 증상은 외상 후 스트레스 장애와 더불어 내가 경험한 것과 일치했다. 지속적 복합 애도 장애로 판단되는 기간보다 나는 훨씬 더 오래 애도에 집착적으로 반응하고 있었고, 그 상태가 '만성적 애도'라고 여겨졌다. 엄마가 죽고 나서 애도가 삶의 목적을 넘어 전부가 되어 버린 느낌. 적절한 애도를 거친 후 일상에 복귀하여 자신의 삶을 살아 내야 했지만, 나에게는 결코 쉽지 않았다. 이제부터라도 내가 엄마와 애도에 대해 집착하고 있다는 것을 알아차리는 것이 중요했다. 알아차리는 횟수를 세어 보고, 집착을 인정한 후에 다시 현실로 돌아오는 연습을 반복하면서 현실과의 간극을 조금씩 줄여 보기로 했다. 또한 나는 자주 무기력하고, 소진되고, 포기하는 감정을 엄마와 직속으로 연결하고 있음을 알아차려야 했다. 다른 원인으로 지치는 상황에도, 나는 계속 과거를 기점으로 두고 엄마의 죽음을 빌미로 현재의 감정을 직면하지 않았다. 현재 상황을 무의식적으로 엄마의 사건과 연결 짓는 생각의 고리를 끊어 내는 일이 필요했다. 더불어 불안과 초조를 다스려야 했다. 모든 일이 한순간에 무너지거나 망하거나 사라지게 될 것이라는 무의식 깊이 박힌 불안을 잠재워야 했다. 불안에 바로 반응하지 않고, 그것이 잦아들 때까지 가만히 기다려 보는 연습을 하고 또 했다.

애도의 끝과 목표는 정확히 정의할 수 없다. 그럼에도 불구하고 나는 나만의 이상적인 애도의 최종 목표를 가지고 있었고, 그 목표 또한 매우 높았다. 목표를 스스로 정의할 수 없었으면서도 목표에 집착했다. 어쩌면 트라우마를 부정함으로써 그것이 없는 상태가 되고 싶었는지도 모른다. 해탈의 경지에 이른 사람처럼 평온한 마음을 간절히 꿈꿨는지도. 실체 없는 목표에 도달하기 위해 혼자 전전긍긍하고, 도달하지 못하면 실망하고 좌절하는 것이었다. 좌절하면 다시 목표를 설정하고 도달하기 위해 애쓰는 것이 반복되었다. 이 불필요한 되풀이에 나는 점점 지쳐 갔다. '애도의 마지막 단계', '완벽한 애도'라는 것은 어쩌면 존재하지 않을지도 모른다. 애도는 임무를 달성하듯이 처리하는 것이 아니었다. 변화와 애도에 대해 품은 이상을 조금만 낮추면, 현재의 내가 훨씬 행복하고 즐거워질 수 있었다. 지금, 이 순간, 현재를 살아가는 데 가장 중요한 것은 내 마음의 평안과 행복이다. 거기에서부터 건강한 애도는 시작될 수 있다.

2019년 11월 6일

지금까지 고통의 기억 속에서도 그 세월을 잘 참아 온 걸 보면 나는 분명 강한 사람이다. 나는 인내하는 힘을 가진 사람이다. 나는 그동안 너무 많이 참아 왔다. 참는 것이 당연했다. 참을 수 있다고 나를 다그치는 데 익숙했고, 매번 몰아세우며 나 자신에게 인색했다. 그것을 당연히 여길 것이 아니라 참느라 힘들었을 나의 마음을 어루만져 주고, 잘 참았다고 토닥여 주는 자세가 필요했다. 한편으로는 부당한 일이라도 미련하게 무조건 참고 버티는 나에게 화를 내 보고, 지적도 하면서 참는 행위를 조절할 줄 알아야 한다. 항상 참는 것보다는 정당하게 나의 의견을 내는 행위가 나 자신을 더욱 위하는 일이 될 수 있다. 외부의 자극에 무반응과 침묵으로 일관하면, 상대는 절대로 나의 상태를 알 수 없고, 상황도 변하지 않는다. 극단적인 인내는 때로는 자신에게 독이 될 수 있음을 아는 것이 중요했다.

2019년 11월 9일

아침이 오지 않는 날이 계속된다고 생각했다. 시간이 지나도 계속 어둠인 것이다. 어둠 속에서는 상대방의 얼굴이 보이지 않는다. 그 사람의 형체가 커지는 것으로 다가오는 움직임을 알게 된다. 상대방이 울고 있는지, 웃고 있는지 알 수 없다. 내가 울고 있는지, 웃고 있는지 상대도 알 수 없다. 서로의 감정을 어둠 속에 묻어 두고, 그저 존재하는 행위에 집중하는 것이다. 세상이 계속 밤이었으면 좋겠다고 생각했다. 밤과 아침을 구분할 수 없게 빛은 사라지고 어둠만 남았으면 좋겠다고 생각했다. 사람들은 점점 더 어둠에 익숙해지고, 어둠 속에서 걷고, 말하고, 손끝을 더듬거리고, 볼 수 없는 상태를 느끼며 그렇게 살아가는 것이다.

집으로 들어가는 현관의 도어락을 풀기 위해 번호를 누른다. 오랜 습관처럼 당연하고 빠르게 처리하는 행위. 어느 때보다 신속하고 기계적으로 손가락을 움직인다. 하지만 가끔은 도어락 숫자를 하나씩 누를 때마다 긴장감이 증폭되고, 모든 번호를 누르고 문이 열리는 소리가 들리면, 그때부터 떨림이 시작된다. 예상치 못한 풍경이 문 뒤에 펼쳐져 있었던 과거의 경험이 내 몸을 깊은 속에서부터 떨림으로 채운다. 문을 열고 나면, 늘 봤던 익숙한 풍경에도 불구하고 나는 들어가자마자 집의 곳곳을 돌아다니며 자세히 살핀다. 오히려 공간의 어둠이 나를 맞이하는 것은 외롭거나 쓸쓸하지 않았다. 늘 보던 풍경에 조금이라도 변화가 있으면 그것이 더 큰 두려움으로 둔갑하여 나를 엄습한다. 그런 갑작스러운 두려움을 느끼게 되면, 집은 더 이상 나에게 편안함과 안정감을 주는 공간이 되지 못했다.

2019년 11월 14일

나를 위해서 무조건 좋은 쪽으로 생각하기로 한다. 부정적으로 향하는 생각을 의도적으로 돌리는 연습을 끊임없이 반복한다. 망상이나 이상을 좇는 것보다는 내가 접해 있는 이 현실에서 어떻게든 연결되고 나아가기 위한 표현을 적극적이고 절실하게 해 보기로 한다.

다른 가족들이 엄마의 죽음에 대해 어떤 태도를 보이는지, 어떤 방식으로 삶을 살아가는지 비교하거나 눈치 보지 않고, 나는 온전한 나의 인생을 살기로 한다. 현재 가지고 있는 것, 누릴 수 있는 것에 감사하면서 내가 처한 상황과 내 존재에 만족하기로 한다.

힘들다고 느껴지면, 힘들었음을 인정한다. '힘들었구나' 하고 가볍게 넘겨 버린다. 내가 잘못 사는 것처럼 느껴지면, 다시 원하는 대로 살면 된다고 생각해 본다. 다시 결정하고, 다시 나의 길을 만들어 간다. 다시 새롭게 경험하고, 다시 살아가면 된다. 나는 괜찮다. 나는 충분히 괜찮을 것이다.

2019년 11월 20일

불안감을 끊어 내는 것. 고요한 마음으로 돌아와 현재의 불안감을 바라본다. 얼마나 바라봐야만, 불안은 고요의 상태가 될 수 있을까? 불안이 잦아들 때까지 가만히 바라본다. 지금껏 내가 애도를 위해 해 온 것은 진정 실패였을까? 나는 실패한 인생을 사는 실패자인가? 실패가 아니었다. 그건 내가 만든 실패라는 이름의 단정일지도 모른다. 빨리 피고 빨리 지는 꽃이 있고, 늦게 펴서 그만큼 오래 피어 있는 꽃도 있다. 꽃은 언젠가 분명히 피어날 것이고, 나는 내가 그렇게 된다고 믿었다. 오래 피어 있기 위해 지금은 잠시 쉬면서 꽃을 피우기 위한 단단한 준비를 하는 것으로 생각했다. 그런 믿음을 갖는 것만으로도 불안은 잠잠해지고 실패의 기운은 누그러졌다.

내가 보낸 시간이 모두 나를 망하게 하는 것이었다고 판단할 수 있을까? 잘못된 시간을 보냈다는 근거를 찾을 수 있을까? 지나간 시간은 그저 지나간 대로 두고, 나는 다시 지금 현재에 있다. 나는 인생이라는 여정에 놓여 있고, 여정의 어디쯤 서 있는지 정확히 알 수 없다. 여정이 항상 순조롭지는 않을 것이며, 때론 험난하고 거친 상황을 넘어가야 한다. 내가 할 수 있는 일은 여정의 순간을 최대한 즐기고, 여정의 끝에 후회가 남지 않을 만한 나만의 길을 천천히 가꾸면서 조금씩 나아가는 것. 그뿐이다.

2019년 12월 5일

두 번째 받은 상담도 첫 번째처럼 6개월 정도 후 상담자와 동의하에 종료하기로 했다. 증상이 정확히 진단되고, 내 심리 상태가 수치화되어 완치를 검증할 수 있는 것도 아니었지만, 우리는 이미 깨닫고 있었다. 짙은 어둠의 그림자가 드리워진 얼굴을 하고 위급하게 상담실 문을 다시 두드렸던 6개월 전의 나는 예전보다 많이 편안해졌다는 것을. 계속 상담을 받게 되면, 상담에만 의지하며 내가 스스로 일어설 힘을 기르지 못할 것이었다.

아빠에 대한 주제를 좀 더 풀어 내지 못한 채 상담은 종료되었다. 어쩌면 상담자는 그 주제가 오랜 시간을 필요로 한다는 것을 예측하였을지도 모른다. 혹은 속으로는 이미 포기한 주제를 붙들고 안절부절못하는 내 모습을 파악했기 때문일까? 그냥 이대로 아빠에 대해서 더 알아 가거나 풀어 가지 않은 채 서로의 자리에서 각자의 시간을 보내는 것이 최선일지도 모른다. 나를 중심에 두고 살아가다 보면, 점점 과거의 일과 아빠와의 관계는 내 중심에서 멀어지게 될 것이다. 내가 아무리 노력한다고 해도, 홀로 남은 부모의 입장을 헤아릴 수 있을까? 내가 태어나기도 전에 함께한 동반자를 잃은 남자의 입장을 이해할 수 있을까? 부모를 완전히 이해하는 자식, 자식을 완전히 이해하는 부모가 있을까? 나와 아빠는 서로에게 주어진 생의 기한과 처지에 따라 서로에 대해 관조적인 자세를 취해 버린 것인지도 모른다. 아빠가 죽는 순간까지 아빠에 대한 복잡한 생각과 감정을 해결하지 못할 수도 있으리라 생각했다. 그런 생각이 들면, 나는 생의 한 조각이 부서져 버려 아무리 교묘하게 맞추려 해도 근본적으로 흔들릴 수밖에 없는 어떤 불완전한 형상이 떠올랐다.

트라우마로 방황하고 애도를 위해 시간을 투자하며 내 인생에 집중하지 못했다. 나는 나름대로 내 심리 상태를 돌보며 인생에 집중하고 있다고 생각했지만, 일반적인 사회 통념에 따라

20대에 경력을 쌓고, 자기 계발에 시간을 쏟는 인생과는 다른 삶이었다. 다름에서 오는 초조함, 도태되어 고립될 것 같은 두려움에 자주 사로잡혔다. 그때마다 나를 붙들고 바로잡아야 했다.

무언가 늦게 시작하거나 다른 길로 간다고 해서 절대로 인생 전체가 잘못되는 것은 아니었다. 인생은 속도보다는 방향이라고 하지 않았나? 내가 앞으로 어떻게 살게 되더라도, 원하는 방향으로 조금씩 나아가면 되는 것이다. 그렇게 쌓이다 보면 언젠가 내가 진짜 원하는 모습을 하고 있을 것이다. 누구나 늦을 때란 없다. 서른 살 전에 어떤 직급에 올라야 하고, 어떤 나이에 어떤 일을 해야 한다는 공식에 나를 맞출 필요는 없다. 모두가 각자의 인생길에서 각자의 속도로 가는 것이다. 이제 나는 엄마의 인생, 과거의 시간이 아닌 오로지 나의 인생길을 생각하면서 나아가려는 출발점에 서 있다. 어딘가 다른 곳에 있는 듯한 사람이 아닌 지금 현재에 온전히 존재한다고 느끼는 사람으로 나아가는 것이다. 때론 위축되고, 자존감이 떨어지는 날이 있겠지만, 계속 나아간다. 끝까지 내가 나의 길을 인정하고 믿는다면 언젠가는 빛이 날지도 모르니까.

2019년 12월 12일

버스 안 전자시계는 00:00를 가리켰다. 시간은 멈췄지만, 몸은 옮겨지고 있다. 외부의 모든 것은 움직이고, 시간은 어떤 의미도 나타내지 않는다. 버스에 탑승하여 하차할 때까지 시간의 경과는 없고, 시간의 개념조차 사라져 버린다. 시간이 존재하지 않는 가운데 주변 풍경만 움직이는 느낌은 이상하게도 위안이 된다. 시간을 지켜야 한다는 의무감이나 시간이 주는 압박도 없으니 초조한 감정은 일어나지 않는다. 시간의 구분이 없으니 과거와 현재와 미래를 나누는 기준도 존재하지 않는다. 나는 시간의 지배를 받지 않으며, 과거를 후회하거나 현재를 아쉬워하거나 미래를 불안해할 필요가 없는 것이다. 시간이 없는 곳에선 시간에 구애받지 않고 나는 마음껏 아파하고, 마음껏 생각하며 이동할 수 있었다. 사라진 시간으로부터 자유로워지는 상태에서는 마음이 놓였다. 버스에서는 어떤 시간이 흐르고, 나는 어디로 가고 있나? 앞으로 나는 간다. 내가, 앞으로, 가고 있다.

2020년 1월 5일

나라는 나라에서 각자의 나는 살아가는 모습이 다르고, 모두 혼자이다가도 모두 함께한다. 일이라는 것, 쉼이 있었다. 우리는 삶이라는 것을 치르고 있다. 익숙한 장소에서 내가 마주한 것은 무엇이었을까? 나는 나와 얼마나 똑같고, 얼마나 달라졌는가? 내가 마치 내가 아닌 타인으로서 희망을 품는다거나, 지나친 관심을 보인다거나 하는 것은 여전히 무용했다. 나의 여행자로서 무한한 자유와 불안으로 들어가는 것이다. 많은 말을 하지 못하고, 내가 경험하는 나라는 사람에 대해 생각한다. 내가 살아 내는 나라는 시간에 대해 생각한다. 잴 수 없는 속도로 차오르는 눈물은 이유가 없다고 믿어 버린다. 내가 나에게 간단해진다는 착각은 나와의 관계를 끊어 내는 나라는 사람을 확인하게 한다. 꽤 괜찮은 언어를 구사하고, 꽤 괜찮은 생활을 소화하고, 꽤 괜찮은 감정을 느끼는 사람은 불편하게 걷고 있다. 스쳐 지나가고, 그렇게 이동할 뿐이다.

2020년 1월 13일

모든 것이 앞으로 쓸려 갈 때도 자주 뒤로 밀리고 있었다. 넘어지기 직전에 몇 개의 단계를 지났다. 위안이 불안을 마중 나가고, 불안이 안도감으로 미끄러졌다. 일어날 것 같은 무슨 일은 일어나지 않았고, 지나갈 것 같은 무슨 일이 무사히 지나가고 있다.

세계는 자주 선상을 이탈하고, 더는 강조하고 기억할 것 없이 생은 밑줄로 지워지고 있다. 나를 여행하기 위해 숙소를 구하고, 내가 나에게 지내 보기로 한다. 수치 없는 높이의 층계 사이 어디쯤에서 나에게 들어선 무엇에게 인사하고, 치워진 흔적과 형체 없는 손님을 떠올렸다.

나라는 공간의 형태를 바꾸기 위해 공사를 하고, 치장을 해 본다. 공간은 점점 더 조악해지고, 생의 짐을 피해 곳곳에 더러운 흔적만이 남았다. 안정을 유지하면 넘어질 일이 없었고, 층간에서 머무는 일은 점점 더 슬프게 느껴졌다. 층을 이루는 공간은 오르고 내리기를 되풀이하고, 어딘가로 딛는 일은 여전히 신중했다. 무엇을 위해 어떻게 올라가고, 어떻게 내려가는 것인가? 여러 번 넘어지면서 몇 개의 단계를 지나야 했고, 나는 그렇게 지나가고 있었다.

2020년 2월 19일

아빠의 예전 연락처 수첩을 보았다. 자신의 아내를 '아내' 또는 어떤 애칭도 아닌 그 사람의 이름 석 자로 적어 두었다. 아빠는 자기 아내를 어떤 역할로서가 아닌 한 사람의 인격으로 대하고 싶었던 것일까? 정직한 이름 세 글자만으로 기억했을까? 엄마의 이름에는 가로선 두 줄이 그어져 있었다. 그 사람의 존재와 기억 그리고 그 사람에 관련된 모든 것을 지운 두 줄의 곧은 형태. 연락할 일이 다시 없을 그녀의 전화번호 위에도 두 개의 선이 이어져 있었다. 한 선을 긋고 두 번째 선을 그을 때, 아빠의 마음은 어땠을까? 한 번의 선으로는 받아들여지지 않는 아내의 죽음을 한 번 더 선을 긋는 행위로 인정하려 했을까? 두 줄로 그어진 선은 아빠의 마음에 어떤 것을 지우고, 어떤 자국을 남겼을까?

　엄마의 기록이 남아 있을 만한 수첩을 살피고, 아무리 그 사건이 일어났던 옛 주소를 찾아보아도 없었다. 나는 그곳이, 그곳으로 가는 길이 전혀 기억나지 않았다. 머리를 쥐어짜고 싶은 심정이 바로 이런 건가 싶었다. 내가 3개월 동안 살았고, 엄마의 사건이 발생했던 장소에 대한 기억이 부서졌다. 그날의 공간은 기억이 나지만, 정확한 집의 위치가 기억에서 지워졌다. 기억나는 몇 개의 장면에 의지하여 무작정 그 장소 주변을 걸어 본다면, 기억의 퍼즐은 맞춰질까? 동네와 아파트의 이름조차 기억 속에 남아 있지 않았다. 나는 그곳에 존재했던 것일까? 존재하지 않았던 것일까?

2020년 2월 21일

엄마가 사용했던 예전 수첩을 보았다. 부모의 역할에 대해 고민했던 흔적으로 엄마는 '좋은 부모가 되는 법 10가지'를 수첩에 적어 두었다. 좋은 부모가 되는 법에는 아무리 읽어 봐도 '죽음'은 적혀 있지 않았다. 10가지의 방법을 숙지하고, 실천하고자 했던 엄마의 노력은 어떻게 되어 버린 걸까? 엄마의 필체로 적힌 내용을 읽고 또 읽으면서, 나는 흐르는 눈물을 참을 수 없었다.

2020년 2월 23일

산책길을 따라 걷는 동안, 주변에서 타는 냄새가 풍겼다. 그 냄새는 나를 할머니와 할아버지 산소에 방문했던 날로 데려갔다. 산소 어디선가 탄 냄새가 났다. 내가 냄새의 근원을 궁금해하자,

누군가가 유품을 태우는 냄새라고 말해 주었다. 유품. 죽은 자의 물건. 아무리 생각해 봐도 엄마의 유품을 정리했던 기억이 없었다. 엄마의 유품을 태운 기억도 없었다. 그렇다면 엄마의 물건들은 다 어떻게 된 것일까? 물건들이 속해 있던 엄마는 어떻게 된 것일까? 무언가 타는 냄새가 내 기억의 불씨를 지피는 듯했지만, 이내 불길은 사그라졌다. 나는 걸으면서 곧 울 것 같은 얼굴을 하고 있었다. 그렇게 계속 걸었다. 안온한 일상 속에서 스스로 많이 괜찮아졌다고 생각하더라도, 과거의 기억은 문득 존재를 밝히며 감당하기 힘든 순간을 데리고 온다. 나는 계속 걸을 수밖에 없었다. 울 것 같은 얼굴에 눈물이 차오르면, 추위 때문에 눈에 물이 고인 것이라고 착각할 수 있었다.

2020년 3월 11일

2017년 3월 11일은 엄마를 마음으로 보낸 날이다. 오늘만큼은 아무 일 없이 무탈하게 보내고 싶었고, 원하는 대로 무탈히 지나갔다. 무탈하다 못해 무료했다. 나의 하루가 이렇게 가 버린다. 하루라는 것은 엄마가 살지 못한 시간이었다. 나의 두 번째 기일을 보내며, 저녁 산책을 했다. 오늘의 달은 유난히 밝았고, 밝음과 맞서기 위해 나는 더 어둠을 향해 걸었다. 아름다운 달을 보며 허탈하게 지나가는 하루에 대한 불안을 의도적으로 없앴다.

괜찮다 싶다가도, 다시 괜찮지 않을 것 같다는 생각 사이에는 무엇이 있을까? 내가 만약 내일 죽는다면, 나의 오늘은 어떻게 기억될 수 있을까? 나는 후회 없이 죽음을 맞이할 수 있을까? 삶에 대한 어떠한 만족이 남게 될까? 최후에 남는 것이 쓸쓸함이 되지 않기를 바란다. 어둠 속에서도 더 짙은 어둠을 향해 걷는 나의 저녁 시간이 생의 마지막 기억이 될지도 모른다.

엄마는 엄마의 마지막 하루를 어떻게 보냈을까? 어떤 기억을 마지막으로 남긴 채, 다음 날 죽음을 선택하고, 죽음을 맞이하게 된 것일까? 큰일을 겪은 후에 나의 무탈한 하루에 대해서 스스로 계속 검열하는 습관이 생겼다. 무탈을 넘어선 무료함이 나를 의심으로 이끈다. 위태로웠던 나는 간절하게 무탈함을 원했지만, 언제부턴가 이 무탈함은 무기력과 무료함으로 통용되어 내 일상 곳곳에 퍼져 있었다. 3년 전 엄마의 유골함 앞에서 몸이 부서져라 울었던 내가 바라던 무탈함은 무엇이었을까? 무료해지는 무탈함이라도 감사하며 받아들여야 할까? 시간이 흐른다는 것이 무엇인지 정말 모르겠다. 무탈하다는 것이 무엇인지, 괜찮아진다는 것이 무엇이 될 수 있을지 이제는 모르겠다.

2020년 3월 15일

그동안 내가 타인에게 했던 위로의 말들을 생각했다. 나는 그들을 위로했지만, 정작 나를 위로해 주지 못했다. 타인에게는 친절했으면서도, 나 자신에게는 왜 그토록 모질게 대할 수밖에 없었을까? 그동안 만났던 연약한 마음들을 통해, 나는 무엇을 바라고 있었을까? 나는 그들을 동정하고 낮추면서 나의 처지를 높이려 했던 것은 아니었을까? 타인을 위하는 마음을 연습하면, 나에게도 너그러워질 수 있을 거라 믿었을까? 나를 향한 나의 모진 행동은 점점 심해졌고, 그럴수록 나는 나에게서 달아났다. 대인 기피증이 있는 사람을 만나면, '나는 그 정도는 아니잖아'라는 말이 나를 위로했고, 거듭된 아픔을 경험한 사람을 보며 그보다는 내 상황이 나은 편이라고 우쭐대는 내 안의 목소리가 들렸다. 아픔의 우위를 정할 수 없다는 것을 알고 있었지만, 나는 왜 그런 위로라도 기댈 수밖에 없었을까? 그렇게 해서라도 살아갈 작은 의지를 얻고, 희망의 한 조각을 붙들고 싶었던 것일까?

2020년 3월 20일

계획과 목적이 없는 삶이 가능할까? 그저 살아가는 의식을 거행하는 것이 삶이라고 말할 수 있을까? 노골적으로 자살과 죽음이 나오는 영화를 보고, 영화 속 상실의 고통을 눈으로 확인한다. 자살을 대하는 현재의 나를 점검해 본다. 그럼에도 내 감정에 아무런 동요가 일어나지 않는다면, 나는 정말 그 사건과 멀어졌다고 말할 수 있을까? 한편으로는 아예 모든 감정이 사라져 버린 것 같기도 했다. 열일곱 살 이후로 17년 동안 그 사건과 사건의 여파에 대해서 생각했다. 내가 계속 살아가려면, 정말 괜찮아져야 했

다. 이전처럼 내 모든 시간을 그 사건에만 매달려 소비하지 않는
걸 보면, 이제는 정말 괜찮아졌는지도 모르겠다. 하지만 그동안
내 전부를 차지했던 생각들이 사라진 후에 내 시간, 내 모습, 내
기억, 치유하려는 열정과 집착. 이 모든 것들도 사라진 느낌이다.
17년의 세월이 사라진 느낌이다. 엄마에 대한 상실감이 아닌 내
생에 대한 상실감이 밀려온다. 나아지고 싶었다. 누구보다도 잘
살고 싶었다. 잘 살아야 한다는 욕망도 이젠 희미하고, 애초에 잘
사는 것이 무엇인지 잘 모르겠다.

　혼자 영화를 보고 있으면, 독일 기숙사 방이 떠올랐다. 그곳
에서 보낸 겨울의 시간이 그려졌다. 하루 동안 나에게 주어진 건
무한한 시간뿐이었다. 곁에는 아무도 없었고, 쉬지 않고 내리는
눈과 시간 그리고 영화와 내가 있었다. 그때 본 영화들은 유독 기
억에 남지 않았다. 그때의 나는 영화를 본 게 아니었다. 나에게 주
어진 시간이, 내가 속한 시간이 빨리 흐르기를 바라며, 펼쳐진 영
상 앞에 그저 놓여 있었다. 나는 그곳에서의 차가웠던 시간이 빨
리 지나가기를 원했고, 마음을 어루만져 줄 힘이나 의지조차 없
었다. 흐르는 시간에 기대어 가만히 있는 것이 가장 큰 위로가 되
었다.

　나는 힘들었다. 죽을 것 같았고, 죽지 못해 살았다. 힘들다는
말을 누구에게도 절대 하지 못했다. 내 말을 들어 줄 사람이 생각
나지 않는 것일까? 듣는 사람의 일그러지는 얼굴을 보고 싶지 않
은 것일까? 내 안에서 그 말의 위력이 희미해진 것일까? 지금의

나는 그 말을 할 수 있을까? 내가 죽은 다음 날, 세상에는 어떤 시간이 흐를까? 죽기 전에 나는 나를 생각해 주는 사람들에게 무슨 말을 할 수 있을까? 힘들었다고 스스로 말할 수 있는 사람은 더 이상 힘들지 않은 사람일지도 모르겠다. 어쩌면 나는 죽기 전까지 힘들었다는 말을 그 누구에게도 꺼내지 않을 것이다. 끝내 죽는 순간에 내가 나에게 말하게 될지도…. "너는 힘들었고, 너무 힘들었지. 이젠 다 괜찮아."

2020년 3월 22일

타인의 개입 없이, 타인으로부터 영향받지 않는 것을 '나'의 인생을 사는 것이라고 말할 수 있을까? 곁에 아무도 없이 혼자 있는 것이 '나'로서 사는 것일까? 무엇이 '나'에 더 가까운 삶인지 알 수 없었다. 나로 온전히 살고 싶었다. 그저 '나'로 살고 싶었다. 10대의 나, 20대의 나, 30대의 나는 모두 같은 사람이었을까? 나는 매번 내가 낯설었고, 나로부터 도망쳤지만, 다시 나에게로 돌아왔다. 내가 내일 사라진다면, 누가 나에 대해서 정확히 말해 줄 수 있을까?

엄마가 떠나고 알게 되었다. 나는 엄마에 대해 아는 것이 하나도 없었다. 엄마가 좋아하는 색깔, 음식, 꽃, 애창곡, 관심사 등 어느 하나 정확히 알고 있는 것이 없었다. 엄마는 엄마이기 이전에 한 개인으로서 분명히 특징을 가지고 있었을 텐데, 내가 기억하는 엄마는 엄마라는 존재, 그뿐이었다. 한 사람을 인지시키는 것에는 무엇이 있을까? 한 사람을 어떻게 정의할 수 있을까? 엄마에 대해 알아 가고 싶어도, 이제 엄마는 없다. 나에게 남은 엄마의 특징이란 '없는 존재', 그뿐이었다.

그날의 사건이 계속 떠올라도, 끊임없이 떠올리지 않으려는 노력을 해야 했다. 그런 노력을 해야 한다는 현실에 나는 서글펐다. 평범한 사람들은 그런 노력의 존재조차 알지 못한 채 살아갈 것이다. 왜 나는 평생 그런 노력을 해야 하는지 억울하고 화가 났다. 노력 중에 발생하는 울분의 감정을 잠재우기 위해서 또 다른 노력을 기울여야 했다. 나는 점점 자연스럽게 발생하는 감정과 노력으로 이루어진 감정을 구분하는 것이 어려웠다. 엄마의 죽음이 알려지는 것에 예민했던 청소년기에는 초조함과 불안감에 시달렸다. 나는 사람의 눈을 오랫동안 무서워했다. 그때 가졌던 부정적인 감정은 20대가 되어도 마음의 잔재로 남아서 작은 불안감에도 쉽게 도망쳤다. 도망칠 수밖에 없는 내 모습이 너무 초라해서, 나는 내가 아니기를 간절히 바랐다. 나에 대한 혐오, 의심, 온갖 부정적인 감정의 그늘에서 도망쳐도 결국 나는 나였다. 내가 나를 수용하려는 마음을 갖고 사람의 눈빛에 다시 믿음을 가지게 되기까지 생각보다 더 많은 시간과 노력이 필요했다.

2020년 4월 11일

당신이라는 자아는 거슬리는 것. 나를 간지럽히는 것. 눈썹에 내려앉은 미생물, 손가락 마디마다 둘러진 얇은 실타래와 같다. 보이지 않는 것은 도약을 멈추게 하고, 조금의 진전도 허락하지 않는다. 한 톨도 남기지 않고, 모두 없애 버렸다. 있는 그대로 있게 하는 일은 어려웠다. 지금 당장 사라져도 아무 일도 일어나지 않게 하기 위해 받아들임을 받아들이고, 있는 그대로의 완벽한 상태를 만들어 보는 것이다. 나에게서 떨어져 나간 일부를 거두지 못하고, 순간적인 수치심만이 차올랐다. 바닥에 눌어붙지 않기 위해 움츠리는 행위를 반복하고, 맞잡은 두 손이 서로의 손길을 기다린다. 투명한 자국이 묻어 있는 거울을 본다. 자국과 자국 위에 비친 사람 사이에서, 집착과 강박 사이에서 무엇이 무엇으로 연쇄 작용을 일으키는지 묻는다. 구름의 색이 가득한 하늘은 원래의 모습을 되찾은 듯하다. 백의 공간에서 안도하다가, 백의 너머로 가겠다는 결심을 하던 사람이 있었다. 당신이라는 자아에 한없이 모질었다. 모순적으로 살지 않겠다고 모순 위에 다시 모순을 덮어 버렸다. 당신이라는 자아는 자주 삶을 헛디뎠고, 나는 원초적인 본능으로 당신을 처리했다. 그것이 당신이라는 자아에 다시 모질어지는 길이라는 것을 오직 당신만 모르고 있었다.

2020년 4월 12일

저녁에는 겨우 한 문장을 썼다. 한 문장을 쓰기 위해 저녁이 있었다. 삶보다 죽음 편에 있었고, 한 번 죽고 나서 다시 죽음같이 살고 있다. 탓하지 않기로 했다. 척하지 않기로 했다. 오후의 빛이 파닥거린다. 변변치 않은 모습으로 남김없이 비추고 있다. 헐거운 빛줄기가 나를 향하고 있었다. 빛으로 살아 내는 게 나에겐 업이었는데, 살게 되자 다른 빛을 찾기가 쉽지 않았다. 오후의 빛도 애석하게 나를 지나치고 있었다. 조명만큼이나 생각은 포개어진다. 생각의 깊이를 말하려 했지만, 두께만이 느껴졌다. 하나의 단어와 하나의 문장을 위해서 어둠이 있었다. 일렁이는 어둠은 아무것도 아니었고, 손에 쥔 것 하나 없이 무참히 끝을 향한 이가 있었다. 기억하는 마음은 차갑게 흔들린다. 무엇도 하지 않은 날에는 숨을 쉬었다. 누구도 만나지 않은 날에는 나를 만날 수 있을 줄 알았지만, 정작 내가 만난 게 누구인지 알 수 없었다. 나와 나란히 걷는 것보다 비껴 걷는 것이 좋았다. 내가 서 있는 곳을 건너편에서 본다면 뭔가가 달라질까? 두 번째 숨이 이어지지 않을 때, 비로소 알게 될까? 생이 특별하지 않았다는 것을. 몸에 새겨지는 슬픔을 겪고 나서도 나는 왜 이 사실을 인정하지 못하는 걸까? 저녁에는 한 문장을 썼다. 한 문장을 겨우 인정하기 위해 저녁이 있었다.

모든 글이 사라지는 결말을 생각하지만, 글은 여전히 쓰이고 있다. 어디선가 부수는 소리가 울리는 듯하다. 능청거리는 소리는 쉼 없이 사람들을 실어 나르고. 누군가의 숨소리만이 겨우 들리는 장소를 꿈꾼다. 무언가 말하려고 하는 그에게 나는 뒷모습만 보이고, 애꿎은 문만 열렸다 닫힌다. 끝을 구체적으로 생각하면서, 시작은 구체적으로 생각하지 않았다. 모호함 속에서 끝을 매만지고, 고개를 젓는 일을 반복했다. 매일 쓰는 글이라는 영역 안에서, 쌓여 가는 것은 글인지 진심인지 모르겠다. 수많은 글자 중에서 한 사람의 이름으로부터 시작되는 단어가 있다면, 남게 되는 것이 비록 아주 작은 것일지라도 다시 글을 쓰기 시작한다. 고귀하고 소중한 마음으로 매일 글이라는 것을 남기고 싶었다.

2020년 4월 14일

생을 잘라 낸다. 얼굴 한 번 할퀸 후에 손톱을 잘라 내는 것처럼. 한 사람을 위한 한 번뿐인 생을 거듭 잘라 낸다. 나와 마주하는 것은 오직 여린 새싹뿐이고, 그들은 어둠을 밀어내어 힘겹게 움트려 한다. 불행이 불행을 자초한다 하였고, 당연한 결과는 널려 있었다. 굴곡을 따라 택했던 고립은 내가 나를 자초하는 일이었다. 어렵게 잊은 것들은 너무 쉽게 돌아오고, 잊기 위한 시간을 대체할 것이 아무것도 없다. 한결같은 고통에 나는 무뎌지고 있다. 자극적인 변화와 변화로부터의 자극은 늘 상상 속에서 종결되는 그림이었다. 어울리는 법을 알지 못한 채, 어울리겠다고 호소하는 이는 점점 일그러졌다. 견딤 속에서 무너지는 자는 단순히 떨림의 모습을 하지 않았다. 공기의 흐름과 풀잎의 언어를 이해하는 이를 생각한다. 구부러진 글자에도 마음은 흔들리고, 과거를 평평하게 매만지는 일은 자신을 기만하는 것이다. 숨은 곳에서 숨을 쉬었다. 숨은 숨이었고, 생은 생이었지만, 숨과 생만으로 완벽하지 않은 듯하다. 생이라는 곳에서는 생을 바치는 것이 요구된다. 한 번뿐인 생에서 생을 잘라 낸다. 숨은 잘리지 않고 부지하며, 대신 다른 무언가 잘리고 있다.

내 목소리가 잘린 것인가? 내가 잘린 것인가? 잘린 것을 여전히 몸에 움켜쥐고, 내 것이 아닌 것을 내 것이라고 생각하며 열심히 주워 담았다. 붙일 수도 없는 것들을 하나도 흘리지 않겠다는 의지로 어떻게든 살아가는 사람이 되고 싶었다. 죽음을 자주 바라보고, 죽음 속에 부유하는 삶을 받아들이는 동안에도 나는 죽음 앞에 서 있었다. 눈을 한 번 깜빡이면 기억에서 떨쳤던 모든 것들이 다시 등장했다. 다시 한번 눈을 깜빡이자 나는 현재라는 이곳에 있다. 살아 있는 명분을 찾아 이리저리 굴러다니는 행색이었다. 마음을 채워야 하는 것들은 쉽게 반납되고, 채워야 하는 의무만이 남은 듯하다.

2020년 4월 15일

읽지 않는 책을 사들이고, 살아가는 명분을 세워 본다. 내가 원하는 축적과 차이를 드러낼 때, 명분은 무너진다. 포기가 아니라는 근거를 찾는 일이 절실했다. 어느 하나라도 떨어져 나오지 않도록 남김없이 없앤다. 위를 올려다보면 굳어 버리는 존재에게는 바닥을 바라보고 살아가는 삶이 더 익숙했다. 이별을 고하고, 단절 앞에서 다시 이별을 고할 일조차 없어졌다. 의도와 용도를 잃어 가는 것만이 널려 있다. 무기력에 더 이상 위기를 느끼거나 해결해야 할 그 무엇도 아니라고 여겨질 때, 무기력에 굴복하고 남은 인생이 무기력으로 채워진다고 해도 아무렇지 않다고 생각될 때, 이런 굴레에서 벗어날 수 없다고 생각될 때, 나는 오로지 죽음만을 생각하게 된다. 그 생각을 어르고 달래서 나는 다시 살아갈 이유를 재차 묻고 확인하고 다시 또 의심한다. 질문을 고하고, 대답을 구한다. 쫓기므로 쫓아다니는 일이 몇 차례 반복되었다. 기억에 남을 것만을 남긴다. 절실함은 그대로지만, 그 무엇에게도 요청하지 않는다. 제멋대로 터져 나오는 눈물을 덮는다. 가장 맑은 부분을 펼쳐 눈물이 대변하는 것들로 감싼다. 심장과 심장이 가까워지는 일로부터 감정은 순수의 상태를 찾아 간다.

2020년 4월 20일

살짝 미소 짓기까지 10년이 걸릴 줄은 몰랐다. 무모함으로 단련하고, 무모함으로 무장한 시간 동안 나의 모든 것이 빠져나간 느낌이다. 무엇으로 채워져 있었고, 무엇이 빠져나갔을까? 모두 빠져나간 후에 무엇이 남아 있을까? 평생 한 번이라도 하지 않을 것 같은 움직임 앞에서 그저 움직임을 지켜보는 심정인 것 같다. 이 생각은 쉽게 사라지지 않고, 내면 깊숙이 자리 잡아 이제는 나와 함께하는 것처럼 느껴진다. 나에게는 무엇이 남은 것일까? 엄마일까? 죽음일까? 허무일까? 앞으로 10년 뒤면 나는 엄마가 죽었던 나이가 되고, 30년 후에는 현재 아빠의 나이가 된다. 나는 어떻게 되어 가는 것인가? 무엇이 무엇으로 되어 가는 것일까?

2020년 5월 11일

심장에 손을 얹고 박동을 느꼈다. '나는 살아 있는 사람이구나.' 알고 보니 심장은 뛰고 있던 것이 아니라 울고 있었다. 심장의 눈물로 옷은 얼룩지고, 가파른 박동은 잠잠해진다. '울기 위해 심장은 뛰었나 보다.' 어쩌면 뛰기 위해 울었는지도 모른다. 울지 않기 위해 언젠가는 심장이 멈출 수도 있을 것이다. 심장의 눈물은 옷 위로 살며시 배어 나오고, 맺히거나 흐르지 않았다. 슬픔이 아니었다. 생이었고, 살아 있는 것이다. 이것을 알려 준 뒤에 눈물은 빠르게 증발하고, 눈물에 눈물이 스며 간다.

2020년 5월 14일

한곳을 응시하는 것은 슬픔에서 멀어지려는 행위였으나, 일반적으로 그것은 지루한 투정으로 해석될 뿐이다. 나는 말없이 솟구치는 형태 사이를 거닐며, 더 낮아지지 않기 위하여 어느 한 곳으로 치우치고 있다. 쉽게 허물어지는 혈육의 능선을 원망하면서, 모든 눈물은 결국에 흐른다는 것을 인정해야만 했다. 비워진 곳을 비난받기에 비척한 삶이었다. 채워진 적 없던 삶을 채우려면 부족함에 부족함을 더해야만 가능해졌다. 완벽히 처분한 슬픔이 다시 내 앞에 있다. 언제부터 감정은 이상(理想)이 될 수 없었을까? 자신의 거처를 피하고, 도망치는 인연을 받아들인다. 여전한 생에서 여전한 당신을 나는 어떻게 할 수 있을까?

2020년 5월 17일

2002년 5월 17일, 엄마는 세상을 떠났다. 나는 18년째 달라진 것이 없다고 여기는 나에게 이만큼 살아 낸 것도 다행이라고 말해 주었다. 무언가 이루어 내지 않아도, 무언가 변화하지 않아도 엄마 없는 삶을 나는 살아 냈다. 내 앞의 생을 살아가고 있다는 사실만으로 위안이 되었다.

엄마에게 인사를 하러 갔다. 수목장을 치렀던 나무로 가는 숲길 입구에는 진입 금지 표시가 세워져 있었다. 이제는 가까이에서 엄마에게 인사하는 방법도 막혀 버렸다. 굳게 닫힌 문과 넘지 말라는 선 앞에서 더 이상 통과하지 못하고 그저 서 있었다. 진입 금지 표시는 나에게 이제 엄마에 대한 생각을 그만하라고, 그래도 된다고 말해 주는 것 같았다. 매달리는 마음과 놓아주는 마음 사이에 경계선이 그어졌다. 애도의 종료를 눈앞에서 직접 확인받는 듯했다. 높은 성곽은 산 자와 죽은 자 사이에 경계를 강화하고, 죽은 자들의 연대감을 결속시키는 것 같다. 산 자는 운무와 함께 인사를 흘려보낸다. 가닿을 곳 정확하지 않은 인사, 내용과 의미를 구하는 인사는 공중에 떠다닌다. 언젠가 가닿을 그곳에서 직접 전해 줄 때를 기다려 본다.

2020년 5월 18일

주제가 무엇인가요? 아직도 정확한 대답을 구하지 못하고, 나는 서성이고 있다. 한 존재의 죽음은 어떤 죽음이 될 수 있는 걸까? 연락 오지 않는 사람은 죽은 사람과 다른 것인가? 나는 어떤 위로를 구하고, 어떤 위로를 받아야 했던 것일까?

유일하게 기억나는 어린 시절 독사진 속 나는 무표정에 표정을 더하려 애쓰고 있었다. 어린 시절에도 나는 나와 어색했고, 내 뒤로 만발한 해바라기만이 그때의 시간을 밝은 노란빛으로 물들이고 있었다. 나는 이런 사람으로 굳어 버렸고, 굳어져 가고 있다.

사라진 단어를 무한 복제하고, 문장을 버리는 일을 생각해 본다. 의도적인 빛이 필요할 것 같다. 의도적인 빛은 기쁨이 될 수 있을까? 의도를 벗어나지 못하고 슬픔에 머물 것인가? 싫어서 슬픈 것인가? 좋음과 싫음만큼이나 기쁨과 슬픔이 뒤섞이고 있다.

혼합의 강도는 짙어지고, 좋은 감정, 좋은 주제, 좋은 글, 좋은 나란 무엇이고 또 무엇일지 알 수 없는 것을 알아가야 했다. 그것이 다가가는 주제가 무엇인가요? 나는 나에게 제대로 다가가고 있는 겁니까?

2020년 5월 25일

매번 같은 말을 하고, 매번 같은 글을 쓴다. 매번 같은 격을 갖춘 글은 누구를 위한 글이 될 수 있을까? 매번 같은 사람을 그리워하고, 매번 같은 기억을 기억하고, 매번 같은 삶은 가진 사람은 누구를 위해 사는 걸까? 같다는 것이 더는 지겹지 않을 때, 어떻게든 차이를 찾아내는 일에 몰두했던 순간마저 지나가 버린다. 이미 두 번의 죽음이 있었다. 견디는 일에 단념한 사람이 차마 할 수 있는 건 세 번째 죽음을 기다리는 일이었다. 세 번째 죽음은 현실이 되고, 네 번째 회생은 없기를 원하는 나는 어떠한 기대와 목적도 없이 그저 공상을 바라고 있는 것 같다. 매번 같은 공상에 빠지고, 몇 번째 죽음인지 세지 않기로 한다. 매번 같은 공상 속에서 되풀이되는 죽음은 누구를 위한 죽음이 될 수 있을까?

2020년 5월 30일

하나의 기억이 생기고, 하나의 기억을 가지고, 하나의 기억을 지운다. 기억이 기억을 없애고, 새로운 기억을 새긴다. 하나의 기억을 죽이다가 하나의 기억이 남았다. 기억에 잠식되어 하나의 기억을 지우는 데 평생을 보낸다. 기억을 다 지우지 못했다. 나라는 기억이 죽어도, 하나의 기억은 죽지 않았다.

2020년 6월 1일

이미 오늘이 되어 버린 내일이라는 하루의 계획을 세우고, 시간을 나눈다. 머릿속으로 해를 띄우고, 분주한 점심시간을 그리다 눈꺼풀 위가 뻐근해졌다. 때론 내가 멍하게 옮겨지고 있었다. 인생에 예습과 복습은 과연 존재하는 걸까? 나에게 인생이란 과제와 같고, 여전히 버거움에 헐떡거린다. 내 삶을 망가뜨리는 나라는 존재. 그런 내가 더 이상 믿거나 불쌍하지도 않을 때, '무감정'이라는 단어가 나를 정의하게 될 줄은 몰랐다. 하루가 끝나는 시각, 창문에 홀로 부딪쳐 떨어진 작은 벌레가 보였고, 귀에는 더 이상 생을 부지하기 어렵다는 듯 벌레의 미세한 떨림 소리만이 들렸다. 쉽게 부딪쳐서 끝나 버리는 인생이 부러웠다. 내 것도 그렇게 한순간에 끝날 수만 있다면, 공중에서 종료의 신호를 휘두르는 일을 멈추지 않는다. 하지만 종료 지점은 쉽게 오지 않고, 일시적으로 종료라는 단어에 나를 포함시켜 본다.

2020년 6월 4일

두 개의 회전문을 통과하여 돌아간다. 나는 통과한 것인가? 제자리로 돌아온 것인가? 밀어야 나아가는 문 앞에서 나는 그저 돌고 있었다. 그 안에 갇힌 것만 같았다. 열심히 버텨 온 인생에서도 여전히 나락으로 빠지는 듯하다. 세상에는 노력해도 되지 않는 것이 있다고 생각하기로 했다. 그것 외에는 나를 위해 할 수 있는 일이 없었다. 어리석어 보이는 행동에서도 나를 지키기 위한 무의식적 행동이 포함되어 있었고, 나는 쉽게 알아차리지 못했다. 비난했고, 냉정했다. 나를 마주하게 될까 봐 철저히 무시하는 방식을 택하면서 나는 돌아가고, 돌아온다.

2020년 6월 9일

날카로운 구급차 소리는 다급함을 안고 달려간다. 나에겐 왜 그 속도가 한없이 공허하게 느껴지는 것일까? 멀리서부터 들려오는 구급차 소리는 나를 과거로 데려간다. 실제 같지 않았던 그날의 요란한 구급차 소리, 집 앞에 도착해 이미 사이렌 소리가 꺼졌음에도 귓가에 계속 맴돌던 그 소리. 내 앞에 무장한 채로 서 있던 구급대원들. 구급차 소리를 듣자마자 그날의 기억으로 향하는 나의 의식을 나도 어떻게 할 방도가 없었다. 그저 소리의 요란함 때문이라고 변명하고 싶어졌다. 이렇게 길에서 우연히 구급차 소리를 들을 때마다 속이 울렁거렸다. 달리는 구급차가 당장이라도 내 앞에 설 것 같았고, 나는 홀로 구급대원들에게 에워싸여 다시 그날의 현장 속에 놓여 있었다. 구급차를 마주할 때마다 너울대던 감정이 잦아들기까지 꽤 오랫동안, 내가 나를 위한 구급 치료를 마련해야만 했다. 어느 날 문득, 지나가는 구급차가 닿는 현장이 무탈하기를 바랄 수 있게 되면서부터 알 수 있었다. 위급한 나에게도 조치를 취하고 스스로를 구하는 시간이 분명 필요했음을.

2020년 6월 10일

떠난 사람이 슬퍼서 나는 슬퍼했는가? 엄마를 기억하려 했지만, 그 기억은 죽음의 장면에 한정되어 있기에 기억하고 싶으면서도 기억으로부터 도망쳤고, 기억나는 것은 슬픔보다 공포에 가까웠다. 슬픔은 공포의 얼굴을 띠기도 했고, 공포는 슬픔의 얼굴을 하고 있기도 했다. 기억하기 위해, 잊기 위해 노력했던 지난날을 돌이켜 보면, 극적인 사건이 있었는지 의심스러울 만큼 아무렇지 않게 지나쳐 온 것처럼 느껴진다. 내게 그런 사건이 일어난 것 같으면서도 일어난 것 같지 않았고, 잘 살아가고 있는 것 같으면서도 그렇지 않은 날이 많았다. 왜 나는 그 오랜 시간 동안 과거와 애도라는 허공에서 서성이며 삶으로 발을 붙이지 못했을까?

나는 단절을 만드는 사람. 의도하지 않았지만 끊어 내고 끊어지는 사람. 나라는 고통을 짊어지고 있는 나에게 한없이 냉정해진다. 상처를 빌미로 삶을 합리화하는 것이다. 나를 내버려 두는 사람들이 늘어 가고, 모두가 떠나는 시간. 나는 상실을 일하고, 기억을 확인하고, 회피를 처리한다. 무력한 생에서 무지한 존재로 살아가는 이유를 하루에도 몇 번씩 되새긴다. 행복의 대가를 받기 위하여 내 안에서 슬픔을 처리하는 일이 계속되고 있다.

2020년 7월 2일

어두운 골목을 비추는 가로등 불빛은 따스했다. 주위로 넓게 퍼져 가는 빛이 시간을 잊게 했고, 나는 그 안으로 들어가고 싶었다. 빛의 위로를 받고 싶었다. 나는 엄마의 죽음이라는 단 하나의 기억을 지우기 위해 살아가는 것 같다. 삶의 끝에 다다랐을 때, 나는 내 삶이 결국 하나의 기억만을 지우기 위해 존재했다고 결론지을 수 있을 것이다. 그 기억을 지우기 위해 애쓰느라 나의 기억을 남기는 것에는 소홀했다. 이런 삶을 받아들이기 위해 노력한 나의 시간은 어땠을까? 나조차도 그 시간의 노고를 인정해 주지 않고, 처참히 벌주고 있었다. 노력한 사람도, 그 노력을 헛되이 여기는 사람도, 다시 노력하지 않는 나를 몰아세우는 사람도 모두 나였다. 나에게 주어진 삶은 서서히 그 무엇도 아닌 채 그저 흐르고 있었다.

　나는 삶이 지겨웠다. 하나의 기억과 싸워야 하는 내 삶을 끝내고 싶은 것이 아니었다. 지겹게 느껴지는 이 공허하고 무력한 삶을 계속 살아 낼 수 있을지 점점 자신이 없어진다. 나의 무모한 생각은 더 이상 엄마를 향하고 있지 않았다. 나는 자신을 향하는 모진 화살과 정신적 살해에 맞서서 조용히 싸우고 있었다. 앞으로 얼마나 더 시간이 걸릴지 모른다. 어쩌면 죽을 때까지 나는 이 무력감과 싸워야 할지도 모른다. 하지만 나는 죽지 않을 것이다. 나는 나를 정신적으로 수없이 죽였으므로, 내 신체마저 죽게 할 수 없었다. 죽고 싶을 때마다 어떻게든 살아서, 결국 지금까지 살아 있는 내 존재 자체가 지난 노력의 증거였다.

2020년 7월 9일

죽음을 결심한 사람에게 나는 아무 말도 할 수 없었다. 내 입이 굳게 닫힌 건 아마도 내게 죽음을 결심한 순간이 많았기 때문일 것이다. 나는 그 순간의 나에게 아무 말도 하지 못했다. 그런 내가 누군가에게 죽음에 대한 어떤 말을 건넨다는 것이 큰 모순처럼 느껴졌다. 삶 대신 죽음을 택한 엄마에게 하고 싶은 말 그리고 할 수 있는 말도 없었다. 때론 해야 할 말이 너무 많아 정리되지 않았다. 왜 그랬냐는 책망의 말을 할 수 있었을까? 엄마의 선택에 대한 원망의 말을 할 수 있었을까? 단 한 번만이라도 다시 만나고 싶다는 그리움 섞인 말을 할 수 있었을까? 이런 상태로 시간은 계속 흐르고, 할 말마저도 잊혔다. 나는 어떤 말을 하고 싶었던 것일까? 지금의 내가 엄마에게 어떤 말을 할 수 있을까? 어떤 말을 해도 부족했고, 어떤 말을 해도 소용이 없었다.

만약 죽기 전의 엄마와 대화할 수 있었다면, 죽음을 선택하기 직전에 나는 엄마에게 어떤 말을 할 수 있었을까? 내 설득이 엄마에게 전달될 수 있었을까? 나의 마지막 말이 엄마의 생을 연장할 수 있었을까?

엄마가 무의 상태가 되었음을 확인한 순간부터 나는 허공에 떠 있는 존재로 살아갈 수밖에 없었다. 지면에 안착해서 단단히 뿌리내리고 싶었는데, 그렇게 되지 않았다. 한 다리를 딛는 것조차 무척이나 어려웠다. 누군가에게 당연하고 자연스러운 일이 나에겐 왜 그렇게 어려운 일이 되었을까? 조금씩 발을 땅으로 향하여 딛는 연습을 한다. 언젠가 두 다리로 굳게 설 수 있을 때까지. 비록 외다리로 서게 되더라도, 발을 뻗어 딛는 행위를 계속한다.

2020년 7월 10일

죽음을 결정하고, 실행하는 이의 단호함은 어디에서 나오는가? 깊은 우울의 상태에서도 그런 단호한 결의는 어디서부터 발생되어 끝내 죽음에 이르게 하는지 알고 싶었다. 단호함이 남아 있다면, 그 단호함을 가지고 조금 더 살아갈 수는 없을까? 마치 죽은 사람과 다를 바 없이 우울에 잠식당해 보이던 사람이 죽음을 준비하고 실행하는 날에는 어떻게 그토록 주도적이고 확실하게 그 일을 처리할 수 있었을까?

나의 기억 속에서 그날의 정황은 시신을 수습하는 구급대원

유니폼의 강렬한 형광 주황빛 이미지로 남아 있다. 이후에 그 색은 나의 기억에 각인되어 쉽게 잊힐 수 없는 색이 되었다. 그때 엄마는 무슨 색의 옷을 입고 있었을까? 죽은 엄마를 둘러싼 주변 공기가 시린 파란빛을 띠고 있었다. 내가 파랗게 질려 있던 것인지, 배경이 파래진 것인지 알 수 없었다. 배경의 파란빛이 엄마를 집어삼킨 것 같았다. 형광 주황이 뿜어내는 형광빛에 모든 색이 멀어 버린 것일지도 모르겠다.

그 사건을 파헤치는 것, 죽음과 삶에 대해 알아가는 것, 한 사람과 얽힌 복잡한 감정을 해결하는 것에 많은 시간이 소요되었다. 그 시간은 외부에서 어떤 능력으로 인정받을 수 있는 종류가 아니었다. 나는 아픔과 고통의 전문가, 절망의 동반자, 애도의 실력가로 불릴 수 없었다. 오히려 사회는 아픔 따위는 빠르게 잊고 나아지라 했고, 그런 속도와 강요가 나에게는 너무 폭력적으로 느껴졌다. 애도로 채워진 내 삶을 내려놓고, 다른 방식으로 새로운 삶을 사는 것이 나에겐 무엇보다 힘들었다. 죽음과 엄마에 대해 생각하는 것이 전부였던 나의 20대를 포기함으로써 그 시간이 아무것도 아닌 시간으로 해체되는 것 같았다. 허무함이 느껴지는 동시에 슬픔이 밀려왔다. 엄마의 죽음 이전과 이후의 삶은 확연히 달랐다. 엄마는 본인이 떠나고 남은 우리가 잘 이겨 내며 살 것이라 생각했을 수도 있겠지만, 엄마가 없는 두 번째 인생은 생각보다 더욱 처절했다. 엄마에게서 태어난 나의 첫 번째 인생은 그녀가 죽고 나자 아무런 기억도 남지 않고 사라졌다. 엄마로부터 죽어 간 나의 두 번째 인생은 그녀에 대한 기억을 좇느라 제대로 구축되지 못한 채 흘러갔다. 이제 나의 세 번째, 네 번째 인생 앞에서 나는 어떤 선택을 하고, 어떤 마음으로 살아가야 할까? 분명 두 번째 인생이 남긴 마음의 잔재들이 습관처럼 자주 떠오르겠지만, 예전보다는 쉽게 다스리고, 빠르게 수용할 수 있을 것이라 희망해 본다.

2020년 7월 11일

모든 것을 깨끗이 했다. 물건을 정돈하고, 방을 청소했다. 오래된 자국들을 없앴다. 과거를 없애지 못한다면, 눈에 보이는 자국이라도 없애 본다. 모든 것이 깨끗했고, 그 안에 나만 가장 더러운 채로 있는 것 같다. 나는 한참 동안 씻었다. 이후에도 깨끗해진 것 같지 않았다. 그 이유에 빠져들지 않기 위해 더럽지도 않은 것들을 다시 깨끗이 했다. 더러움의 크기는 줄어들었다. 순수함이 일어났다. 얼룩은 순수에 가려져 순간적으로 새것 같았다. 과거로부터 깨끗해지고 싶었다. 누구보다 깨끗해지기 위해 덜어 내고, 곁을 주지 않았다. 그 결과가 외로움과 자유라고 말하지 않겠다. 그저 깨끗해졌고, 모든 것이 깨끗해지기 위한 일이었다고 말하고 싶다. 나는 덜어 내는 삶을 추구하며 끊임없이 덜어 내고 있다. 하지만 나에게서 나를 덜어 내는 일이 될 줄은 몰랐다. 나는 나에게서 떨어져 나가고, 붙잡을 새도 없이 나를 잃었다.

2020년 7월 18일

말을 하지 못하는 것은 내 잘못이었다. 느끼지 못하는 것은 내 잘못이었다. 참고 참은 것은 내 잘못이었다. 구해 달라고 도움을 요청하지 못한 것은 내 잘못이었다. 고통을 고통으로, 절망을 절망으로 인지하지 못한 것은 내 잘못이었다. 잘못을 잘못으로 생각한 것은 내 잘못이었다.

나는 엄마의 죽음으로부터 피해를 입었다. 내가 되고 싶은 역할이 아니었지만, 시간이 지날수록 거기서 벗어나지 못하고, 피해자 역할을 맡고 있었다. 나는 내가 만든 피해자였다. 피해자의 역할을 오랫동안 해 온 사람은 피해자의 역할을 잊고 그저 피해자가 된다. 내가 경험한 죽음의 형태는 일반적인 죽음과 달랐다. 내가 경험한 고인과의 이별의식은 일반적인 의식과 달랐다. 다른 죽음과 다른 이별 안에서 오랫동안 나는 나를 가두고, 나를 나락으로 계속 밀어 버렸다. 내가 만든 삶의 무게가 나를 짓밟고 있었다. 나에 대한 죄책감을 떨칠 수 없었다.

2020년 7월 21일

나와 같은 고통을 만들지 않기 위하여, 나와 같은 유형을 만들지 않기 위하여, 나와 같은 절망을 만들지 않기 위하여, 나는 나를 버리는 순간에도 남은 사람들을 생각했다. 타인을 위하는 마음의 근원이 나를 살아가게 했다. 나는 한낱 흔적 없이 깨끗하고 완벽하게 사라지고 싶었다. 사라지는 방법을 고안하는 동안에도, 마지막에 남는 건 나와 연결된 사람들에 대한 생각이었다. 끝에 다다른 삶이 다시 시작될 수 있었던 건 바로 그런 연결과 유대의 생각이었다.

2020년 8월 6일

가족과의 거리 두기는 평생의 과제와도 같다. 가족으로부터 거리를 두기 위해 떠난 타국에서 가족에 대한 생각을 가장 많이 했다. 가족과 가까이에 있으면, 엄마 생각이 계속 날 것 같았다. 아빠가 남아 있음에도, 나는 부모를 부정했다. 가족에게 실망하고, 가족을 포기하고 싶었다. 우리는 서로 아무 일 없었다는 듯이 살았고, 우리의 고통과 절망이 없어졌다고 여겼다. 가족을 부정했으나 끝내 부정하지 못한 삶을, 나는 제대로 소화하지 못하고 거북하게 삼켰다. 소화해야 한다는 압박에 눌려 항상 불안하게 살아갔다. 몸속 깊숙한 곳에서부터 억울함과 분노의 감정들이 들끓고 요동쳤으며, 아무 이유 없이 울컥거리는 날도 많았다. 분노하고 싶은 마음, 소리쳐서 표현하고 싶은 마음은 점점 깊이 묻어 두게 되고, 침묵이 당연한 일이 되었다. 소리치고 싶은 마음은 내 입에서 불만처럼 퉁명스럽게 흘러나왔고, 이것은 나 자신에 대한 불만으로 이어졌다. 내 고통은 여전히 남아 있었고, 나는 가장 가까운 사람에게 나의 절망에 대해 알려 주고 싶었다.

나는 그런 오기로부터 글을 쓰기 시작했다. "시간이 지났는데 너는 왜 아직도 힘들어하니", "왜 그렇게 답답하니", "너는 왜 나약하고 부정적이니"라고 내 앞에서 말하던 사람들에게 트라우마를 가진 사람들을 이해시키고 싶었다. 많은 사람에게 심리적 고통을 지닌 사람들의 치열한 내면을 알려 주고 싶었다. 처음에는 오로지 호소하는 데 집중하여 글을 썼다. 해야 하고, 하고 싶은데 하지 못한 말들이 몸속 이리저리로 뒤틀리고, 한순간 쏟아지다가 하얗게 바랬다. 지난 경험을 다시 곱씹어 보고, 지금의 시점에서 풀어 쓰다 보니 처음에 가졌던 오기와 억울함이 조금씩 잦아들었다. 어디에서도 표현하지 못한 내 감정, 내 생각을 토해 내듯 글을 썼다. 표출에서 시작한 글쓰기는 나를 나도 모르게 그 안에 흡수시켜, 이상한 평온감을 주었다. 글쓰기는 밖으로 소리쳐 화를 낼 필요가 없다고 나를 토닥여 주는 듯했고, 말할 곳 없어 혼자 중얼거리던 것은 이제 글로 표현하면 되는 일이었다. 눈앞에 펼쳐지는 단어와 문장들의 움직임은 나의 아픔을 어루만져 주는 것 같았고, 오기로 시작된 글쓰기가 나를 점차 회복하게 했다. 결국 글쓰기는 고통스러웠던 경험과 기억을 온전히 소화하고, 나 자신을 이해하고 수용하는 치유의 과정이었다.

2020년 8월 8일

흔히 말하는 '엄마의 손맛'이라는 것이 나에겐 존재하지 않는다.

내 기억에 오래 남을 만한 엄마의 음식은 많지 않았다. 이제는 먹지 못하지만, 유일하게 생각나는 엄마의 음식은 오징어 찌개와 김밥이었다. 부모님과 떨어져 살던 중학교 시절, 엄마는 가끔 서울에 들러 한꺼번에 많은 양의 오징어 찌개를 끓여 놓고 떠났다. 몇 번이나 반복해서 끓인 찌개 속 오징어는 질기다 못해 딱딱했다. 냉동했던 찌개를 다시 데워 먹을 때에는 오징어가 아니라 마치 고무를 씹고 있는 것 같았다. 아무 맛도 느낄 수 없었지만, 나는 오랫동안 오징어를 질겅거렸다. 맛은 상관없었다. 오래 두고 먹으라는 엄마의 마음에 보답하기 위해 계속 씹었다. 내가 먹은 오징어 찌개에는 자식을 먹이기 위해 빠르게 요리를 해 두고 떠나야 했던 엄마의 쓸쓸한 맛이 녹아 있었다.

엄마가 죽던 날은 나의 소풍날이었고, 여느 소풍날과 다르지 않게 엄마는 아침부터 김밥을 쌌다. 그 김밥이 내가 먹은 엄마의 마지막 음식이 될 줄은 몰랐다. 아침에 엄마는 평소와 다르지 않게 나를 향해 인사를 건넸고, 다른 어떤 이별의 인사도 남기지 않은 채 나를 떠났다. 아침 현관에서 나눈 인사가 마지막 인사가 될 줄은 몰랐다. 어쩌면 엄마는 정성스럽게 준비한 한 줄의 김밥으로 마지막 인사를 대신했던 것일까? 그 후로 한동안 김밥을 먹을 때마다 그날이 생각났다. 맛은 잘 기억나지 않지만, 엄마가 어떤 마음으로 김밥을 준비했을지 추측할수록 김밥은 나에게 아픈 음식이 되었다. 엄마가 죽었어도 나는 계속 배고픔을 느꼈고, 배고픔을 해결하기 위해 나를 먹이고 또 먹였다. 반복되는 식사 행위

속에서 김밥에 대한 그날의 기억도 조금씩 희미해졌다.

내 인생의 음식, 가장 좋아하는 음식을 물으면 바로 대답이
나오지 않았다. 내가 기억하는 음식은 아픔이 묻어 있는 음식이
었고, 맛보다는 그 음식이 있었던 상황이 오랜 기억으로 남았다.

2020년 8월 11일

독일에 살았지만, 독일에 살지 않았다. 매일 열일곱 살이었다.
30대 중반을 향해 가는 삶인데도 나는 이제 겨우 열여덟 살이 된
것 같고, 열아홉 살이 되기 위해 노력한다. 20대에도 20대가 아니
었다. 심장이 있었지만, 심장이 있지 않았다. 감정이 있었지만, 감
정이 있지 않았다. 나는 잊었지만 잊지 않았다. 나는 조용했지만
조용하지 않았다. 내가 있었지만 있지 않았다. 나는 살고 있었지
만 살아가지 않았다.

나는 자주 무너졌고, 나를 다시 일으키고 다잡기까지 다른
사람들보다 곱절의 시간과 노력이 필요했다. 그런 상황에 놓이게
된 나를 억울해하는 시기를 지나, 이제는 일련의 애도 과정에 면
역이 생겼다. 하지만 스스로에 대한 절실함이 상실되는 느낌이
짙어질수록 나는 더욱 지쳐 갔다. 누구보다도 안정된 삶을 추구
했으나 생각처럼 되지 않았고, 자주 실패했다. 반복된 실패가 내
삶 전체를 제지하는 듯했다. 온전한 나로 살아가는 데 계속 걸려
넘어지는 느낌이 들었다. 내 삶을 실패로 단정 짓고, 나 자신을 포

기하는 흐름으로 가고 있다는 것을 직감할 때면 불안했고, 무서웠다. 죽은 엄마가 된 것 같았다. 불안한 자신을 인지하는 순간에는 공포를 넘어서는 감각이 엄습했다.

이야기를 어디서부터 써야 할까? 어떻게 쓸 수 있을까? 내가 경험하고, 겪어 왔던 시간에 대해 쓰는 일이 어떤 의미가 될 수 있을까? 나는 왜 이 글을 써야만 했을까? 심장이 굳고, 마음이 부서져서 목소리를 잃은 사람이 다시 자신의 이야기를 쓰려고 할 때, 깊게 응어리진 과거를 하나씩 드러내 바라보는 일이 시작된다. 적절한 표현을 위해 글자의 획을 모아 자음과 모음을 만든다. 슬픔을 표현할 단어를 찾고, 나를 아프게 하고 때론 위로해 주는 문장을 하나씩 적어 나간다. 다시 심장이 굳을까 봐, 다시 마음이 부서질까 봐, 간신히 끌어모은 목소리마저 다시 잃어버릴까 봐 나는 글 쓰는 일을 오래 망설였다.

같은 일을 겪고도 쉽게 소화하고 극복하는 사람이 있는가 하면, 오래 안고 묵혀서 소화하는 사람이 있다. 사람의 성격과 사건의 시기에 따라 차이가 있겠지만, 이별의식과 애도를 제대로 거치지 않는 사람은 과거에 얽매여 앞으로 한 발자국도 나아갈 수 없음을 정직하게 기록하고 싶었다. 적절한 이별의식과 애도의 중요성을 알리고, 뜻밖의 사고를 겪은 사람들이 더는 나처럼 애도의 시기를 놓쳤다는 이유로 자신의 삶의 중요한 순간을 놓치지 않기를 바라는 마음이 나를 글쓰기로 이끌었다. 개인적인 일을 글로 써야 할 때, 특히 조심스러운, 자살에 대한 이야기를 남겨야 할 때 가장 주저하게 되는 이유는 나의 가족들이다. 그들이 받을 또 다른 상처와 아픔을 너무 잘 알고 있기 때문에, 많이 두렵고 망설였다. 그럼에도 나는 엄마나 죽음에 관련된 것으로 채워야만 했던 나의 지난 시간을 직접 글로써 써서 내 눈으로 확인하고 싶었다. 내 인생의 반을 차지하고, 때론 집착으로 번졌던 나의 애도 과정을 정리하고 싶었다. 그렇게 하지 않고서는 내 삶을 향해 용기 내어 한 걸음도 나아가기 힘들 것 같았다. 이런 결정을 마주하고, 나에게 일어난 일들을 언어화하여 직접 보고 마음으로 받아들이기까지 정말 오랜 시간이 지났다. 쓰지 않으면 안 될 것 같은 내면 이야기들이 응어리져 온몸에 쌓이는 듯했다. 가까스로 숨을 쉬고 눈을 떠 살아가고 있던 와중에, 이제는 써야겠다는 생각이 들었다. 그리고 이상하게도 글을 쓰다 보면 소외나 고립보다는 고독의 감정이 자주 들었고, 그 고독이 나를 편안하게 했다.

죽고 싶었던 날들과 죽지 못해 사는 날들로 점철된 지난 시간 속에서 나는 죽지 않고 살아 있다. 무엇이 나를 죽지 못하고, 살게 했던 것일까? 그것은 모두 엄마에 관련된 일이었다. 엄마가 죽기 전, 내 안의 무엇인가가 조금씩 무너져 가는 17년을 보냈다. 엄마가 죽고 나서 내 안의 무엇인가가 완전히 무너져 내리는 17년을 거쳐 왔다. 내가 겪은 일이 정말 아득해지다가도 또 마치 방금 일어난 일처럼 생생한 감각을 안고 살아온 시간이었다. 생생함은 때론 극도로 무뎌져서, 그런 끔찍한 일이 아예 일어나지 않았던 것처럼 느껴지기도 했다. 현실이 현실로서 작동되지 않았다. 나는 트라우마를 가지고 태어난 사람이 아니었다. 충격적인 사건으로 덮여 사라져 버린 나의 본성을 깨우고, 내 안의 근본적인 감각을 되살리는 일이 쉽지 않았다. 나에게 일어난 일들을 정리하지 않고서는 삶이 계속 정체되리라는 것을 깨닫는 데 17년이란 시간이 걸렸다. 17년이란 충격적인 장면과 이별하려고 노력한 시간이었다. 몰두할 대상을 찾아서 쉼 없이 움직이거나, 주변 환경을 바꾸면서까지 과거의 기억으로부터 도망쳤던 나를 복귀하게 하는 시간이었다. 엄마를 기억하고 잊기 위한 시간이었다. 엄마의 존재가 죽음으로 끝나 버린 것이 아니라, 죽음에도 불구하고 우리 곁에 함께한다는 생각을 하게 되기까지 그만큼의 시간이 필요했다. 내 인생의 반과 나머지 반이 행복보다는 절망으로 채워져 있다는 사실이 이제는 나를 더욱 절망으로 몰아넣지 않는다. 더 이상 절망을 들이지 않으려는 것이 나의 마음이었다. 앞으로의 17년, 그다음의 17년을 절망보다 조금은 나은 순간으로 채우고 싶었다. 절망을 딛고 나아갈 수 있는 마음의 회복력이 나를 죽지 않고 계속 살게 했다.

2020년 8월 17일

기억은 점점 흐려지는 것이 당연했다. 하지만 내 몸은 아직도 혼자 앉아 있던 그네를 기억하고, 슬픔으로 삼키던 그날의 음식을 기억하고, 감정을 숨기는 나를 기억했다. 때론 가슴과 머리보다

몸이 먼저 기억했다. 몸이 기억하는 감각은 쉽게 잊히지 않고 생생했다. 몸이 기억하는 감정은 곧바로 나를 그날, 그 순간으로 돌려보내는 힘이 있었다. 몸의 기억을 잊는 일이 더 어려웠다.

2020년 9월 9일

내가 본 죽음 때문에 내 눈을 도려내고 싶었던 적이 많았다. 눈을 파 내어 그 기억이 잊힌다면, 고통을 감내하면서까지 나는 그렇게 하고 싶었다. 하지만 할 수 없었다. 차마 스스로를 해치지는 못한 채, 내가 할 수 있는 것은 그저 눈을 감는 일이었다. 눈을 감으면 기억이 잊힐 듯했지만, 어둠 속에서 모든 것들이 다시 떠올랐다. 그럴 때면 눈을 더 세게 감아서 깊은 어둠으로 들어가고 싶었다. 하지만 다시 눈을 뜰 수밖에 없었고, 눈을 뜨면 현실이었다. 다시 현실이었다. 괜찮아질 수 없었다. 그저 괜찮아진 척을 하며 살고, 그저 괜찮아지려고 노력하며 살 뿐이다. 절대로 다시는 아무런 일이 없었던 것처럼 이전의 상태가 될 수 없다는 사실을 인정하면서 그저 살아갈 뿐이다.

2020년 9월 10일

내 마음의 암흑 동굴에서 빠져나오려면 걷고 또 걸어야 했고, 계속 움직일 수밖에 없었다. 그런 움직임이 나를 독일까지 이끌었을지도 모른다. 끊임없이 이동하는 시간을 거두고 다시 한국으로 돌아왔을 때, 꽤 오랫동안 마음을 정착하지 못했다. 외국 생활이라는 인생에서의 큰 경험을 거친 후에도 나는 계속 과거에 사로잡혀 있었다. 오랜 시간이 지났음에도 엄마의 마지막 장면이 떠오르는 순간마다 괴로웠고, 몹시 침울해졌다. 우울감에 침잠할수록 더 깊은 우울감에 빠져들었다. 우울감의 나락에서 바닥까지 치고 나면, 그제서야 조금씩 우울감을 벗어나려는 의지를 나타내기 시작했다. 우울감에 허우적대다가 잠재우는 일의 연속이었다. 나중에는 우울감에 면역이 되어 그것을 인식하고, 그것에서 빠져나오는 방법에도 익숙해져 버렸다. 절대로 사건 이전의 상태로 돌아갈 수 없다는 것을 인정하고, 괜찮아지려는 노력과 함께 살아가야 한다는 나의 현실을 받아들이고 나니 우울감은 한결 가벼워졌다. 몇 년 전까지만 해도 이 우울감을 안고 살아가야 한다는 사실이 너무 억울했다. 내면에 솟구치는 극도의 분노를 주체할 수 없었다. 이런 부정적인 감정을 지닌 채 어떻게 살아가야 할지 괴로웠고, 막막했다. 하지만 감정이 요동치는 시간이 지나고, 이제는 그런 사실에도 흔들리지 않는 마음의 여유가 생겼다. 나에게 주어진 운명이자 현실이라고 인정하면서 살아가고 있다. 이것을 '극복'이라는 단어로 설명할 수 있을까? 내가 모든 걸 견뎌낼 만큼 강해졌다고 할 수 있을까? 회피의 시기를 통과하며 나는 회피의 대가로 더 큰 고통이 돌아온다는 것을 혹독하게 경험했다. 감정의 소용돌이를 그저 있는 그대로 거쳐 왔다. 현재의 내가 트라우마로부터 완벽히 자유로워졌다고 확신할 수 없지만, 적어도 고통과 어려움 앞에서 회피하지 않고 직면해야 한다는 사실만은 확실하게 남았다.

2020년 9월 12일

엄마가 죽기 이틀 전은 나의 생일이었다. 엄마는 미역국을 끓이고, 케이크를 준비했다. 매해 가족끼리 하는 소박한 생일 파티였다. 다 같이 생일 축하 노래를 부르고, 세상에 태어난 날을 축복해 준다. 엄마는 힘차게 손뼉을 치며 노래를 불렀다. 웃는 엄마의 얼굴은 카메라로 찍힌 것처럼 내 기억 속에 남아 있다. 신기루처럼 날아가 버리는 순간이지만 엄마는 잠깐의 행복을 바라고, 행복을 차려 내는 마음이었을까? 이틀 뒤 죽음을 결심한 사람의 모습이라고 전혀 생각되지 않았다. 너무 완벽한 연기였고, 모두가 속아 버렸다. 가족들에게 아름다운 마지막 기억을 심어 주기 위한 위장된 행동이었을까? 그날에 대해 아무리 되짚어 봐도, 분주하게 생일상을 준비하고, 생일 파티를 치르는 엄마의 마음을 도저히 이해하기 어려웠다.

매해 내 생일이 되면, 나는 그 의문에 사로잡혔다. 밝게 노래 부르며 나의 탄생을 축하해 주던 엄마의 마지막 모습이 떠오른다. 속마음을 철저히 감추고 행동했던 모습 때문에 엄마가 무서웠고, 나도 모르게 깊이 상처를 받았던 것 같다. 이후로 나는 사람의 행동을 관찰하며 해석하려고 부단히 애를 썼다. 타인을 만날 때마다 소모되는 심리적인 에너지로 인해 모임 자리를 멀리하게 되었다. 타인의 행동을 해석하려는 내가 부자연스럽게 느껴졌다. 거북한 인간관계 속에서 어쩔 줄 몰라 주저하며, 엄마를 원망스러워했다. 그런 원망을 품은 나를 원망할 수밖에 없었다.

2020년 9월 12일

자살 사별자, 자살 생존자, 자살 유가족이라는 말. 나는 유가족이라는 뜻도 모른 채 유가족이 되어 버렸다. 그 후의 내 삶은 나도 모르게 나에게 주어진 유가족이라는 수식어를 유추하고 정의를 세워 나가는 시간들이었다. 유가족이란 남은 사람들. 남아 버린 사람들. 남겨졌지만 남겨지지 않은 사람들. 감정을 있는 그대로 인식하지 못하고, 뒤바뀌고 뒤섞이는 여러 감정들을 품어 내야 하는 사람들. 무너진 삶의 의미를 다시 세워 나가는 동안에도 끊임없이 의심과 재정립을 반복하면서 흔들리는 삶의 근원을 붙들어야 하는 사람들. 떠나간 사람을 제외하고는 계속 변해 가는 시공간 속에 놓여 그저 살아가는 듯 보일 뿐이지만, 내면에서는 끊임없이 치열하고 고단한 전투를 벌이고 있는 사람들. 앞으로도 유가족에 대한 새로운 정의를 깨달으면서 살아가겠지만, 지금까지 내가 깨달았던 것들 또한 내 안에 남아 사라지진 않을 것이다. 때론 하나의 면모가 불쑥 솟아나와 나를 괴롭히기도 할 것이고,

한편으로는 몇몇의 다른 면모들의 축적되어 나를 좀 더 단단한 사람으로 만들지도 모르겠다.

자살로 인해 나는 엄마와 이별했다. 하지만 자살이라는 죽음, 자살로 인한 이별은 보통의 죽음, 일반적인 이별과 달랐다. 죽음으로 엄마와 이별했지만, 정말 이별을 한 것일까? 이별이라는 정의가 희미하다. 죽음과 이별했을까? 엄마와 이별했을까? 나 자신과 이별했을까?

자살로부터 나는 생존했다. 나는 나를 살게 했을까? 무엇이 남았고, 무엇이 살아 있는 것일까? 죽음을 생각하는 순간이 많았지만, 그것은 생각으로만 그쳤고 생과 존재는 이어지고 있다. 하지만 내면으로는 나 자신을 벼랑 끝으로 내몰며 스스로를 갉아먹고 정신적인 죽음으로 이끌고 있었다. 어떻게 보면 이것이 자살보다 더 고통스러운 일일지도 모르겠다.

앞으로 어떤 험하고 괴로운 일이 있어도 살아남아 살아가겠다는 작은 염원들이 모여서 생존할 발판을 만들었던 것일까? 누군가 나에게 무엇이 나를 살게 했는지 묻는다면 선뜻 대답할 수 없을 것 같다. 오랜 시간을 돌이켜 보면 나는 살아남거나 살아 내거나 살아가겠다는 생각을 하기 전에 그저 살았던 것 같다. 그런 살아 있음 자체가 나의 살아 내고, 살아가겠다는 의지를 움트게 한 것은 아니었을까? 어떤 업적이나 재능을 뽐내는 대단한 위인이 되지는 못했지만, 나는 살아 있다. 살아서 존재한다는 말이 나를 살게 했다고 한다면 나는 자살로부터 살아남았고, 앞으로도 살아남을 거라고 말할 수 있을 것이다.

"죽고 싶다"와 "살고 싶지 않다"라는 표현 사이에서 어떤 변화의 시간을 거쳐 왔던 것 같다. 때론 힘들어 죽고 싶었고, 죽음이 모든 것을 해결해 줄 것만 같았다. 하지만 나의 절망은 나를 극단의 선택까지 이끌지 않았다. 죽음을 바라던 나의 마음은 "살고 싶지 않다"라고 말할 정도로 변화할 수 있었다. 변화의 이유가 무엇인지 정확히 규정할 수 없었다. "살고 싶지 않다"가 언젠가는 "살고 싶다"로 변했고, 그것은 아주 오랜 시간이 지난 후의 일이었다. 한 개념이 정반대되는 다른 개념으로 넘어갈 수 있게 하는 데에는 오직 시간만이 중요하게 작용하는 것일까? 복합적인 그 이유들을 규정짓기가 힘들어서, 시간이 가장 간단한 해결책처럼 느껴진다. 앞으로 삶의 이유를 찾아 가는 데 더 오랜 시간이 걸릴지도 모르겠다. 이유를 생각하는 동안에도 나는 살아갈 또 다른 이유를 만날 것이며, "살고 싶다"라는 절박함은 "살아간다"의 유연함과 "살아 있다"는 결연함으로 조금씩 변화한다.

2020년 10월 7일

아직 지적으로 성숙하지 않고 예민한 아동과 청소년이 충격적인 사건을 맞닥뜨렸을 때의 여파는 성인의 그것보다 더욱 클 수밖에 없다. 엄마의 죽음을 겪으면서 나는 어린 나이에 경험한 충격을 다루기 위해서는 더욱 섬세한 조치가 필요하다는 것을 절실히 깨닫는다. 청소년기에 자살 유가족이 된 나로서는 안타까운 사건·사고가 발생할 때마다, 어린 나이에 유가족이 된 사람들이 최대한 빠르고 적합한 조치를 통해 건강한 애도의 과정을 거치기를 간절히 바라게 된다. 누구도 인생의 갑작스러운 사건을 예측하거나 대비하지 못한다. 모두가 처음 겪는 경험 앞에서는 비록 어른이라 할지라도 경황이 없어 적절하게 대처하지 못한다. 무방비하게 사건 현장에 노출되어 받는 충격은 한 사람의 삶을 지속해서 갉아먹는 원인이 되기도 한다.

아픔과 고통은 예고 없이 우리의 삶에 찾아온다. 내 안에는 너무 오랫동안 후회와 원망이 섞인 질문들이 가득했다. 질문의 끝에 항상 의미 없는 후회와 체념만 남는 것이 괴로워서 더는 질문하지 않기로 했다.

2020년 10월 18일

슬픔을 어떻게 정의할 수 있을까? 슬픔은 기쁨의 반대말일까? 슬픔을 계속 느끼고 있는 사람에게는 그것이 특별한 감정이 아니었다. 그런 사람에게 슬픔이란 항상 지니고 있는 것이기에 달리 정의할 필요가 없는 일이었다. 슬픔은 삶이었다. 슬퍼서 살았고, 살아 있기에 슬프다.

자신의 슬픔에 갇혀 있는 사람은 타인의 슬픔에 쉽게 공감하기 어렵다. 죽음을 죽음으로 받아들일 수 없고, 슬픔을 순수한 슬픔의 감정으로 대할 수 없다. 세상에는 분명 다양한 죽음과 슬픔이 존재한다. 타인의 고통에 대해 함께 공감하고 위로해야 하겠으나 나에게는 쉽지 않은 일이었다. 타인이 경험한 죽음, 개인마다 겪는 슬픔과 상실의 아픔에 나는 잘 공감할 수 없었다. 오히려 속으로 "뭐 그런 죽음 때문에 저렇게 괴로워하는 것일까?"라고 다른 죽음을 낮추며 내 아픔을 상쇄시켰다. "저 슬픔이 정말 깊은 슬픔이라고 할 수 있을까?"라고 다른 슬픔의 깊이를 의심했다. 슬픔에 우위가 있는 것은 아니었지만, 나는 계속 나의 슬픔 안에 빠져서 다른 사람이 겪는 어려운 일들에 공감하지 못했다. 누군가의 죽음은 분명 남겨진 사람들에게 안타까운 일이다. 어떤 사유로 죽음에 이르렀든 나는 그것을 엄마의 죽음과 비교하면서, 그들의 죽음은 별일 아니라는 태도를 보이고 있었다. 이런 마음을 가지는 자신이 혐오스러웠다. 이 세상 다른 어떤 고통도 온전히 인지하지 못하고, 이렇게 나의 고통 속에서 평생 살아가야 하는가? 이런 삶이 계속된다면, 나는 정상적으로 살아갈 수 있을까? 엄마의 사건에서 느꼈던 무서움을 넘어서 나 자신이 자주 무서워졌고, 그것은 슬픔의 영역이 아니었다.

2020년 10월 22일

나는 유독 미역국을 좋아한다. 일주일에 한 번은 미역국을 끓여 먹는다. 일주일에 한 번씩 다시 태어나는 기분이다. 아이를 낳고 미역국을 먹는 어머니처럼 일주일마다 나를 낳고, 다시 태어난다. 많고 많은 국 중 항상 미역국만 끓이는 이유를 정확히는 모른다. 다만 미역국을 통해 잠시나마 나를 낳은 어머니의 심정을 헤아려 보는 것이다.

오늘은 엄마의 생일이다. 살아 있었다면 엄마는 62살이 되었을 것이다. 죽은 사람의 생일을 챙기는 일은 더는 의미가 없다는 것을 알고 있다. 매해 연초에 가족들의 생일을 표시할 때마다 올해부터는 엄마의 생일을 챙기지 말자는 생각을 한다. 더는 생일을 기억할 필요나 의무가 없다는 것을 잘 알지만, 그럼에도 항상 엄마의 생일을 표시한다. 엄마의 생일은 기일과는 다른 의미였다. 엄마의 생을 축하하는 날이다. 이 땅에 존재했던 한 인간으로서 본인의 생을 누렸던 시간을 기념하는 날이다. 안타깝게 끝난 생이라도 이 세상에 태어나 44년의 세월만큼 열심히 살았고, 여러 가지 일들을 겪느라 수고했다는 인사를 전하는 날인 것이다. 본인 의지로 생을 마감한 엄마에게, 본인 의지와 상관없이 세상에 태어나 겪었던 삶은 어떤 의미였을까? 그렇게 주어진 삶 가운데 엄마라는 역할을 부여받아 자식을 낳고 키우면서 진심으로 행복했을까? 그렇게 떠나 버린 엄마는 미역국의 맛을 기억하고 있을까? 17년 동안 나를 위해 미역국을 끓였을 엄마의 수고를 생각하며, 오늘 나는 엄마를 위해 미역국을 끓였다.

나는 그동안 죽어 갔던 나를 위해 나를 다시 낳고, 매번 미역국을 끓였다. 다음 생엔, 내가 엄마를 낳고 미역국을 먹기를 바라면서 끓였다. 나는 다시 엄마의 자궁으로 들어가고 싶었고, 태어나기 이전의 상태로 돌아가 생을 맞지 않는 꿈을 꿨다. 이 세상을 알기 전, 삶과 죽음을 알기 전의 상태로 돌아간다. 할 수만 있다면 그런 상태를 주저 없이 선택할 것이다. 가랑이 사이에서 붉은 피가 흐르고, 피를 막기 위해 가까스로 다리를 부여잡는다. 피로 가득 찬 생을 마주했고, 고통은 처음부터 넘어설 수 있는 것이 아니었다. 자궁의 주인은 이제 없고, 나는 흐름에 저항하는 뗏목같이 삶 위에 서 있다. 쉽게 휩쓸리리라는 것을 알고 있지만, 부진한 시간을 거스를 수 있다는 작은 희망을 가져 본다. 44년의 삶을 통해 자식에게 남긴 것이 이러한 작은 희망뿐이라 하더라도 엄마에게 생이라는 곳에 잘 태어났다고, 삶이라는 것을 잘 살았다고 전해 주고 싶다. 엄마를 위해 나는 오늘 미역국을 끓이고, 미역국을 먹는다.

나는 40대를 향해 가고 있지만, 올해 겨우 스물세 살이 될 수 있었다. 열일곱 살에 엄마를 떠나보내고, 또 그로부터 15년 만에 엄마를 떠나보내는 의식을 치른 해부터 1년씩 제대로 된 시간을, 제대로 된 나이를 소화할 수 있었다. 엄마가 있던 삶과 없는 삶의 길이가 같아지는 2019년부터 과거의 기록을 정리하기 시작했다. 이 글을 내 힘으로 남기지 않고서는 더 길게 이어질 '엄마가 없는 삶'을 맞이하기 힘들 것 같았다. 올해로 엄마를 떠나보낸 지 20년. 트라우마를 인식하기까지 10년, 트라우마에서 마음을 회복하기까지 또 다른 10년이라는 시간이 걸렸다. 지난 20년이 빠르게 혹은 느리게, 아프게 혹은 무디게 지나간 것 같다. 그것은 시간과 고통의 개념을 재정립하고 받아들이는 세월이었다. 나는 여러 번 나를 죽이고 싶었다. 그러나 속으로 '살겠다고 말했다'라는 문장을 되뇌면 살 수 있을 거라 믿었다. 금방이라도 울음이 나올 것 같았지만, '울지 않겠다고 말했다'라고 되뇌면 울지 않을 거라 믿었다. 지난 20년 동안 자주 떠오르고 되새겼던 말들이다. '울지 않겠다고 말했다'라는 문장은 마음속에 예고도 없이 떠올랐고, '살겠다'는 말이 몸속 깊이 울렸다. 생각해 보면 불쑥 찾아와 나를 지치게 하는 동시에 지탱하게 했던 이 말들이 나를 살렸던 것 같다. 그리고 이상하게도 이 말들은 탈고 후 더욱 자주 찾아왔다. 길을 걷다가도, 잠에 들려고 누워서도 나를 채웠다. 그 이유를 알려면 나에게는 또 한동안의 시간이 필요할 것 같다.

그동안 내 삶은 참으로 지지부진했다. 억지로 살아 내는 느낌을 지울 수 없었다. 오랜 시간이 지났음에도 불구하고, 왜 나는 버거운 느낌을 지닌 채 살 수밖에 없었을까? 시간의 경과에 따라 인생의 새로운 시기를 맞을 때마다 나는 삶을 살아가는 것이 아니라 견디는 쪽에 가까웠다. 아마도 감당하기 어려운 이야기들이 뒤섞인 상태로 내면에 가득 차서 그것들을 꺼내 보이기에 엄두가 나지 않았던 것 같다. 꾸역꾸역 살아가는 삶의 와중에서 최대한 편안히 다음 해를 맞이하기 위해서는 내가 나를 온전히 일으키는 방법밖에는 달리할 수 있는 것이 없었다.

나는 많이 불안했다. 삶과 죽음의 불안에서 허덕였다. 엄마처럼 나도 한순간에 죽음을 택할 것만 같았고, 내게 주어진 삶은 불안으로 얼룩져 있었다. 그러나 불안을 인식하기에, 높은 불안감에서 벗어나기 위한 나의 의지에 의해서 살 수 있었다. 불안에 굴복하여 무기력해지기도 했지만, 결국 불안이 나를 살게 했다. 생은 결국 불안할 수밖에 없다는 것. 불안은 없애려고 해도 완전히 없어지는 것이 아니었고, 그것을 안고 살아갈 수 밖에 없다는 사실을 예전의 나는 미처 알지 못했다. 나는 불안과 함께 글을 쓰기 시작했다. 글을 쓰는 도중에도 그것은 극복되지 않았고, 항상 나와 동행했다. 글쓰기의 불안이 삶의 불안과 일치한다거나 하나가 다른 하나를 대체한다고 말할 수는 없을 것 같다. 하지만 매번 불안을 동반하는 글쓰기를 통해 그것이 언제 어디서나 존재한다는 사실을 조금 더 편하게 인정할 수 있었다.

한 사람이 인생에서 감당하게 어려운 큰 사건을 경험하게 되면, 그에 따른 심리적 고통으로 인해 끊임없이 흔들리고, 본연의 삶에 집중하기 어려워진다. 심리적 고통을 극복하는 일은 생각보다 훨씬 많은 시간이 필요로 하며, 혼란스러운 상황은 심리적 불안감을 고조시킨다. 본인의 잘못으로 일어난 일이 아님에도 불구하고 무의식적으로 위축된다. 그래서 자신의 본성을 의심하며 점점 더 비관적인 사고를 하게 된다. 트라우마로 인한 장애를 여러 차례 겪었던 사람으로서 다른 유가족들이 나와 같은 경험을 반복하지 않기를 바란다. 특히 자살을 직·간접적으로 경험하는 청소년들이 더 이상 발생하지 않는 사회를 꿈꾸며, 그들이 심리적 고통을 겪는 상황에 놓이지 않았으면 한다. 이를 위해 내가 할 수 있는 일은 유가족으로서 작은 목소리를 내어 보는 것이었다. 이런 마음이 점차 나를 글쓰기로 이끌었다고 생각한다.

17년 동안의 이야기를 어디서부터 어떻게 쓸 수 있었을까? 내 인생의 반과 엄마를 기억하고 잊었던 시간이, 내 미진한 글쓰기 때문에 자칫 간단하게 그려질까 봐 두려웠다. 글로 쓰인 내 이야기에 내가 또다시 상처받게 될까 봐 주저했다. 엄마가 떠난 직후 몇 년 동안 내가 남긴 기록은 많지 않았고, 그저 모든 것이 현실이 아니기만을 바랐던 그때의 상태를 지금의 시점에서 기억해 내 쓰기란 쉽지 않았다. 좀 더 일찍 글을 쓸 수도 있었겠지만, 엄마의 죽음을 소화하고 글로 옮기기에 예전의 내 정신은 온전하지 못했다. 엄마의 죽음을 인정하는 일, 죽음 이후 10년 만에 감춰져 있던 트라우마의 실체를 마주하는 일, 놓쳐 버린 듯한 10년의 시간을 인정하는 일, 엄마를 보내지 못한 질긴 15년의 세월. 내 존재를 잃어버린 느낌. 모든 것을 받아들일 마음의 공간을 마련하고, 글을 써야겠다는 의지를 갖기까지 나에게는 그만큼의 시간이 필요했다.

　오랫동안 엄마의 사건이 현실로 느껴지지 않았고, 엄마의 죽음을 부정했다. 때로 나는 엄마와 무관하게 처음부터 지금 이 상태 그대로 지구상에 떨어져 버린 존재인 것 같았다. 그러나 글을 쓰면서 나는 엄마의 사건이 나에게 실제로 일어났음을 인지하고, 지금까지의 시간을 겪어 낸 것도 나였음을 조금씩 받아들일 수 있었다. 더 많이 기록하지 못했던 지난날에 대한 후회를 거두고, 그때의 시간을 아팠던 그대로 흘려보낸다. 이렇게밖에 쓸 수 없었음을 인정하고 나자, 이제 그 아픈 기록의 과정은 나에게 아름다운 것이 되어 간다. 완전한 회복은 없을 것이다. 단지 무뎌질 뿐이다. 과거를 인정하면서 현실을 안고 계속 살아간다. 그 사건을 잊기 위해 살아왔고, 앞으로도 조금씩 잊어 가며 살아갈 것이다. 모든 과거가 다 잊힌다고 해도, 삶이 종료되는 시점에 이르러 끝내 단 하나의 기억만 남는다면 바로 그날의 기억일 것이다. 그것보다 강렬하고 아픈 기억은 내 인생에 다시는 없을 것이다. 처절하게 잊고 싶은 기억이 결국 나의 마지막 기억이 될지라도 나는 살아갈 것이다. 그날의 기억을 새로운 기억으로 대체할 수 없을지라도, 나는 새로운 기억을 만들고 되새기고 잊으면서 그렇게 계속 살아갈 것이다.

글을 마치면서 나에게 존재만으로도 고마운 사람들이 떠올랐다. 우울했던 20대 초반의 시간을 웃음으로 추억할 수 있게 해준 대학교 친구들, 엄마에 대한 기억을 공유하고 응원을 아끼지 않는 친구 나연, 타지에서 친언니처럼 나를 챙겨 주었던 민영 언니, 찬미 언니, 죽음을 생각할 정도로 위험한 순간이 찾아올 때마다 내면 깊이 나를 붙잡아 준 청년 유자녀 친구들, 청년 유자녀의 아픈 마음을 다독여 주시는 혜선 선생님, 자살 예방과 유가족 회복을 위해 애써 주시는 생명의 전화 직원분들. 서로 깊게 유대했던 시간 덕분에 내가 세상을 등지고 싶어질 때마다 다시 일어날 수 있었다고, 정말 고맙다고 말하고 싶다. 부족한 나에게 든든한 울타리가 되어 준 아트휴 연구원 선생님들, 아트휴의 일원으로서 문화 치유 프로그램을 기획하며 상담이나 자조 모임과는 다른 형태의 치유 과정을 거칠 수 있었고, 그런 경험을 제공해 준 연구원 선생님들께 진심으로 고마움을 전하고 싶다. 위태로운 나의 마음이 회복을 향해 나아갈 수 있도록 두 차례에 걸친 상담을 함께해 주신 상담자 선생님께도 감사하다. 나에게 글을 써 보라고 권유해 주신 정은경 선생님, 내가 글을 쓰게 된 마음을 깊이 헤아려 출간을 제안해 주신 임유진 그린비 편집주간, 책이 나올 때까지 매번 따뜻한 의견으로 지지와 격려를 보내 주신 구세주 편집자와 엑스북스 편집부에 진심을 다해 감사를 드린다. 부모님의 빈자리를 채워 주려고 노력했던 이모와 이모부 그리고 내가 가장 미워하고 가장 사랑하는, 가장 원망하지만 가장 고마운, 철저히 내 진심을 은폐하지만, 누구에게도 보이지 못한 나 자신을 가장 솔직하게 꺼내 놓을 수 있는 사람들. 그저 존재한다는 사실만으로 큰 힘이 된다는 것을 절실히 깨닫게 해 준 사람들. 내 가족. 말로 표현할 수 없는 시간을 함께 버티고 견뎌 줘서 정말 감사한 마음뿐이다. 서로의 아픔에 조심스러워하며 그동안 표현하지 못했던 마음을 이 책을 통해서 비로소 전할 수 있게 된 것 같다. 엄마와의 이별 후 지금껏 우리가 살아 낸 것처럼 앞으로도 엄마의 몫까지 살자고, 함께 살아가자고 말하고 싶다. 마지막으로 이 글을 쓸 수 있게 되어서 다행이라는 말, 잘 썼다는 안심의 말을 나의 엄마에게서 듣고 싶다.

하늘을 올려다볼 때마다 세상이 원망스러워 눈물이 차오르던 시기가 있었다. 엄마에게 인사를 하고 싶은데 하늘은 너무 광활하고, 어디에 인사를 해야 할지 몰라 한참을 올려다보면 눈물 때문에 하늘은 금세 어그러졌다. 그런 시간이 지나고, 나는 이제 하늘에 떠다니는 구름, 작은 별빛, 아침에 떠오르는 태양에도 엄마의 존재를 느낄 수 있게 되었다. 엄마가 어디에서나 나를 지켜보고, 나를 응원하고 있을 것이라는 견고한 느낌이 들기까지 정말 오랫동안 아파했다. 이제 그 시간과 이별하려고 한다. 그리고 기쁘게 인사할 수 있을 것 같다. 나의 어머니, 나의 엄마, 당신….
부디 안녕히 계세요.

참고자료

고레에다 히로카즈, 「BIFF 2011 | "포기를 깨닫는 것, 그것이 성장이고 인생"」,
『아시아경제』, 2011년 10월 10일.

김이준수, 「강신주 "내일, 당신의 옆 사람이 죽는다면…"」, 예스24 『채널예스』,
2014년 4월 28일.

로버트 루트번스타인, 미셸 루트번스타인, 『생각의 탄생』, 박종성 옮김, 에코의
서재, 2007, 153쪽.

무라카미 하루키, 『비밀의 숲』, 임홍빈 옮김, 문학사상사, 2007, 212쪽.

_____, 『슬픈 외국어』, 김진욱 옮김, 문학사상사, 2000, 205쪽.

메리 올리버, 「기러기」, 김연수, 『네가 누구든 얼마나 외롭든』, 문학동네, 2007,
표제시.

엘리엇 허스트, 「심리와 무」("Psychology and Nothing", American Scientists, v.79, n.5,
pp.432~443, 1991).

엘리자베스 비숍, 「한 가지 기술」("One Art").

요시다 다이하치, 「종이 달」(Pale Moon, 紙の月), 2014.

존 윌리엄스, 『스토너』, 김승욱 옮김, 알에이치코리아, 2015.

찰스 핸디, 『코끼리와 벼룩』, 이종인 옮김, 생각의나무, 2005, 54쪽.

크리스토퍼 놀런, 「메멘토」(Memento), 2000.

한강, 『소년이 온다』, 창비, 2014, 79쪽.